Tanja Dückers

# Der längste Tag des Jahres

Tanja Dückers

# Der längste Tag des Jahres

Roman

Aufbau-Verlag

Mit freundlicher Unterstützung des Vereins Villa Aurora,
dem hiermit für die Vergabe eines Autorenstipendiums
in Pacific Palisades/Kalifornien gedankt werden soll.

Mit Dank an Indra Wussow
von der Stiftung Kunst:Raum Sylt-Quelle
für einen Arbeitsaufenthalt auf Sylt.

ISBN-10: 3-351-03068-1
ISBN-13: 978-3-351-03068-1

1. Auflage 2006

Einbandgestaltung Andreas Heilmann, Hamburg
Druck und Binden GGP Media GmbH, Pößneck
Printed in Germany

www.aufbau-verlag.de

# Inhalt

Der Schrank ........ 9

Die Fahrstunde ........ 35

Im Garten ........ 63

Das Kopfkissen ........ 97

Die Wüste ........ 143

Dank ........ 213

Dies ist ein Werk der Fiktion.
Figuren und Handlung des Romans
sind frei erfunden.

»Wir könnten weggehen«, erwiderte ich, »und von Neuem beginnen.«

*Cécile Wajsbrot*

Der Begriff Zentrum oder Zentralität gibt ein Gefühl von Sicherheit und Geborgenheit – weil er den Ort beschreibt, an dem die meisten Menschen zusammenkommen. Aber man neigt dazu, die Peripherie, die Ränder zu vergessen … Doch kann man weder die Mitte ohne Betrachtung der Außenränder noch die Peripherie ohne ihr Zentrum begreifen, beide bedingen jeweils einander. Es ist als Künstler ganz spannend, die Ränder zum Zentrum hin zu verschieben und das Innere nach außen.

*Robert Smithson*

# Der Schrank

Der Anruf kam um zwölf Uhr mittags. Benjamin und Nana waren erst vor einer Woche in diese Wohnung gezogen, das Telefon stand noch nicht, wo es später einmal stehen sollte; am Boden lagen einige Kabel, zusammengerollt wie schwarze Schlangen. In der Luft hing der harzige Geruch einer schwedischen Holzlasur. Sie waren gerade damit beschäftigt, einen alten Kleiderschrank, den Benjamins Eltern vom Dachboden geholt und per Umzugswagen quer durch Deutschland geschickt hatten, zu streichen.

Für Sekunden stand die Frage im Raum, wer zum Telefon gehen würde. Nana hielt den Pinsel in die Luft, zwei, drei braune Tropfen fielen auf ihre hellen Leinenturnschuhe, kühle Nässe drang an ihre Zehen. Dann gab sich Nana einen Ruck, weil Bennie mit dem Pinsel gerade eine so schöne Bahn auf dem alten Holz zog.

Als sie in den Flur zum Telefon lief, rief sie noch über die Schulter: »Hoffentlich ist das nicht Filou!«

Im nächsten Moment geriet sie mit einem Fuß in das Kabelgewirr und wäre beinahe hingefallen, als sie nach dem Hörer griff. Ihr »Hallo?« klang ziemlich atemlos.

Es war Bennies älteste Schwester Sylvia. Schon an ihrer Stimme erkannte Nana, daß etwas Besonderes vorgefallen war.

Nana und Bennie waren ineinander verliebt. Das war offensichtlich, für jeden. In der Galerie waren immer sie es am Ende einer Vernissage, die noch eng umschlungen tanzten, wenn das Neonlicht schon längst ausgeknipst war und nur das fahle Straßenlicht von draußen in den schmalen Raum fiel. Vorm Einschlafen gaben sie sich Gutenachtküsse, die kaum ein Ende nahmen, weil keiner derjenige sein wollte, der den letzten Gutenachtkuß nicht mehr erwiderte. Morgens beim Frühstück unterhielten sie sich ausführlich über exotische Orte, die sie, wenn sie es sich irgendwann leisten können sollten, gemeinsam bereisen wollten. Sie planten eine längere Nordafrika-Reise. Vielleicht im nächsten Sommer. Auf keinen Fall in diesem! Denn dieser Sommer sollte der heißeste seit über hundert Jahren werden. Hitzerekorde wurden schon in dieser zweiten Junihälfte gebrochen. Selbst in Skandinavien schien ununterbrochen die Sonne. In Südfrankreich waren sechstausend vorwiegend ältere Menschen an Herz-Kreislauf-Beschwerden gestorben. In Griechenland neuntausend. Und in Süddeutschland folgte ein Hoch dem anderen. Bennies Eltern hatten neulich am Telefon über das unerträglich schwüle Wetter in Fürstenfeldbruck geklagt – im Garten sei so viel verdorrt! – und gefragt, ob Bennie und Nana sich denn ein paar Tage oder gar eine ganze Woche für das Renovieren frei nehmen konnten. Was sie nie verstanden, war, daß Bennie und Nana sich nirgendwann »frei nehmen« mußten. Sie hatten immer oder nie frei. Wen interessierte es schon, ob die Ausstellungen bei *Bennie & Clyde* (Bennies Partner hieß tatsächlich Clyde) alle vier, sechs oder acht Wochen wechselten? Und wer fragte danach, wann Nana ihre Doktorarbeit oder ihren Essayband abgeben würde?

Was sie nicht wissen konnten, war, daß Bennie und Nana bei aller Liebe in erster Linie zusammengezogen waren, um Geld zu sparen. Ein Telefonanschluß, ein Kühlschrank, eine Stereoanlage, eine Waschmaschine, eine Kaffeemaschine, da kam etwas zusammen. Abgesehen davon sparte man Miete und Strom. Und Zeit und Geld für die viele Fahrerei zwischen den beiden Wohnungen. Die Berliner Verkehrsbetriebe hatten die Preise ihrer Tickets schon wieder erhöht.

Bennie und Nana hatten sich das alles vorher genau überlegt. Wie Leute das eben machen, die zu zweit von tausendeinhundert Euro im Monat leben.

Zwei Minuten nach dem Telefonat mit Sylvia, an das sie sich eigentlich ein Leben lang hätte erinnern müssen, wußte Nana partout nicht mehr, wie das Gespräch verlaufen war und was sie Sylvia geantwortet hatte. Aus Unsicherheit und Überforderung hatte sie vermutlich höfliche, belanglose Dinge gesagt. Ihr ging merkwürdigerweise das Wort »Präzedenzfall« durch den Kopf, und sie sprach Bennie gegenüber von »durch Schock hervorgerufener Amnesie«. Den passenden Ausdruck für ihren Zustand hatte sie natürlich parat, aber was passiert war, konnte sie immer noch nicht richtig einordnen. In Extremsituationen reagiere sie völlig ruhig, sagte sie zu Bennie. Der Schreck, die Angst würden erst später einsetzen. Als Kind hatte sie sich mit einem elektrischen Dosenöffner so in den Finger geschnitten, daß dieser wie etwas Fremdes, etwas, das schon nicht mehr richtig zu ihr gehörte, an ihrer Hand herabhing. Sie weinte nicht einmal, sondern ging langsam, eine tröpfelige Blutspur hinterlassend, die Straße hinunter bis zum Krankenhaus, das um die Ecke lag. Erst ein halbes Jahr später hatte sie wiederholt auftretende Alpträume von Fingern, die wie Salzstangen zerbrachen, und von Händen, die sich verformten und zerflossen wie Wachs.

Woran sie sich erinnern konnte, war, daß Sylvia anfing zu weinen, nachdem sie mit einer ungewöhnlich hohen, hektischen Stimme alles berichtet hatte.

Alles, was nach dem Telefonat kam, hatte Nana wiederum genau vor Augen. In einer völlig sinnlosen Präzision. Als würde die eigene Erinnerung sie absichtlich quälen wollen. Oder welchen Sinn sollte es haben, daß man Dinge, an die man sich später gern erinnern würde, oft innerhalb von

Sekunden vergaß und andere, die einem das Weiterleben nur schwermachten, noch nach Jahren in allen Einzelheiten wiedergeben konnte?

Nana hielt den Hörer in der Hand und sah in die Wohnküche zu Bennie hinüber.

Er wollte gerade damit beginnen, die Innenwände des Schranks zu streichen. Als er die Schranktür öffnete, glaubte sie bis in den Flur riechen zu können, wie sich der kräftige frische Geruch der Lasur mit dem von altem, staubigem Holz, von Dachböden und Geheimnissen, von für immer Vergessenem und vergangenen Lebensabschnitten verband. Nana schien, daß sich ihr altes und ihr neues Leben untrennbar miteinander vermischten.

Sie sah jetzt, wie sich Bennies von den wenigen Nachmittagen im Park schon braungebrannter Arm auf und ab bewegte und wie das trockene Holz die glänzende, im Sonnenlicht funkelnde Holzlasur in sich aufsog.

Nana erinnerte sich genau, wie Bennie sich beim Anblick einer komplett gestrichenen Schranktür freute, sie von innen und außen erst prüfend, dann zufrieden betrachtete. Etwas Kindliches und Zuversichtliches lag in seiner Haltung.

Er schenkte ihr keine Aufmerksamkeit, da er dachte, sie spräche wieder einmal endlos mit Filou. Doch in diesem Moment wußte Nana bereits, daß sein Vater heute morgen völlig unerwartet gestorben war.

Dieser Moment, vielleicht eine halbe Minute, die ihr Wissen von seinem Nichtwissen trennte, war das schlimmste.

Wie oft hatte Nana schon das Gefühl gehabt, ihr Leben bliebe einfach stehen. Wochen, Monate, gleichförmig wie Hochebenen in den Anden – oder, prosaischer: wie eine ewige Warteschleife. Dieses Gefühl, daß man sich jeden Zentimeter Vorwärtskommen erkämpfen muß, jeder Schritt, jede Veränderung einem schwerfällt – und dann diese unglaubliche Geschwindigkeit, mit der alles auf den Kopf gestellt wird!

Ihr fiel plötzlich der sechzigjährige Mann ein, der mit ihr und Tausenden anderen im rauchverdunkelten New York über die Brooklyn Bridge rannte – diese plötzliche Nähe zu diesem so viel älteren Fremden, das lange Gespräch, die – nicht von Begierde geprägten – Blicke, der rasche Austausch von Adresse und Telefonnummer. Und dann: nie wieder voneinander gehört.

Sie hielt den Hörer in der Hand und schaute zu Bennie, der dreißig Sekunden länger in der alten Welt, der alten Zeitrechnung, lebte. Er erschien ihr so weit entfernt, wie er da vor dem Schrank stand. Vielleicht war das alles der Beginn einer neuen Fremdheit zwischen ihnen. Eben noch hatten sich ihre Ellenbogen beim Schrankstreichen berührt, hatten sie über Kinofilme gesprochen. Dieser Blitz, der zwischen sie fuhr.

Nana wußte einfach nicht, wie sie Bennie den Hörer übergeben sollte. Ob sie etwas andeuten sollte? Aber wie und was? War ein dummer Satz wie »es ist etwas Ernstes« nicht schon eine Art Euphemismus? Oder schlicht überflüssig? Sollte sie Bennie irgendwie, ja wie?, tief in die Augen schauen?

Für allzu psychologisch ausgebuffte Strategien war sie selber noch viel zu überrumpelt. Aber so zu tun, als ob es sich um einen gewöhnlichen Wochenend-Anruf von Bennies etwas zu anhänglicher Schwester handelte? Das wiederum kam ihr feige vor.

Sie hielt den Hörer in der Hand – die wartende und weinende Sylvia am anderen Ende der Leitung – und stand einige Momente im Flur, starrte auf die vielen Kabel, die auf ihre Füße zu krabbelten, um sich ihrer zu bemächtigen. Erst als sie nahezu panisch anfing, sich mit den Füßen aus diesem Schlamassel herauszustrampeln und dabei beinahe wieder hinfiel, legte sie den Hörer auf das Holzbrett mit ihrem Adreßbuch und stakste steifen Schrittes in die Wohnküche.

Jeder dieser Schritte fühlte sich eigenartig an, nicht nur wegen ihrer durchgedrückten Knie. Wie fremd ihr die Wohnung doch noch war. Die Sonne fiel direkter und greller als in ihrer alten Wohnung in die Küche, und Nana fühlte sich nicht wie bei ihrer ersten Wohnungsbesichtigung wohlig durchwärmt, sondern unangenehm bloßgestellt. Jeder Schritt schien ihr schwerer, unvorstellbarer – plötzlich hatte sie das Gefühl, an Agoraphobie leidende Menschen verstehen zu können.

Während sie durch den großen, leeren Raum schritt, schoß ihr wieder durch den Kopf: Was sage ich Bennie bloß? Sie nahm sich vor, ihm in die Augen zu schauen, und schaffte es nicht. Vielleicht, dachte sie später, wollte ich in diesem Moment einfach nur diskret sein. Bennie sollte den Tod seines Vater erst einmal »für sich allein haben«, ihm wenigstens einmal ganz kurz allein gegenüberstehen, diesem Tod seines Vaters, bevor sie ihn die restlichen Jahrzehnte ihrer Beziehung teilen, aufteilen und zerreden würden.

Sie sagte – fast im Befehlston: »Für dich! Deine Schwester Sylvia!«

Als nächstes fragte sich Nana, ob sie die Tür hinter Bennie schließen solle, damit er in Ruhe telefonieren könne. Oder würde das abweisend wirken? Er zog die Tür dann selber hinter sich zu.

Die Zeit, bis Bennie zurückkam, zerrann unglaublich langsam. Die hochsommerliche Sonne schien zu stark in ihre noch viel zu kahle Wohnung. Nirgendwo gab es Schlupfwinkel, gemütliche Kramecken, einen schattigen Platz; sie fühlte sich allem, auch dem Schicksal, unmittelbar ausgesetzt, my home is not yet my castle. Nur der dunkle Schrank mit seinem erdig-harzigen Geruch war wie ein Meteorit aus einer anderen Welt, genauer gesagt aus der Kindheit von Bennies Vater, hier hineingeraten.

Nana stand in der Küche, frei und einsam wie eine Vogelscheuche auf einem offenen Feld. Sie, die immer etwas zu tun hatte und gern über einen »vollen Terminkalender« klagte, konnte nichts anderes tun, als zu warten und zu schwitzen.

Einen Moment lang überlegte sie tatsächlich, ob sie irgendeinen Roman, einen Film, ein Theaterstück kennen würde, in dem jemand in der gleichen Situation wie jetzt sie war. Ihr fiel nichts ein – was wahrscheinlich wiederum ihrer momentanen Verwirrung zuzuschreiben war. Ihr fiel aber auch keine Freundin ein, die so etwas erlebt hatte, ganz genau diesen Moment ... Man erfuhr doch nie von diesen ersten Stunden nach solch einer Nachricht – was man nachher erfuhr, war eine Erzählung, eine *story*, schön aufbereitet für die Weitergabe an Dritte. Nicht mal der Tod konnte das Muster der Erzählung verwirren. Plot bleibt Plot. Wie ist das, wenn man plötzlich ungefragt Kenntnis über das vielleicht Intimste erhält, was ein anderer, wenngleich geliebter Mensch in seinem Leben erfahren kann?

Während Bennie mit Sylvia telefonierte, ertappte sich Nana dabei, an den Tod von Fridolin zu denken. Was für ein unpassender Gedanke! Aber was war jetzt schon passend? Setzte das Wort »passend« nicht voraus, daß man die Form, den Rahmen, den Kontext kannte, in den etwas hineinpassen sollte? Großeltern, Onkel, Tanten, von jedem einzelnen Tod hatte sie stets nur durch einen Trauerbrief bzw. aus dem Munde ihrer Mutter erfahren. Wohlfeile Worte. Die Ruhe nach dem Sturm. Dabeigewesen war sie nie. Aber als Fridolin nach wochenlanger Qual an Krebs starb, hatten Filou und sie gemeint, nichts Vergleichbares bislang erlebt zu haben. Sie waren damals acht gewesen. Noch Jahre pflegten sie Fridolins Grab hinter den Mülltonnen und dem Flaschencontainer im dritten Hinterhof.

Bennies Vater war tot, und sie dachte allen Ernstes an ein Meerschweinchen.

Als Jacques, ihre große Liebe vor Bennie, mit seinen zwei Überseekoffern ihre Wohnung verließ, blieb etwas eingetrockneter Sand auf der Türschwelle. Der Sand trug noch das Muster seiner Schuhsohlen. Wie lange hatte Nana diese Spuren nicht weggefegt. Besucher lotste sie unter Vorwänden daran vorbei. Das Schlimmste aber war die Stille gewesen. Wie hatte sie sich plötzlich nach den Nächten gesehnt, in denen sie in voller Lautstärke herumgebrüllt hatte: »China und so lang! Und was ist mit uns? Karriere geht dir über alles? Nie hätte ich geahnt, daß du solche Prioritäten setzen könntest!«

Später war der Adressat oder vielmehr die Adressatin ihres Ärgers eine gelangweilte Psychotherapeutin mit strähnigen Haaren und ausgebeulten Jeans gewesen.

Die Stille. Damals fing es an mit dem Hyperventilieren. Lautes Atmen gegen die Stille. Die Freundinnen, die immer reden wollten, die glaubten, Nana müsse sich nun richtig aussprechen. Die glaubten, sie bräuchte jetzt »Ablenkung«. Bei Fridolin wie später bei Jacques. Alles, was sie wollte, war, im Regen hinter den Mülltonnen zu stehen und klatschnaß zu werden beziehungsweise auf dem Globus die Entfernung von Berlin nach Shanghai staunend mit den Augen abzuwandern. Vor und zurück, zurück und vor. Einatmen, ausatmen, ein und aus und ein. Und bloß nicht zu schnell.

Plötzlich bekam Nana Angst. Angst vor dem Moment, wo Bennie vom Telefon zurückkam, Angst davor, diese Wohnung einzurichten, Angst vor der nächsten Vernissage – sie wußte nicht, was mit ihr los war. Eine Weile lang hielt sie die Hände vor ihr Gesicht und drehte sich von der Sonne weg. Bis sie das Brennen im Nacken nicht mehr aushielt.

Dann hockte sie sich im Schatten des Schranks auf das frisch verlegte Linoleum, das durch die Hitze unangenehm zu riechen begonnen hatte. Auch die Farbe des Bodenbelags, ein heller Sandton, den sie vor drei Tagen noch phantastisch gefunden hatte, störte sie plötzlich. Wie sehr wünschte sich Nana jetzt ein Moosgrün, ein Taubengrau, ein tiefes Blau, irgend etwas, das den Blick verengte. Etwas – Vertrautes. Ihr Kiefer, ihre Schultern, ihre Hüften, ihre Knie, alles tat ihr weh, so verkrampft saß sie da. Plötzlich verwandelte sich Nanas Angst, ihre Anspannung in den drängenden Wunsch, etwas zu unternehmen. Sie schoß hoch, durchschritt aufmerksamen Blickes die Wohnküche, das Schlafzimmer und ihr Arbeitszimmer und dachte krampfhaft darüber nach, wo sie in der neuen Wohnung ihre drei selbstgemalten Bilder aufhängen könnte. Diese Kahlheit, diese Leere – sie hatte auf einmal das Gefühl, sie keine fünf Minuten mehr ertragen zu können. Die hohen Wände waren für Bennie und sie ein Argument für die Wahl dieser Wohnung gewesen – jetzt jedoch hatte sie das Bedürfnis, sie so schnell wie möglich von oben bis unten vollzuhängen. Sie dachte an ihre Bilder: sprühende Farben. Ein bißchen zuviel Hellgrün, zuviel Kobaltblau. Freilich: umhegt, umgrenzt von bleifarbenen Linien, ein geordnetes, diszipliniertes Chaos war das, kein Wildwuchs. Natürlich nicht.

Sie fand ungefähr zehn Stellen, an denen sie sich die Bilder gut vorstellen konnte, und jeder Platz wäre besser als der, wo sie jetzt abgestellt waren, nämlich neben zwei Umzugskisten im Bad.

Nana war schon drauf und dran, die Bohrmaschine und Sechser-Dübel aus der Werkzeugkiste zu holen, als ihr der Gedanke kam, daß solch ein Lärm auf Bennie und Sylvia, die ihn auch hören würde, ziemlich pietätlos wirken könnte.

Sie fragte sich nun, was sie statt dessen tun könnte, um ihre Hände und damit hoffentlich auch ihren Geist zu beschäftigen. Natürlich fiel ihr der Schrank wieder ein. Aber wen interessierte es schon, ob ein Schrank fertig lasiert wurde, wenn er gerade seinen Vater verloren hatte?

Sie nahm den Pinsel und setzte da an, wo sie vorhin aufgehört hatte. Während sie die abgebrochene Bahn weiterzog, fing sie plötzlich an zu weinen. Erst jetzt wurde ihr bewußt, daß sie Bennies Vater nie wiedersehen würde. Nie würde sie sich ein eigenes Urteil über ihn bilden können, nie verstehen, warum Bennie zu Hause so anders war als in Berlin. Nie wieder würde sie ihn sehen! Sie lehnte ihren Kopf an die Schranktür. Ihre Tränen fielen auf die glänzende Holzlasurbahn und hinterließen helle Krater, die sie für immer an diesen Tag erinnern würden.

Nana weinte nicht gern, sie empfand es als Kapitulation. Beim Weinen verlor sie vollkommen die Kontrolle, verrannte sich in die alte gedankliche Sackgasse, in die sie auch bei Fridolins Ableben, beim Tod ihres Großvaters, beim Selbstmord eines Nachbarn und nach dem Verlust ihrer Lieblingskette in einer Jugendherberge hineingeraten war: Ich sehe sie nie wieder! Sie konnte sich das nicht wirklich vorstellen. Wie kann man ein Wort wie »nie« begreifen? Oder »endlich«? Schon als Kind quälte es sie, daß sie sich weder vorstellen konnte, daß das Weltall endlich noch daß es unendlich war. Sie hatte so lange über diese Frage nachgedacht, bis sie ein unglaublicher Schläfenkopfschmerz quälte. Und sie hatte es gehaßt, diese Frage, ohne auch nur eine im entferntesten befriedigende Antwort gefunden zu haben, auf sich beruhen zu lassen und von ihrer Mutter vor die Rotlichtlampe geschoben zu werden, um diese dämlichen Kopfschmerzen loszuwerden.

Zweimal hatte sie Bennies Eltern bisher gesehen. Das erstemal hatten Bennie und sie einen Abstecher zu den beiden auf einer Reise nach Prag gemacht. Als Paul ihr entgegenkam, war sie überrascht, wie schlank und sportlich er aussah. Sie hatte sich einen Wüstentierspezialisten irgendwie weniger attraktiv, gebeugter, vielleicht sogar am Stock gehend vorgestellt. Er trug einen gepflegten weißen Bart und knielange Shorts (da sie ihn beide Male im Sommer gesehen hatte, schien es ihr, er hätte jahrein, jahraus kurze Hosen getragen), und sie erinnerte sich an seine Hände – diese großen, aber nicht zu derben Männerhände, die auch Bennie hatte.

Das Haus überraschte sie ebenfalls. Es war auffallend dunkel und vermittelte trotz seiner Größe einen höhlenartigen Eindruck. Das hellste Licht spendeten die zahlreichen Terrarien.

Das Wohnzimmer, das mit schweren flaschengrünen Polstermöbeln und einem wuchtigen Ledersofa eingerichtet war, wurde von einem langgestreckten Terrarium mit orangerotem Tropenlicht dominiert. Der Fernseher wirkte neben ihm wie ein achtlos zur Seite geräumtes Spielzeug. Vor dem Terrarium lag ein abgenutztes braunes Cordkissen, von dem Nana auf einen oft hier sitzenden Beobachter schloß. Der höhlenartige Charakter des Raumes wurde durch die Gemälde und gerahmten Poster an den Wänden unterstrichen: Entweder zeigten sie sehr deutsche Landschaften – kleine Pfade, die in dichtem Wald auf Nimmerwiedersehen verschwanden, rotwangige Wanderer mit frohgemut ausholendem Schritt, denen in ihrer ungestümen Wanderlust etwas Kindlich-Zielloses anhaftete – oder aber Fotos von Lurchen, Geckos und ähnlichem – Nana kannte die Unterschiede nicht. Die Tiere waren immer ein wenig heroisierend von schräg unten aufgenommen worden. Auf einem Poster standen sich zwei mächtige Echsen mit aufgestelltem rotschwarz geflecktem Kamm gegenüber. Darunter hatte jemand, vielleicht Bennies Vater, mit Bleistift geschrieben: »Galapagosinseln. Kampf der Giganten.«

In einem der Flure stieß Nana auf eine gerahmte Sammlung von Briefmarken aus aller Welt, die Echsen und dergleichen abbildeten. Da taten sich besonders pazifische Inselstaaten hervor. Je kleiner und unbekannter das Land, desto bunter und pompöser die Marken. Auf die Sammlung war extra ein Deckenstrahler gerichtet, hier war also etwas mehr Licht.

Richtig hell und weniger grottenhaft war eigentlich nur die Küche. Sie quoll über von Postkarten, Urlaubsfotos, krakeligen Kinderbildern, Topfpflanzen, Küchenkräutern, Hinstellerchen aller Art und war damit ziemlich eindeutig das Refugium von Bennies Mutter, die offenbar sonst nicht viel Mitspracherecht hatte, was das Haus und seine Einrichtung betraf.

Zunächst hatte Bennies Vater Nana seine Wüstentiere gezeigt. Sie erinnerte sich, daß sie von Pauls Wüstenwaran Overlord – so nannte er ihn, weil er einen überraschend anspringen konnte – besonders beeindruckt war. Paul erklärte ihr, daß für wechselwarme Tiere in der Wüste die ständige Kontrolle der Körpertemperatur überlebenswichtig sei. Deshalb trägt der Wüstenwaran eine Art »Thermometer« auf dem Scheitel. Dieses »dritte Auge« enthält lichtempfindliche Zellen, mit denen er tatsächlich die Intensität der Sonnenstrahlen messen kann. Er tritt nur dann aus seinem Versteck hervor, wenn eine bestimmte, für ihn noch ungefährliche Temperaturhöhe nicht überschritten wird.

Nana ertappte sich bei dem Gedanken: So ein eingebautes Thermometer wie diese dicke Echse da hätte ich auch gern, aber sie schwieg lieber. Paul wirkte nicht unbedingt humorvoll.

Pauls Büro war von Chromregalen und dunklen Aktenordnern beherrscht, irgendwie maskulin, mußte Nana denken, obwohl sie sich die Begriffe »feminin« und »maskulin« seit Jahren abzugewöhnen versuchte.

In dem abweisenden Zimmer hing wie das Symbol einer fernen Hoffnung ein großes gerahmtes Poster mit dem goldenen Schriftzug »Atacama-Wüste«: kobaltblaues Meer, glitzernde Gischt-Schaumkronen, in der Sonne leuchtende Küstenstreifen, buttergelbe Wüste, dahinter die schneebedeckten gestochen scharfen Gipfel der Anden – im Bildvordergrund eine im Sand eingerollte Schlange, von der man nur die hellbraun gesprenkelte Augenpartie sah. Bei ihrem Anblick meinte man das Beben ihres Körpers unter dem Sand spüren zu können. Was für ein heimtückisches Vieh! Neben dem Poster hing eine Schwarzweißaufnahme von Bennies Großvater in einer Tropenuniform. Später hatte Nana erfahren, daß er in Nordafrika gefallen war.

Sein Blick beherrschte den ganzen Raum.

Dann zeigte Bennies Vater ihr die Springenden Nachtschwärmer. Sie konnten aus dem Stand heraus zwei bis drei Meter weit und einen Meter hoch springen und hatten ein entsprechend großes Terrarium, das größte, das Nana bisher in einem Privathaushalt gesehen hatte. Paul hatte es liebevoll und durchaus originell mit Steinen, Agaven, Wüstenblumen und kleinen Dünen ausgestattet. Mit der Terrariengestaltung hatte er sich offenbar mehr Mühe als mit dem Haus gegeben.

Anschließend gingen sie in den Garten. Bennies Eltern hatten nicht alles in Reih und Glied gepflanzt, wie Nana es sich bei den alten Herrschaften vorgestellt hatte. Auf einer Wiese stand eine Holzbank malerisch unter Apfelbäumen, einen großen flachen Stein daneben nutzen Bennies Eltern als Ablage für Bücher und einen Stapel zerlesener Geo-Hefte. Im Schatten des Hauses war ein Fischteich angelegt, Heidelbeer- und Stachelbeersträucher säumten kleine Wege. Am Ende des Grundstücks stand das Wüstenbienenhaus. Es war unterteilt in einen Bereich mit Bienen, die in Stöcken wohnten, und einen, in dem rötlicher Sand auf verschiedene Ebenen verteilt war. Hier hausten die Sand- oder Wüstenbienen. Sie gruben ihre Stöcke ins Erdreich, um sie auf diese Weise vor dem Austrocknen zu schützen.

Bevor Nana das Bienenhaus betrat, setzte Bennies Vater ihr einen Imkerhut auf. Als er mit ernster Miene das Netz noch ein wenig zurechtrückte, fand sie seine Nähe angenehm; es ging etwas durchaus Bezwingendes von ihm aus. Es war eine instinktive Zuneigung, die sie zu Paul hatte – obwohl sie sicher kaum eine Ansicht mit ihm teilte und davon überzeugt war, daß er sehr autoritär sein konnte.

Das Gespräch am Kaffeetisch drehte sich bald um die Schwierigkeiten, die Paul gerade mit der Tierhandlung hatte. Paul meinte, daß das Interesse an Wüstentieren in den letzten Jahren stark zurückgegangen sei. Die vieldiskutierte »Rückkehr ins Private« habe nicht zu einem neuen Interesse an exotischen Heimtieren geführt. Die Leute würden diese absolut einzigartigen Erdenbewohner plötzlich für Luxusartikel, für so etwas wie überteuertes Parfüm oder schicke Kugelschreiber, halten und sich lieber eine Kaffeemaschine oder ein Paar ordentlicher Winterstiefel kaufen. »Exotische Tiere und wirtschaftliche Stagnation in Deutschland, das verträgt sich nicht gut«, hatte Paul noch gesagt.

Später hatte sie erfahren, daß er die Tierhandlung schließen mußte. Wie eigentümlich distanziert Bennie und sein Vater doch miteinander umgegangen waren, obwohl beide offenbar gerade in einer ähnlichen Situation steckten: Bennie hatte die, wie er dachte, Stelle seines Lebens verloren. Er hatte als Journalist für eine der größten Zeitungen Deutschlands gearbeitet, die aber mit einemmal sehr viele Mitarbeiter entlassen mußte. Nach der Kündigung hatte er sich bei mehreren anderen Blättern beworben, aber gab es nicht Journalisten wie Sandkörner in der Wüste? Bennie, der nicht zu Trübsal neigte und dessen spielerische und phantasievolle Art sie von Anfang an sehr mochte, hatte kurzerhand mit Clyde die Galerie gegründet, die Malkurse in dem Jugendclub angeboten und ein Stadtteilmagazin ins Leben gerufen.

Bei ihrem zweiten Treffen mit Bennies Eltern – sie hatten bei Sylvia und Jan zu Sylvias vierzigstem Geburtstag in der

Gartenlaube gesessen – war das Gespräch wieder sehr schnell auf die Arbeit gekommen, und Bennies Vater war froh zu hören, daß Nana, die inzwischen an der Uni unterrichtete, einen »richtigen Beruf« hatte und nicht, wie Bennie, »so dies und das« machte. Daß Nana für ihren Einführungskurs in Gedächtnisforschung vierhundert Euro pro Semester bekam und die Reader für die Studenten aus eigener Tasche bezahlen mußte, nahm er nicht recht zur Kenntnis. Nana hatte zu Bennies Verteidigung leicht entrüstet eingewendet, daß eine Galerie zu leiten, ein Stadtteilmagazin herauszugeben, Kunstkritiken zu schreiben und Malkurse in einem Jugendclub zu geben ihrer Meinung nach nicht »so dies und das« sei. Aber Bennies Vater schien vor allem zu irritieren, daß Bennie so vielen Jobs gleichzeitig nachging. Für ihn fehlte, wie er mehrfach betonte, »der Rahmen, das große Ganze«. »Wie kann man da etwas aufbauen? Ein jahrelanges, jahrzehntelanges, wie soll ich sagen, zielgerichtetes Arbeiten, kannst du dir so etwas überhaupt vorstellen?«

Bennie hatte höflich versucht, einen Seufzer zu unterdrücken. Dieser Dialog schien schon öfter stattgefunden zu haben. Natürlich wußte Nana, daß Bennie diese Art von »monumentalem« Denken, dem alle anderen Lebensbereiche untergeordnet werden, ziemlich fremd war. Zumindest, seitdem er schon einmal im Schnelldurchlauf (im Vergleich zu seinem Vater) erfahren hatte, was es bedeutet, wenn das eigene Geschäft bankrott geht. Bankrott, das war fast ein altmodischer Ausdruck – heute sprach ja jeder nur noch von Insolvenz. Das klang eleganter, harmloser. Bennie hatte Ende der neunziger Jahre mit seiner damaligen Freundin ein Luftballongeschäft gestartet, das, nachdem in Prenzlauer Berg und Mitte viele junge Leute Kinder bekommen hatten, kurze Zeit boomte. Bis es in irgendwelchen Billigläden Kopien von Bennies selbstgestalteten, ausgefallenen Luftballons gab, die die Hälfte kosteten.

Das einzige Argument, das Nana zu Bennies Verteidigung aufbrachte und das Paul ein wenig einzuleuchten schien, war, daß man mit verschiedenen Tätigkeiten weniger Gefahr lief, arbeitslos zu werden.

Etwas unvermittelt hatte Paul Nana gefragt, ob sie Chamäleons mögen würde. Spontan hatte sie »ja« gesagt. Chamäleons waren ihr ebenso wie Pinguine, Nasenbären oder Zebras sympathisch, ohne daß sie dies hätte begründen können. Bennies Vater schien hocherfreut und begann etwas umständlich zu erklären, daß Chamäleons ausgesprochene Wüstenliebhaber seien, was viele Menschen gar nicht wüßten, wie ihm immer wieder aufgefallen sei. Überhaupt hätten viele Menschen gar keine Vorstellung von der Flora und Fauna der Wüste. »Es ist unglaublich, wie diese Tiere unter den härtesten Bedingungen überleben können!« rief er aus und wiederholte, »unter den härtesten Bedingungen.« In Wadis, also in ausgetrockneten Flußläufen, würden Chamäleons bevorzugt leben. Aber anstatt wie viele Wüstentiere nomadenhaft mit dem Nahrungsangebot mitzuziehen und dabei riesige Strecken zurückzulegen, würden sie oft ihr Leben lang ein einziges Wadi, ein paar Quadratmeter Krüppelbüsche, nicht verlassen und einfach nur ihre unglaublich lange Zunge zur Nahrungsaufnahme entrollen. Statt Kraft zu vergeuden und hier und da herumzuspringen, hätten sie auf ein »Talent« gesetzt und damit erfolgreich ihre Überlebensstrategie optimiert.

Nana erinnerte sich nicht mehr genau an den weiteren Gesprächsverlauf. Es wurde wohl das Abendbrot serviert und das bei aller pädagogischen Absicht nicht ganz speisetaugliche Thema der Nahrungsaufnahme mit der langen Zunge fallengelassen.

Beim Essen driftete das Gespräch noch einmal kurz in die Politik ab. Bennies Vater schimpfte wenig sachkundig über die Rolle der Gewerkschaften, und niemand, außer Bennies älterem Bruder David, widersprach. David sah seinem Vater ebenfalls ähnlich, wirkte jedoch in sich gekehrter, irgendwie unberechenbarer als Bennie.

Bennie ließ die Bemerkungen seines Vaters unkommentiert im Raum stehen, ergriff aber auch nicht für David Partei, obwohl der eigentlich genau die Ansichten vertrat, die Bennie sonst Nana gegenüber geäußert hatte. Statt dessen ging Bennie zum bei seinem Vater offenbar stets willkommenen Thema »Klimakatastrophe« über.

Später hatte sie es bereut, daß Bennie und sie nicht einen Tag länger geblieben waren. Im Kreis seiner Familie hatte sie ihn plötzlich so anders erlebt, viel unentschlossener, ausweichender, irgendwie passiver als zu Hause, wo er den Kopf ständig voller Ideen hatte und ebensoviel redete wie jetzt sein Vater. Gegenüber seinem eigenbrötlerischen, aber auch energisch wirkenden Vater kam er nicht recht zur Geltung.

Die Vorstellung, daß Bennie noch irgendwo anders als in Berlin verankert war (der Gedanke an ein kleines Dorf war ihr sehr angenehm) und daß es Menschen gab, die ihn viel besser kannten als sie, hatte etwas Beruhigendes für sie gehabt. In Berlin lebten sie von der Hand in den Mund und wußten nie, was der nächste Tag bringen würde. In ihrem Freundeskreis gab es überraschende Trennungen, ebenso überraschende Hochzeiten, Kinder, tot geborene Babies, verschwundene Väter oder Mütter, esoterisch-erleuchtet Zurückgekehrte, Selbstmorde, schillernde Erfolge, Identitätsverwirrungen, Ekstasen ... Das einzige Kontinuum in ihrem eigenen Leben war, dachte Nana, daß sie nie Geld hatte.

Die Nässe der Tränen tat gut bei der Hitze, sie weinte nicht mehr richtig, sie spürte nur die Tränen ihre Wangen und ihren Hals hinab in den T-Shirt-Saum laufen. Sie kannte Bennie noch nicht wirklich lange, sie waren erst dabei, sich aneinander heranzutasten. Gerade erst war sie seiner Familie – dieser großen Familie aus einer ganz anderen Ecke Deutschlands – ein bißchen näher gekommen, da wurden die Karten schon wieder neu gemischt, veränderte sich alles, stand alles kopf. Jetzt würde das Haus aufgegeben werden; wer weiß, wo Bennies Mutter hinziehen würde, vielleicht zu einer der beiden älteren Schwestern, zu Sylvia oder zu Anna – darüber würde es sicher noch Streit geben. Und nie wieder würde sie Bennie und seinen Vater zusammen an einem Tisch sitzen sehen.

Als Nana hörte, wie Bennie den Hörer auflegte, wischte sie sich die Tränen ab, denn sie hatte sich vorgenommen, »stark« zu wirken. Sie war inzwischen zu der Überzeugung gelangt, daß es für einen Mann, der gerade seinen Vater verloren hatte, das Beste sein müßte, eine zuversichtliche, »starke« Frau an seiner Seite zu haben, die »warmherzige Souveränität« ausstrahlte. Sie konnte diesen Gedanken kaum denken, ohne sich gleich darüber lustig zu machen, dennoch: Wie sollte sie jetzt mit Bennie umgehen? Sollte sie ihm vorschlagen, einen Spaziergang zu machen? Oder sich mit einem eisgekühlten Wasser an den Küchentisch zu setzen? Oder fragen, ob er erst einmal allein sein wollte?

Obwohl Nana die ganze Zeit auf diesen Moment gewartet hatte, schien er ihr auf einmal zu schnell gekommen. Erschrocken ließ sie den Pinsel in den Lasurtopf sinken. Erst starrte sie Bennie einfach nur an, dann lief sie wie ein kleines Mädchen auf ihn zu, streckte zaghaft eine Hand nach ihm aus, zupfte unsicher an seinem Hemd und senkte den Kopf. Bennie legte ihr eine Hand auf die Schulter – dann hatte *sie* wieder geweint, nicht er.

Sie hielten sich wortlos aneinander fest. Schließlich ließ er sie los und ging ins Schlafzimmer. Plötzlich war ihr klar, daß Bennie jetzt das tun würde, was er in jeder schwierigen Situation als erstes tat: sich eine anzünden. Sie hatte ihn breitbeinig auf dem Bett sitzen sehen, es war heiß, und ihm floß der Schweiß übers Gesicht. Sein Gesicht war leicht vom Rauch verhüllt, sein Blick war auf den Boden gerichtet, er hätte auch gerade verhaftet worden sein können.

Sie hatte ihn sehr begehrt in diesem Moment.

Nachdem er geraucht hatte, kam Bennie zurück und strich wortlos den Schrank weiter an. So verging mindestens eine halbe Stunde. Es kam ihr grotesk vor, aber je länger sie beide strichen – den harzigen Geruch der Holzlasur würde sie von nun an stets mit dem Tod in Verbindung bringen –, desto sinnvoller erschien ihr ihre Tätigkeit. Bennie strich fieberhaft. Während er mit dem Streichen des Schranks beschäftigt war, erzählte er – langsam, mit vielen Unterbrechungen –, was sich zugetragen hatte.

Im Wüstenbienenhaus war es unerträglich heiß gewesen. Seine Mutter sei deshalb schon seit Tagen nicht mehr hineingegangen. Das schmale, innen zum Teil geteerte Holzhäuschen lud sich bei Hitze ja wie ein Backofen auf. In Schweden waren es heute zweiunddreißig Grad, in Dänemark und in Norddeutschland sechsunddreißig und in Süddeutschland satte achtunddreißig. Dennoch hatte sein Vater den halben Vormittag im Bienenhaus verbracht (er stand immer sehr früh auf, zu einer Uhrzeit, zu der Bennie und Nana meist erst ins Bett gingen), hatte Gitter gereinigt, Nährflüssigkeit auf die Waben geschüttet, ein paar Schrauben an den Bienenstöcken nachgezogen, den Ventilator über den Sandbienen angestellt. Er war körperlich noch sehr gut in Form, abgesehen von seinen gelegentlichen Herzschmerzen. Dann rief ihn Bennies Mutter zum Frühstück. Ob sein Vater da schon nicht mehr reagiert und seine Mutter ihn im Bienenhaus gefunden hatte oder ob er in dem Moment, als er aus dem Bienenhaus getreten war, einfach »umgekippt« sei, wußte Bennie nicht genau.

Eigentlich wollte Nana Bennie jetzt spontan umarmen, aber sie war wieder hin- und hergerissen zwischen dem Impuls, ihn zu berühren, und dem, sich ihm nicht aufzudrängen. Sie legte nur einmal kurz ihre Hand auf seinen Unterarm.

Dann sprach Bennie über seine Mutter. Sie war so lange mit seinem Vater verheiratet gewesen – zweiundvierzig Jahre! –, ob sie mit seinem Tod wohl je fertig werden würde? Außerdem war klar, daß sie nicht allein in dem großen Haus wohnen bleiben könnte. Bennies Vater war gesundheitlich sehr viel besser dran gewesen als sie, und jeder hatte angenommen, daß sie zuerst »gehen« würde.

Bennie sagte danach eine Zeitlang nichts, und sie strichen verbissen den Schrank ein zweites Mal. Sie hatten nicht einmal abgewartet, bis die erste Lasurschicht richtig getrocknet war. Nana war froh, daß der riesige Schrank sie so sehr beanspruchte. Es war im Grunde unsinnig, daß sie den Schrank in der Küche strichen, aber in ihrem Schlafzimmer, ganz zu schweigen von ihrem Arbeitszimmer, standen noch zu viele Umzugskartons. Außerdem konnten sie bei dem Geruch der Holzlasur – so betörend er war – nicht einschlafen. Die Küche war so etwas wie das logistische Zentrum ihrer Wohnung geworden.

Nachdem sie den Schrank noch einmal gestrichen hatten, sagte Bennie, er habe Hunger. Normalerweise war er es, der kochte, aber an diesem Tag warf Nana sofort den Broccoli-Rest und die Nudeln von gestern in die Pfanne und verrührte alles mit einer Tomaten-Basilikumsauce, die sie zuoberst in einem der Küchenkartons gefunden hatte. Als sie am Küchentisch saßen (der als einziges Möbelstück schon an seinem richtigen Platz stand), fragte Nana, ob es noch viel Unausgesprochenes zwischen ihm und seinem Vater gegeben hätte. Ob es Fragen gäbe, die er ihm noch hätte stellen wollen.

Bennie hatte zunächst den Kopf geschüttelt. »Ich hab doch meine Distanz zu denen, seitdem ich von zu Hause weg bin …«

Dann, nachdem er die zweite Bierflasche getrunken

hatte, sagte er: »Kann man jemals genug gefragt haben? Natürlich nicht.«

Sie hatten wieder geschwiegen, bis Bennie plötzlich laut weiterdachte: »Warum er Mitte der sechziger Jahre, als andere Wohngemeinschaften gründeten, Sartre und Bloch lasen oder gegen Vietnam demonstrierten, einem Heimatlieder singenden Wanderverein beitrat. Vielleicht war's nur wegen seiner Freiluft-Macke, ich weiß es nicht. Und warum er immer so einen auf Familie gemacht hat, aber sich eigentlich nur für sein Geschäft und die Viecher interessierte. Warum er sich kein bißchen über die freie Zeit gefreut hat, als er mit über sechzig Jahren insolvent wurde. Warum das für ihn nichts als eine Katastrophe war – nach vierzig Jahren Sich-Abrackern.«

Von all dem hörte Nana zum erstenmal. Erstaunlich hatte sie bisher nur gefunden, daß Bennie so viele Geschwister hatte. Vier Geschwister! Sie selbst hatte nur Filou, der eigentlich Philipp hieß. Und wenn sie nicht zufällig zu zweit auf die Welt gekommen wären, hätten ihre Eltern es auf jeden Fall bei einem belassen, wie ihre Mutter sie einmal ganz nebenbei beim Haare-Toupieren wissen ließ.

Nana erinnerte sich daran, daß Bennie erzählt hatte, es wäre vor allem sein Vater gewesen, der so viele Kinder haben wollte. Die ersten vier, Sylvia, David, Johanna und Benjamin, waren relativ schnell hintereinander gekommen, und Eva hatte Benjamin diesen Namen gegeben, weil sie davon ausging, daß er der Jüngste bleiben würde. Aber fünf Jahre später wurde Thomas geboren. Der wurde dann Papas Liebling, hatte in der Schule eine Klasse übersprungen, war wohl ein absolutes As in Naturwissenschaften und obendrein noch sehr sportlich. Mit Anfang Zwanzig brach er plötzlich komplett mit der Familie und wanderte aus. Wenn Nana nach dem Grund fragte, sagte Bennie Dinge wie: »Ach, das ist eine komplexe Geschichte«, »So genau weiß ich das auch nicht« oder »Ich möchte, daß du meinem Vater erst einmal unvoreingenommen begegnest.« Manchmal ging er auch zum Gegenangriff über: »Warum willst du das denn jetzt wissen?«

Einmal, als sie beide nach einer Vernissage ziemlich angetrunken auf dem Sofa herumgelungert hatten, erzählte Bennie unvermittelt, daß sein Vater »erst einen Haufen Kinder wollte, aber als die da waren, reichte es ihm, uns gelegentlich stolz herumzuführen. Ja, vor Dritten war er immer mächtig stolz auf uns.«

Als Nana weiter nachfragte, legte sich Bennie neben sie und zog ihr langsam den Rock hoch.

Sie waren nicht spät ins Bett gegangen an diesem Abend. Nana hatte Bennie noch den Rücken massiert, und nachher war er mit seinem Kopf auf ihrer Brust eingeschlafen. Zum erstenmal war er völlig nackt schlafen gegangen. Vielleicht fühlte er sich Nana näher nach all dem, was heute passiert war. Vielleicht war es ihr doch gelungen, ein bißchen »warmherzige Souveränität« auszustrahlen. Als sie so still im Bett lag, begann sie auf das Klopfen ihres Herzschlages hören. Sie merkte, wie sie wieder anfing zu hyperventilieren. Das alte Problem. Langsam und konzentriert atmete sie durch. Ein und aus. Ein und aus. Alles ging einfach viel zu schnell. Ein und aus. Ein und aus. Plötzlich schien es ihr, daß sie Bennie erst viel zu kurz kannte! Ein und aus. Ein und aus. Zu kurz kannte! Ein und aus. Ein und aus. War es richtig gewesen, so schnell zusammenzuziehen? Ein und aus. Ein und aus. Ein und aus.

Langsam beruhigte Nana sich und konnte wieder klarer denken. Sie dachte jetzt darüber nach, ob sie an Bennies Stelle nicht mit den anderen Geschwistern und Tante Lieschen telefoniert hätte. Er hatte nur seine Mutter angerufen. Vorhin hatte das Telefon mehrfach geklingelt. Das waren bestimmt Anna und David oder noch einmal Sylvia. Nana wußte, daß Sylvia und David nicht miteinander auskamen.

Und daß auch Anna Probleme mit Sylvia hatte, aber Bennie sich wiederum mit beiden Schwestern nach eigener Aussage gut verstand, nicht jedoch mit David, obwohl der als Schauspieler seinen Interessen eigentlich am nächsten stand. Über Thomas wußte kaum noch jemand etwas. Ob man ihn überhaupt vom Tod seines Vaters benachrichtigen konnte?

Nana lag noch lange wach und fragte sich, wie sie morgen, übermorgen, in den nächsten Tagen mit Bennie umgehen sollte. Würde Bennie morgen wieder in das fensterlose Kabuff in der Galerie gehen, das sie immer beschönigend sein »Büro« nannten? Vermutlich. Vielleicht könnte sie ihm etwas Liebes in die Tasche stecken. In irgendeiner Kiste mit Lebensmitteln hatte sie Marzipanherzen; vielleicht fand sie die morgen noch rechtzeitig. Oder war das eine dumme Idee? War es nicht albern, jemandem, dessen Vater gerade gestorben ist, bunte Herzen zuzustecken wie einem Kind, das sich vor einer Mathearbeit fürchtet? Und überhaupt, Marzipanherzen bei dieser Hitze, es weihnachtete doch nun wirklich nicht.

Ich hatte so etwas eben noch nie erlebt, sagte sie später. Ich kam mir vor wie der erste Mensch auf dem Mond. Diese schwerelosen Schritte in dieser viel zu hellen, leeren Küche, mein völlig bescheuertes Herumzupfen an Bennies Hemd, als er vom Telefon zurückkam, meine Tränen statt seiner, und wie er dann dasaß und rauchte und ich ihn *geil* fand, obwohl ich das Rauchen bisher für seine einzige echte Schwäche gehalten habe und Raucher eigentlich *hasse* –

Weil sie nicht einschlafen konnte, war sie aufgestanden und hatte angefangen, die Umzugskartons weiter auszuräumen. Wie gut, wenn man keinen Job hat, bei dem man morgens um neun Uhr ausgeschlafen antanzen muß. Wie schlecht, wenn man mit vier Jobs nur so wenig verdient, daß man sich kein Umzugsunternehmen leisten kann. Das war Bennies Eltern auch nicht klarzumachen. Als Nana am Telefon gesagt hatte: »Danke, alles ist gut über die Bühne gegangen, wir haben alles hier, aber ich hab tierische Rückenschmerzen«, kam die Antwort: »Na, die schweren Sachen mußtet ihr doch nicht selbst schleppen.«

Nana packte weiter aus, die Gewürze, eine Schachtel mit Teebeuteln, eine Sammlung Flaschenöffner, das übrige Besteck, die Medikamente, Handtücher und Waschlappen, eine Plastiktüte, in die sie Sonnenmilch, Kamm, Bürste und Shampooflaschen geworfen hatte. Die Sonnenmilch stellte sie auf die Fensterbank.

Das einzige, was ihr jetzt half, war, Ordnung zu schaffen. Auspacken, einräumen, auspacken und einräumen. Ein und aus, ein und aus, und nur nicht zuviel auf einmal.

# Die Fahrstunde

Miriam nahm gerade eine besonders scharfe Kurve, als die ersten Takte von Beethovens Fünfter erschollen – Sylvias Handy. Es war fünf vor elf, und Sylvia beschloß, nicht ans Handy zu gehen. Die Situation mit Miriam am Steuer war ihr zu heikel.

»Gehst du nich' ran?« rief Miriam.

Sylvia schüttelte nur den Kopf. »Guck bitte nach vorne und nicht zu mir«, mahnte sie. Wegen einer Baustelle wurde die Straße auf eine Spur verengt, und Miriam mußte sich einfädeln, was Sylvia den Schweiß in die Handflächen trieb. Zum Glück hatten sie eben in der Kurve nicht die Aufmerksamkeit der Polizei auf sich gelenkt, die vorher eine Weile lang – Sylvia schien es eine Ewigkeit zu sein – im gleichen Tempo neben ihnen hergefahren war. Sylvia warf einen kurzen Blick zu ihrer Tochter hinüber, die jetzt brav mit der Kolonne im Schrittempo weiterfuhr und wieder anhielt.

Miriam wurde in einem Monat achtzehn, aber sie dachte zum Glück nicht an Dinge wie Heiraten oder Kinderkriegen, sondern wollte den »Führer« machen und danach eine große Reise. Nicht nach Amerika, wie es damals Sylvias, vom Vater inspirierter Traum gewesen war, der sich dann wegen ihrer ersten Schwangerschaft nicht mehr realisieren ließ, sondern durch Osteuropa. Nachdem Miriam eine Klassenfahrt nach Krakau, eine Zeltlagerfahrt ins Riesengebirge und eine an den Plattensee gemacht hatte, schwärmte sie von den postkommunistischen Ländern. In Miriams Augen waren Rom, Paris und London »langweilig« und »abgegessen«; ihrer Meinung nach lebten dort nur reiche, vom Kapitalismus bis zur geistigen Erstickung gepäppelte Menschen, die sie ohne Umschweife als »Wohlstandsplebejer« bezeichnete. Die USA nannte sie »voll der Fascho-Staat«, ein stark vergrößertes Foto von Michael Moore hing über ihrem Bett. Michael Moore überm Bett! Sylvia hatte sich früher Rod Stewart aufgehängt. Miriam hatte sie jedoch wissen lassen, daß Rod Stewart ein »totaler Nullblicker« sei. Wie natürlich auch alle anderen einstigen Helden von Sylvia.

In Städten wie Brünn, Budweis, Łódź, Białystok, Kaunas oder Žilina hingegen hausten in den Vierteln, die noch nicht restauriert worden waren und in denen sich keine westlichen Einkaufsketten etabliert hatten, die reinen Freigeister, unverdorben vom Glanz des Goldes und über Jahrzehnte nur mit Luft, Liebe und revolutionärer Utopie gefüttert. Seit ihren Zeltlagertouren gönnte sich Miriam öfter ein verlängertes schulfreies Wochenende und fuhr mit ihren Freundinnen nach Polen, Litauen, Tschechien oder in die Slowakei. Heute morgen beim Frühstück hatte sie die Idee geäußert, nach erfolgreichem Erwerb des »Führers« mit Sylvias Auto zum Schwarzen Meer oder nach Sankt Petersburg zu »brettern«.

Sylvia hatte eingewandt, daß sie nie im Leben in einem Auto mit deutschem Kennzeichen durch diese Länder fahren würde, woraufhin Miriam ihr eine Statistik aus dem Internet heraussuchte, nach der im Jahr 2002 mehr Autos in Großbritannien als in Lettland geklaut worden waren – pro Einwohner, versteht sich.

Als Beethoven wieder ertönte, war Miriam damit beschäftigt, einen Parkplatz anzusteuern. Der Parkplatz gehörte zu einem seit langem geschlossenen Krankenhaus; hier stand selten ein Auto. Das Einparkmanöver würde also eine recht ungefährliche Angelegenheit sein. Diesmal hielt sich Sylvia das Handy ans Ohr. Es war Mama.

»Dein Vater ist tot. Er ist vor einer Stunde im Eingang

des Bienenhauses zusammengebrochen. Natürlich hab ich sofort einen Notarzt gerufen. Und der war auch wirklich innerhalb von drei Minuten an Ort und Stelle. Aber – er hat es nicht mehr geschafft. Der Arzt hat es mit einer Herzmassage vor Ort probiert; sie haben ihn noch mit Blaulicht ins Krankenhaus geschafft. Aber es war zu spät.«

Vollkommen ungläubig hörte Sylvia die hektischen Sätze ihrer Mutter.

»Too late is too late!« sang Miriam vor sich hin, als sie gerade noch über eine gelbe Ampel kam, der Fahrer hinter ihr aber kräftig auf die Bremse treten mußte.

Sylvia stiegen Tränen in die Augen; es war immer dasselbe, erst spürte sie einen Kloß im Hals, dann kribbelte es in der Nase, danach in den Augen, meist gab es dann kein Halten mehr.

Jetzt wurde sie in ihrem Sitz abrupt nach vorne geworfen.

»Mann, Mama, ich hab's geschafft, ich stehe da wie 'ne Eins, und das ohne Riesenrumrangieren!«

Miriam warf einen mißmutigen Blick auf das Handy, mußte Mama ausgerechnet jetzt telefonieren?

Sylvia versprach ihrer Mutter, gleich von zu Hause anzurufen.

Miriam parkte noch einmal aus und ein. Dann versuchte sie, sich rechts und links im gleichen Abstand zu den weißen Markierungen zu stellen. Sie parkte vorwärts und rückwärts ein, hantierte am Spiegel und fuchtelte wild herum. Einmal fuhr sie vor statt zurück, weil sie nicht den richtigen Gang eingelegt hatte, und Sylvia war froh, daß vor ihnen nur ein bißchen Gras und nicht ein Poller oder ein Baum gewesen war.

Obwohl erst wenige Minuten seit dem Telefonat vergangen waren, hatte Sylvia das Gefühl, das Gespräch hätte gar nicht stattgefunden. Einen Moment lang überlegte sie, ob das etwas mit dem Handy zu tun haben könnte. So harmlos lag es da auf ihrem Schoß. Irgendwie nahm sie dieses kleine Plastikding nie ganz ernst, zumindest hatte sie sich nie vorgestellt, daß es ihr einmal solch eine Botschaft übermitteln würde. Mit Handytelefonaten assoziierte sie hastig durchgegebene Einkaufslisten und kurze Absprachen.

Sylvia lehnte sich in ihrem Sitz zurück und überlegte, wie sie Miriam beibringen sollte, daß ihr Großvater gestorben war. Sie wußte, Miriam machte sich nicht viel aus Opa, aber sie redete sich ein, daß der Verlust des Großvaters für ein Enkelkind immer eine zutiefst traurige Angelegenheit sei, die viel Fingerspitzengefühl erforderte. Im nächsten Moment mußte sie sich eingestehen, daß sie viel mehr Angst vor Miriams mangelnder emotionaler Anteilnahme hatte.

»Wer war'n das?« fragte Miriam jetzt und hatte Sylvia damit eigentlich eine gute Vorlage gegeben.

Sylvia seufzte; sie war wieder im Begriff zu weinen. Einundvierzig Jahre lang war ihr Vater neben ihrer Mutter der wichtigste Mensch in ihrem Leben gewesen. Viel wichtiger als ihre Geschwister. Die fielen ja allesamt seit Jahren nur noch über sie her. Außer Bennie. Den hatte sie immer sehr gerne gemocht. Aber seitdem ihr Bruder in der Hauptstadt wohnte, einen ehemaligen Kiosk in eine »Galerie« umfunktioniert hatte, in der entweder unglaublich schlechte Brutalo-Comics ausgestellt wurden oder Menschen in Taucheranzügen auf am Boden ausgebreiteten amerikanischen Flaggen herumzappelten und Erdnußdosen mit arabischer Schrift oder dem, was sie dafür hielten, übermalten, was Bennie »politische Kunst« nannte, interessierte er sich kaum noch für den Rest der Familie. Vermutlich waren sie ihm alle zu »unsexy« – eine Vokabel, die Bennie in letzter Zeit oft benutzte. Wenigstens mußte Sylvia ihm lassen, daß er stets freundlich und gut aufgelegt war, wenn sie ihn anrief; immer fiel ihm irgend etwas Nettes ein – sogar zu Miriam. Bennie war ihr schon lieber als die anderen beiden.

Die machten ihr nur Vorhaltungen über ihre Ehe oder über Miriam, die schon dreimal beim Kaufhausdiebstahl erwischt worden und jetzt vorbestraft war.

Wenn Sylvia über ihre Geschwister nachdachte, ging es nur um David, Johanna und Bennie. Nie um Thomas. Wer wußte schon, wo der steckte.

Als Miriam aus dem Wagen stieg, um sich den ihrer Meinung nach »klapprigen Kotflügel« anzuschauen, mußte Sylvia doch weinen. Sie konnte es einfach nicht unterdrücken. Sie würgte, schluckte und zitterte. Zum Glück gelang es ihr rasch, sich die Tränen abzuwischen, als Miriam sich mit einem lauten Aufstöhnen wieder neben sie auf den Fahrersitz plumpsen ließ. Jetzt wollte Miriam Autobahn fahren. Normalerweise hätte Sylvia an dieser Stelle entschieden protestiert, aber diesmal sagte sie nur matt: »Meinst du wirklich, Miriam? Wenn du ohne Führerschein am Steuer erwischt wirst, bin ich meinen auch los.«

»Mama, laut Statistik passieren viel mehr Unfälle auf der Landstraße als auf der Autobahn! Weißt du, warum? Weil 'ne Autobahn nicht links und rechts Bäume hat.«

Schnell ging es auf den Zubringer, einmal röchelte der Motor bedenklich, weil Miriam in den ersten statt in den dritten Gang geschaltet hatte, aber dann flitzten sie doch neben den vielen Lastern aus Ungarn, Tschechien und Polen her – jeden einzelnen mußte Miriam begeistert aufzählen. Diese Fahrt nahm Sylvia so in Anspruch, daß an den Tod ihres Vaters erst einmal nicht zu denken, geschweige denn darüber zu sprechen war.

Später, als sie wieder auf der Landstraße waren und Miriam, obwohl es taghell war, die verschiedenen Lichter – Fernlicht, Nebellicht, Abblendlicht – ausprobierte, schien Sylvia die Gelegenheit gekommen zu sein, das schreckliche Thema anzuschneiden. Während sie noch die richtigen Worte suchte, betrachtete sie ihre Tochter, die nun doch etwas erschöpft schien. Miriam hatte sich, so dicht es ging, hinter das Steuer geklemmt und kaute verbissen auf einer ihrer weißblond gefärbten Haarsträhnen herum.

Plötzlich merkte Sylvia, daß sie sich gar nicht in der Lage fühlte, mit einem Menschen zu reden, der sie jetzt nicht trösten, nicht in den Arm nehmen, der nur blöde Fragen stellen und ihr vielleicht noch mit Statistiken über den Herztod in verschiedenen Ländern während der Hitzewelle kommen würde. Sie schloß die Augen. Als sie die Landstraße entlangrasten, beschloß sie, sich ausnahmsweise einmal nicht Sorgen um Miriam und ihr Auto zu machen, sondern sich ihren Gedanken zu überlassen.

Das helle Kleid mit den roten Punkten. Die weißen Riemchensandalen. Die Spiele im Garten, als der Zaun das Ende der Welt zu sein schien. Der Geruch von heißer Milch mit Honig, wenn sie krank war. Sie war oft krank gewesen. Die Tasse, die Vater brachte – vorsichtig pustend, damit die Milch nicht zu heiß für sie war. Als sie wieder gesund wurde, mußte sie sich daran gewöhnen, mit anderen Kindern zu spielen und nicht in erster Linie mit ihren Eltern zusammenzusein. Mit elf Jahren. Dieses Fieber ... den Namen hatte sie damals kaum aussprechen können: Pfeiffersches Drüsenfieber. Ihre Eltern hatten sich um sie gekümmert, nicht ihre Geschwister, die einfach nicht verstehen wollten, daß Sylvia auch nach vier Wochen Bettlägerigkeit noch krank war und nicht mit nach draußen konnte. Die immer dachten, Sylvia würde sich nur anstellen, um sich Vatis Aufmerksamkeit zu sichern. Natürlich war ihre Mutter für sie da, aber sie war immer nett zu allen, zum Briefträger und zur Friseuse genauso wie zu ihr. Vater war da ganz anders, der sparte sich seine Nettigkeit auf. Wenn er zu ihr kam, hielt er ihre Hand und legte ein kühles Tuch auf ihre heiße Stirn.

Sie hatte schlimmes Fieber gehabt und war manchmal tagelang nicht richtig bei Bewußtsein gewesen. Vielleicht wache ich morgen nicht mehr auf, vielleicht überlebe ich das hier einfach nicht, hatte sie einmal sehr klar gedacht, während sie von draußen den ewig gleichen dumpfen Ballaufschlag von Bennie und David hörte. Der Tod … hell und heiß, nicht dunkel würde er sein … der Tod … war ein sonnenbeschienenes Bettlaken … Man sank nicht auf ihn nieder, sondern flog hoch zu ihm und auf …! Wenn man selber leicht geworden war und einem Flügel gewachsen waren, dann war er einem nahe … dann hauchte er einen über die Schulter an, blies einem ins Ohr … und die Pforte zum Tod war nicht verlieshaft-grau, sondern wild und bunt geschmückt, voller Gesichter und Gespräche. Und Bälle. Fußbälle. Einsam war man dann nun wirklich nicht. Wer einsam war, den drängte es unerbittlich zurück ins Leben …

Sylvia wog damals 27 Kilo und wachte jede Nacht mit schweißnassem T-Shirt auf. Jeden Morgen konnte sie es auswringen. Der Schweiß war greulich und stank. Deshalb mußte sie immer viel trinken. Aber Sylvia wollte nicht trinken. Nicht, wenn die Mutter ans Bett kam. Es mußte Vati sein. Wenn Vati kam, trank sie langsam mit ihm Schluck für Schluck. Und manchmal erzählte sie dann von den Ungeheuern, die sie nachts gesehen hatte. Einmal kam sogar ein Psychologe, den ihre hilflose Mutter gerufen hatte, als sie nicht mehr wußte, ob Sylvia nur im Fieber phantasierte oder den Verstand verloren hatte. Vati hatte ihn nach zehn Minuten weggeschickt und sich neben sie gesetzt. Und dann erzählte er ihr stundenlang von der Wüste und ihren geheimnisvollen Bewohnern: den Echsen, den Chamäleons, den Springmäusen, den Schlangen und den Nachttieren, und Sylvia konnte sie alle sehen, hören, riechen: die Avicenna-Vipern mit ihren hübschen gesprenkelten Augenpartien, das leise Knistern, das ihre schuppigen Körper verursachten, wenn sie durch den warmen Sand glitten; die regungslosen Wüstengeckos mit ihren aufgestellten Kämmen, die am Abend immer längere Schattenfächer mit wilden Zacken warfen; die fein-versprengten Fährten der Springmäuse im

Sand. Und der herbe Geruch von trockenem Blaugras. Sylvia konnte das Rascheln hungriger Steppenhühner und das Hecheln halbverdursteter Savannenluchse hören. Und dann trank sie. Schluck für Schluck. Es tat weh. Da war ihr Körper, der gesund werden wollte, aber da war auch noch etwas anderes in ihr, das nicht zurück in die Schule, zu den anderen Kindern, weg von ihrem Vater, fort von diesen geheimnisvollen Zwiegesprächen, nicht erwachsen werden wollte. Es dauerte lange, bis sie wieder einigermaßen zu Kräften kam.

Aus dem Pfeifferschen Drüsenfieber entwickelte sich eine chronische Form, eine Art Asthma. Sylvia wurde vom Sport- und nach einer Weile auch vom Schwimmunterricht befreit. Darüber freute sie sich besonders, denn seit jeher hegte sie eine besondere Abneigung gegen Wasser. Sie hielt es da mit ihrem Vater, der Feuchtigkeit aller Art haßte und sich sogar aufregte, wenn ihre Mutter noch leicht klamme Servietten vom Wäschegestell auf den Tisch legte. Regen war für ihn stets ein Ärgernis, über das er nicht müde wurde, viele Worte zu verlieren. Jedenfalls war der Schwimmunterricht eine einzige Qual für Sylvia gewesen. Sie bekam knallrote Augen von dem Chlor, verlor jedes zweite Mal ihren Kabinenschlüssel und mußte einmal fast drei Meter tief tauchen, um ihn wiederzufinden. Außerdem fror sie entsetzlich, weil sie sehr dünn war. Es dauerte immer eine halbe Ewigkeit, bis sie sich an die Wassertemperatur gewöhnt hatte. Ungern erinnerte sie sich an all die Späßchen, die ihre Geschwister, insbesondere Anna, ihr bereitet hatten. Von hinten ins Wasser gestoßen zu werden war dabei noch das Harmloseste.

Sylvias Kopf wurde heftig nach vorne geworfen. Miriam hatte eine Vollbremsung gemacht und damit beinahe einen Auffahrunfall produziert. Sie war wieder in Richtung Stadt gefahren und hatte die Ampel erst sehr spät bemerkt. Hinter ihr hupte es zweimal laut, dann schien der wütende

Rentner im Rückspiegel seinen Ärger komplett auf die Beifahrerin zu verlagern.

Natürlich entschuldigte Miriam sich nicht. Sylvia betrachtete ihre hinter dem Lenkrad kauernde Tochter. Daß Miriam jetzt nicht einmal ein kleines »Sorry« über die Lippen bringen konnte, brachte sie heute aus der Fassung. Was bildete sich Miriam eigentlich ein? Brauchte sie auf niemanden Rücksicht zu nehmen? Sylvia fixierte ihre Tochter und dachte: So fett wie du war ich nicht mal im neunten Monat. Michael Moore könnte dein großer Bruder sein. So dummen Käse wie du erzählt niemand nach der Tagesschau. Du kannst ja nicht mal den Namen Heidemarie Wieczorek-Zeul richtig aussprechen. Und überhaupt: Weißt *du* überhaupt, was Faschos sind? Lern du erst mal vernünftig einzuparken, bevor du vom »Fascho-Staat« quatschst.

Sie saß schweigend neben ihrer Tochter und sah die Kreuzung, den Bahnübergang, den Möbelmarkt, die Gärtner- und die Steinstraße und dann ihr Haus unaufhaltsam auf sich zukommen. Sie wußte, die Minuten, in denen sie mit ihrer Tochter allein war, waren gezählt – zu Hause wartete Jan auf sie oder vielmehr auf sein zweites Frühstück. Jetzt gab sich Sylvia doch einen Ruck.

»Großmutter hat eben angerufen …«, begann sie. Großmutter, so nannte sie ihre eigene Mutter, seitdem ihre beiden Töchter auf der Welt waren.

Miriam reagierte nicht. Sie beugte sich angestrengt über das Lenkrad und fluchte vor sich hin. Sie wußte nicht mehr, wie sie die Scheibenwischer, die sie gerade aus Versehen in Bewegung gesetzt hatte, ausstellen konnte. Ohne hinzugucken, streckte Sylvia eine Hand aus und stellte sie ab. Sie wartete, ob ihre Tochter den Gesprächsfaden aufnehmen würde.

Jetzt spürte sie, wie ihr die Tränen einfach die Wangen hinunterliefen. Wie immer überkam sie eine leichte Abneigung gegen diese feuchte Berührung.

Zu Hause angekommen, wartete Jan schon im Bett auf sie. Unter der Woche hatte er als Immobilienhändler einen Haufen Termine, besonders in letzter Zeit, seit er auch Häuser in entfernteren Gemeinden verkaufte. Sonntags war er wegen der Immobilienbesichtigungen mit Kunden unterwegs. Samstag war der Tag, an dem sie miteinander ins Bett gingen, was sie stets mit einem opulenten Frühstück, das Sylvia zubereitete, einleiteten. Jan hatte die Zutaten dafür am Tag vorher gekauft oder online bestellt.

Als Sylvia den mit schweinchenrosafarbenem Teppich ausgelegten Flur (sie liebte diesen Wuschelteppich, der sie irgendwie an ihre Kindheit, an ihre Eltern, an Geborgenheit erinnerte) entlangschritt, überlegte sie, was sie gleich Jan sagen sollte. Sie würde ihm den Vormittag gründlich verderben, das war klar.

Dann fiel ihr ein, daß es vielleicht besser wäre, erst einmal ihre Mutter zurückzurufen. Sie öffnete die Schlafzimmertür. Jan war in eine Zeitschrift vertieft; ohne aufzuschauen, murmelte er: »Kommst du, Schatz ...?«

»Gleich – ich muß nur ganz schnell noch mal Mama anrufen, ja?«

»'n Ordnung, Kleines«, nuschelte Jan. Wenn sie gesagt hätte, sie wolle jetzt Petra oder Yvonne anrufen, hätte er das Gesicht verzogen.

Sie telefonierte lange. Aber selbst bei diesem Gespräch – am Sterbetag ihres Vaters – guckte sie mehrfach hektisch auf die Uhr, weil es ihr unangenehm war, Jan so lange warten zu lassen. Wenn er richtig wütend wäre, würde er herauskommen und nach ihr schauen. Bei jedem Knacken dachte sie, jetzt ist er vom Bett aufgestanden, jetzt ist er auf dem Weg zu mir.

Wenigstens konnte sie am Telefon weinen. Der Hörer in ihrer Hand war bald naß, und auch ihre Mutter weinte am anderen Ende. Vor niemandem konnte sie sich so gehenlassen wie vor ihr. Als es wieder einmal knackte, wischte sie sich sofort erschrocken die Tränen ab, weil sie Jan schon im Türrahmen wähnte.

Sie hatte Jan mit neunzehn geheiratet. Nicht nur wegen des Babys. Sie liebte ihre Eltern, aber es war Jan, der ihr Weltläufigkeit vermittelte, der für sie koreanisch kochte und sie zu einem Wochenendtrip nach Rom einlud. Manche Leute hielten Jan für einen Aufschneider, aber sie wußte, daß ihm wirklich vieles zufiel. Wie viele Fremdsprachen er konnte! Als sie damals in Venedig waren, konnte er, ohne Wörterbuch, nach ein paar Tagen mit den Kellnern plaudern. In Irland hatte er den Dialekt so angenommen, daß man ihn für einen Iren hielt. Als sie auf der Fähre nach England feststellen mußten, daß überbucht worden war, flirtete Jan so heftig mit einem jungen Mädchen vom Fährunternehmen, daß sie schließlich doch beide mitgenommen wurden. So war es immer. Jan stand in der vordersten Reihe. Egal, wo und wofür diese Reihe anstand.

Nur manchmal schien er von einem Moment auf den anderen müde, leer und erschöpft. Oft traten diese Stimmungswechsel nicht unter beruflicher Anspannung, sondern im Urlaub oder an den Wochenenden auf. Er sprach mit leiser Stimme, war plötzlich sehr aufmerksam und nannte sie nicht mehr »Kleines«, sondern »meine Königin«. Einmal hatte Jan den Kopf in ihrem Schoß vergraben, dann bewundernd zu ihr aufgeblickt und gesagt: »Meine Frau ist ein komischer Mensch: Fürchtet sich vor den Kindern unserer Nachbarn und vor der Sprechstundenhilfe vom Zahnarzt, aber nicht vor Vogelspinnen oder vorm Tod!«

Sylvia machten diese melancholischen, stillen Momente angst. Sie wollte auch nicht »meine Königin« genannt werden. Zu wem könnte sie dann noch aufblicken, wer würde sie beschützen?

Sie hatte ihrer völlig aufgelösten Mutter versprochen, daß sie ihre Geschwister benachrichtigen würde. Von Thomas hatte niemand eine Telefonnummer, aber ihre Mutter meinte, sie habe schon zweimal Weihnachtspäckchen an die alte Anschrift geschickt, die immerhin nicht zurückgekommen seien. An diese Adresse würde sie schreiben.

Sylvia überlegte nicht lange. Sie würde zuerst Bennie anrufen. David und Anna würde sie noch warten lassen. Ihr gefiel jetzt schon der Gedanke, um drei zu ihnen zu sagen: »Er ist heute morgen um zehn gestorben. Mama hat mich gleich angerufen …«

Als Sylvia Bennies Nummer wählte, spürte sie noch einmal eine Woge von Abneigung gegen David und Anna. Mit ihren ewigen Vorwürfen wegen Mutti hatten sie Vatis Herz bestimmt geschadet. Als hätten die beiden nicht selbst genug verkorkste Beziehungen geführt! Und dieser vielleicht etwas unzeitgemäße, aber doch vollkommen harmlose Heimatverband: Das war nur eine ganz kurze Episode, bald ging Vati, der der geborene Individualist war, die Vereinsmeierei auf die Nerven, und er stapfte wieder allein in seinen Karohemden mit dem Insektenköcher durch die Wiesen. Außerdem: War Annas Frauengruppe, in der einmal pro Woche über neue Therapieansätze gesprochen wurde, nicht auch eine Art verschworene Gemeinschaft? Hatten sie nicht eine Sprache, die jeden Normalsterblichen ausschloß? Und David? Mit seinen ewigen Kneipenabenden, seinen seltsamen, weltfremden Frauen und seiner verkappten Alkoholsucht, was maßte der sich eigentlich an …

Kaum hatte Sylvia den Hörer aufgelegt, stand Jan tatsächlich hinter ihr. Aber statt zu schimpfen, biß er ihr zärtlich in den Nacken.

»Wann kommst du denn, Liebste?«

Wäre er doch heute so gewesen wie sonst! Dann hätte sie ihm alles erzählen können. Wäre er wütend auf sie gewesen, hätte sie kontern können: »Schatz, ich hab gute

Gründe, so viele Telefonate zu führen, stell dir vor, Vati ist gestorben!«

Aber nun hatte sie ein schlechtes Gewissen, ihm mit solch einer Nachricht den wohlverdienten freien Tag zu verderben.

Als praktisch denkender Mensch würde Jan sofort über den Verkauf des Hauses sprechen wollen. Mutti mit ihrer kaputten Hüfte und ihrer Diabetes konnte dort nicht allein bleiben. Sylvia war sich sehr wohl bewußt, was auf sie zukommen würde: Ihre Mutter würde entweder zu Anna ziehen müssen – der Gedanke behagte Sylvia überhaupt nicht – oder in das hübsche Elisen-Stift bei ihr um die Ecke. Das war allerdings teuer. Und da niemand in der Familie besser verdiente als Jan, war ihr schon klar, auf wen der Löwenanteil der Kosten abgewälzt werden würde. Bennies Name stand anscheinend öfter mal in der Zeitung, aber Geld hatten diese Kulturleute ja nie. Nachher würde Jan noch aus Geiz dafür plädieren, daß man Mama zu Anna abschob.

Sylvia folgte Jan ins Schlafzimmer; für eine Sekunde ging ihr durch den Kopf, ob sie wohl in der Lage sein würde, jetzt mit ihm zu schlafen? Die Antwort konnte sie sich gleich selber geben: ja. Selbst nachdem er ihr gestanden hatte, am Tag zuvor mit der Angestellten einer Hausverwaltung auf dem Rücksitz ihres Autos geschlafen zu haben, war sie dazu in der Lage gewesen.

»Was hättest du denn gerne zum Frühstück?« fragte sie. Plötzlich empfand sie Verachtung für ihn. Wie naiv er ist, dachte sie, was weiß der denn schon ... Sie fühlte sich Jan auf eine Weise überlegen, die sie vorher nicht gekannt hatte. Als hätte sie den Schlüssel zu einem Geheimwissen, als wäre sie eine Eingeweihte und Jan nur ein gewöhnlicher, dem Schicksal ausgelieferter, ahnungsloser Mensch.

Sie wußte, daß es ihr nicht schwerfallen würde, ihn ausgerechnet heute zu bedienen. Jetzt, wo andere Frauen sich von ihrem Mann – nicht nur an diesem Tag, sondern die ganzen nächsten Wochen! – verwöhnen lassen würden. In diesem Moment spürte Sylvia, daß sie sich viel stärker fühlen würde, wenn sie heute, am Sterbetag ihres Vaters, etwas für ihn täte. Selbst an diesem besonderen Tag war sie nicht auf seine Unterstützung angewiesen.

»Avocado mit Krabben und Zitronen-Senfsoße, einen Schoko-Vanille-Bagel mit Tutti-Frutti-Streuseln, Omelett mit Cherry-Tomaten und Zwiebeln, aber nicht zu vielen Zwiebeln, und vergiß die Petersilie nicht«, hatte er ihr wie Zauberformeln ins Ohr geraunt. Verführerisch sollte diese Aufzählung klingen, dabei wußte sie doch, daß Zauberformeln ganz anders klangen, daß sie vom Fieber, vom Schüttelfrost, vom Überlebenskampf und von der Gefahr des Todes handeln mußten, sonst waren sie wirkungslos, Hochstapelei, Betrug.

Als sie zusammen am Tisch saßen, schlug Sylvias Stimmung schon bei der mit Krabben gefüllten Avocado um. Die hatte Vati auch so gern gegessen! Während Jan ihr seine Pläne, den alten Audi A8 zu verkaufen und sich statt dessen den superökologischen, halb elektrisch laufenden Prius von Toyota zu kaufen, darlegte, kämpfte sie mit den Tränen. Während er laut darüber nachdachte, ob sich die hohen Anschaffungskosten des Prius auf die Dauer durch die Benzinersparnis amortisieren würden, dachte sie an ihre Mutter. Zu wem würde Mutti ziehen und wann würden sie frühestens das Haus verkaufen können? Als nächstes fielen ihr die Bienen ein. Was würde aus ihnen werden? Vati war einer der letzten Imker in der Gegend gewesen. Seine Bienen würden eingehen, wenn sie nicht innerhalb von wenigen Wochen eine neue Obhut fanden. Aber wer wollte schon Vatis ausgesprochen altmodische Art der Bienenzucht übernehmen? Und was sollte aus Overlord werden? Der war sicher ein Vermögen wert. Wieviel? Hatte Vati noch alte Rechnungen? Das Erbe – das war ein Thema für sich. Hatte Vati eigentlich ein Testament hinterlassen?

Dann fiel Sylvia ein, daß ihre Mutter gesagt hatte, die Beerdigung würde wegen der Hitze sicher schon nächste Woche stattfinden. In jedem Fall wäre es nicht sinnvoll, Jan das Ganze noch länger zu verschweigen.

Irgendwie war nie der richtige Zeitpunkt. Als sie die Bagels aßen, spielte Jan mit den Tutti-Frutti-Streuseln und erzählte Blondinen-Witze; als er das Omelett mit der Gabel zerteilte, räsonierte er über Sinn und Ausgang des im März begonnenen Irak-Kriegs. Zweimal setzte Sylvia an, aber jedesmal war es ihr einfach nicht möglich, seinen Monolog abzuwürgen und ihm ihr Thema aufzuzwingen. Die Diskussion um ihre Mutter, das Haus, die Bienen ... eigentlich war sie es, die keine rechte Lust hatte, davon anzufangen.

Als Jan Sylvia berührte – er küßte sie nicht, er streichelte ihre Brust und schob dann eine Hand zwischen ihre Beine –, wehrte sie ihn nicht ab.

Jetzt ist wirklich ein extrem ungünstiger Moment, um das Thema anzuschneiden, dachte sie. Wenn ich damit jetzt rausrücke, denkt er, ich tue es, weil ich nicht mit ihm schlafen will. Sonst hätte ich es ja vorher sagen können – als wir über Tutti-Frutti-Streusel und blöde Fernsehsendungen gesprochen haben.

Während Jan mit ihr schlief, dachte Sylvia darüber nach, daß es ein Fehler gewesen war, Miriam nicht sofort – gleich, nach dem Anruf – alles erzählt zu haben. Je länger sie wartete, desto mehr Bedeutung gab sie dem Moment, in dem sie es schließlich doch erzählte. Jan und Miriam würden sich fragen, warum sie so lange damit gewartet hatte und warum sie in *diesem* Moment damit herausgerückt war?

Als Sylvia merkte, wie Jan immer erregter wurde und sich auf den Höhepunkt zubewegte, kam ihr der vergnüglich-boshafte Gedanke, ihn an der Schulter zu rütteln und zu sagen: Hör mal, mein Vater ist heute morgen gestorben. Ich kann das jetzt nicht! Das wirst du wohl verstehen!

Der Gedanke, den sie vor zwei Minuten noch verworfen hatte, schien ihr jetzt so skurril, so böse, daß sie auflachen mußte, was Jan als Lustsignal interpretierte und zu schnelleren Stößen antrieb. Während er in ihr versank, lachte sie leise weiter.

Später, am Abend, als Sylvia allein im Bett lag, weil Jan im Internet noch nach Informationen über Automotoren suchte, weinte sie. Schließlich stand sie auf, zog sich ihren babyblauen Bademantel an und nahm einige alte Fotoalben aus der untersten Schublade ihres Sekretärs. Sie setzte sich aufs Bett und schaute sich ihren Vater als Säugling, als jüngstes von sechs Kindern und als blassen Schuljungen in der Nachkriegszeit an. Da stand Vati vor dem alten Haus mit dem noch zerstörten Dachstuhl, inmitten der Ruinen seiner Heimatstadt Nürnberg, mit einem merkwürdig entrückten Gesichtsausdruck, als würde ihn dies alles nicht tangieren. Sylvia lächelte in sich hinein. Nein, ihr Vater war keiner, der der Mode hinterherlief. Während andere erst zur Tanzschule und später demonstrieren gingen, hatte sich ihr Vater für die heil durch den Krieg gebrachte Chamäleon- und Wüstenechsensammlung seines fast blinden Nachbarn, Herrn Dr. Krug, interessiert. Als Herr Dr. Krug starb, übernahm Vati diese Sammlung und auch die alten, zum Teil durch Bombensplitter beschädigten Bienenstöcke. Das war die »Grundsteinlegung« (so Vati) für die GROSSE ZOOTIERHANDLUNG und HONEYLIFE.

Auf einem Foto sah Sylvia ihren Vater vor einem hübsch eingerichteten Terrarium sitzen und ein dickes Buch über – soweit sie den Titel entziffern konnte – Augenkrankheiten von Wüstenwaranen lesen. Das Fenster hinter seinem Sessel war offenbar bei einem Bombenanschlag zersprungen und notdürftig mit Brettern zugenagelt worden. Er hatte dem zerstörten Fenster den Rücken zugekehrt.

Auf den nächsten Bildern hockte er entweder mit irgendeinem technischen Gerät unterm Weihnachtsbaum oder stand stolz unter der senegalesischen Nationalflagge vor seiner Tierhandlung.

Sylvia blätterte weiter, sah sich selbst mit Schultüte, mit unglaublich dünnen käseweißen Beinen in altmodischen Kleidern, die ihr, weil sie schon halb aus ihnen herausgewachsen war, nicht mal bis zu den Knien reichten.

Dann blätterte sie wieder zurück. Von Thomas fand sie kein einziges Foto nach seinem zwanzigsten Geburtstag. Sylvia hatte sich oft gefragt, wo er jetzt wohl lebte. War er überhaupt noch auf den Antillen? David hatte sehr sporadisch Kontakt zu ihm gehabt und wußte angeblich, daß Tommy schon Vater geworden war. Aber wer weiß. David redete viel, wenn der Tag lang war.

Sie hatte damals, als sich die Geschichte herumsprach, ihre Geschwister gebeten, diese Information für sich zu behalten. Es war doch schon deprimierend genug für Vati, daß eines seiner Kinder – ausgerechnet Thomas! – einfach weggegangen war und nur noch alle Jubeljahre eine Postkarte schickte. Und dann obendrein ein Enkel, zu dem er keinen Kontakt hatte. Ihre Geschwister neigten manchmal dazu, ihre Eltern vollkommen sinnlos zu belasten. Diese Theorie des »Alles auf den Tisch Bringens«, die Anna, wie das Psychologen so an sich haben, auch in der eigenen Familie ständig in die Praxis umsetzen mußte, ging Sylvia absolut gegen den Strich. Anna: das mittlere Kind von den fünfen und immer darum bemüht, zwischen allen zu vermitteln und überall Konflikte zu lösen – meist mit gegenteiligem Effekt. Chronisches Asthma ist natürlich auch eine rein psychosomatische Angelegenheit, was sonst?

Sylvia entdeckte ein Foto, auf dem Vati neben ihr auf dem Bett saß und sie ein geblümtes Tablett mit einem Glas Wasser vor sich stehen hatte. Die Haare standen ihr zu Berge, als hätte man sie gerade unter Strom gesetzt.

Sie blätterte langsam weiter: das Geschäft in den Sechzigern, als die Kundschaft hauptsächlich aus befreundeten

Imkern und Hobby-Insektologen bestand, in den späten Siebzigern, als HONEYLIFE auf einmal richtig erfolgreich wurde, weil die Hippies auf den Selbstversorgertrip kamen und jede dritte Land-WG ihren eigenen Bienenstock wollte. Vater hatte zeitweilig mehr als zehn Angestellte. In den frühen Achtzigern, in der Zeit der großen Spinnenmode, wurde der Laden plötzlich von einer ganz anderen Klientel heimgesucht: schwarzgekleideten jungen Männern und Frauen mit schweren Ketten um den Hals und kajalumrandeten Augen. Als in den Neunzigern die Chamäleonmode aufkam, waren es vornehmlich kultivierte, alleinstehende Frauen, die sich für diese empfindsamen Tierchen erwärmten und bereit waren, eine Stange Geld dafür hinzulegen.

Um die Jahrtausendwende gab es den großen Einbruch. Mit dem Aufkommen der Wirtschaftsflaute machte sowohl das Geschäft als auch HONEYLIFE jeden Monat Verluste. Vati mußte einen Angestellten nach dem anderen entlassen, und Sylvia erinnerte sich gut, wie die Zootierhandlung sich verkleinern mußte, um einen Raum für ein Bistro frei zu machen. Die Lettern GROSSE ZOOTIERHANDLUNG paßten nun nicht mehr ganz über das kleine Schaufenster. Vater entschied sich nach langem Hin und Her dafür, das ZOO wegzulassen, so daß GROSSE TIERHANDLUNG darüber stand. Als er im nächsten Frühjahr auch noch den linken Raum, der bis zu diesem Zeitpunkt als Büro diente, an eine Boutique abtreten mußte, wurde es wirklich eng. Wohl oder übel mußte Vati sich auf TIERHANDLUNG beschränken. Nebenan im Schaufenster hingen – das hatte ihn sehr geärgert – ein Hauch von einem Kleid und eine winzige Mütze. Minimalistische Mode eben. Über der Tür prangte einfach nur ein großes, rotes schlichtes »M.«.

Im Sommer 2002 wurde aus der TIERHANDLUNG kein »T.« – der Laden wurde ausgeräumt und neuvermietet. »HONEYLIFE, *die* international agierende Firma für Imkereibedarf«, wie Vati oft stolz gesagt hatte, war schon im Vorjahr insolvent gewesen. Dabei hatte es nach der Wende zunächst für HONEYLIFE sehr gut ausgesehen: Nachdem viele Menschen in Osteuropa endlich wieder selbständig und privat als Imker arbeiten konnten, vervierfachte HONEYLIFE seine Umsätze. Aber bald schon kamen die viel billigeren polnischen und rumänischen Produkte auf den Markt, und irgendwann schrieb das Unternehmen nur noch rote Zahlen.

HONEYLIFE war der wirtschaftliche Motor der Kadereits gewesen, mit der Firma hatte ihr Vater sein Geld gemacht, aber die Schließung des Geschäfts, Vatis Kleinod, war die eigentliche Katastrophe. Es tat Sylvia noch jetzt weh, daran zu denken: Den letzten Tag in der Tierhandlung hatte Vati pompös inszeniert, obwohl er sonst eher einen nüchternen Geschmack besaß. Er trug Schwarz wie zu einer Beerdigung und eine Sonnenbrille, die ihn geradezu mafiosohaft aussehen ließ. Er, der sonst nie betete und für Muttis Religiosität wenig übrig hatte, wollte plötzlich zwischen all den ausgeräumten Terrarien und herumstehenden Sand- und Futtersäcken ein Vaterunser sprechen. Sie waren alle im Gänsemarsch durch das Chaos in den Räumen wie durch eine zerstörte Stadt gelaufen. Hilflos hatten sie sich umgeschaut. Mutti weinte die ganze Zeit. Wer den Ernst der Lage nicht verstand und etwas sagte, wurde mit einem Blick bedacht, der ihn sofort dazu brachte, den Kopf zu senken und zu schweigen. Als Sylvia damals wegen einer für den nächsten Tag anstehenden Gerichtsverhandlung einige Worte zu Miriam fallenließ, hatte auch sie Vatis Unwillen auf sich gezogen. Mit seinen sehr hellen Augen konnte er einen durchdringend mustern.

Sylvia starrte auf das große DIN-A5-Foto: Ihr Vater noch einmal, ein letztes Mal, schon nicht mehr mit direktem Blick in die Kamera, unter der senegalesischen Flagge. Es war ihr tatsächlich so vorgekommen, als hätte ihr Vater die Insolvenz in erster Linie für persönliches Versagen gehalten. Ihr Bruder Bennie würde nie auf die Idee kommen, daß seine Kündigung bei der Zeitung oder eine schlecht angenommene Ausstellung irgend etwas mit ihm zu tun haben könnte. Wenn Bennie darüber sprach, ob eine Vernissage von *Bennie & Clyde* gut besucht war oder nicht, sprach er immer von »nicht berechenbaren Faktoren«: Mal lag's am Wetter (mal zu gut: dann gingen alle in Biergärten statt zu Vernissagen, mal zu schlecht: dann ging niemand vor die Tür), mal gab's zu viele Konkurrenzveranstaltungen am selben Abend, mal hatte ihm jemand anderes eine Idee vor der Nase weggeschnappt, mal war seiner Meinung nach der *Homo berolinensis* schlechthin zu blöd, um Interesse für ein ausgefallenes Thema oder einen randständigen Künstler zu entwickeln. Erfolg und Mißerfolg lagen nie wirklich in seinem eigenen Verantwortungsbereich, stellte Sylvia mißbilligend fest, auch wenn sie ihn sehr mochte.

Warum Vati die Schließung der Zoohandlung ausgerechnet auf seinen Geburtstag gelegt hatte, verstand niemand; vielleicht wollte er nur einen plausiblen Grund haben, um auf keinen Fall feiern zu müssen. Er hatte darauf bestanden, vor der verschlossenen Tür des Geschäftes, das er vierzig Jahre lang geleitet hatte, noch einmal fotografiert zu werden. Als letztes nahm er die schöne bunte Flagge ab. Seit sie ihm ein befreundeter Zoologe von einer Afrikareise mitgebracht hatte, hatte sie jahrzehntelang als Maskottchen den Eingang des Geschäfts geziert.

In die Räumlichkeiten zog nun eine Pizzeria ein. Einige Italiener hantierten schon im Ladeninneren mit Zollstökken herum und riefen im Sekundentakt irgend etwas laut in ihre Handys. Ihr Anblick war Sylvia unerträglich. Sie hatte so viel Zeit ihres Lebens hier verbracht! Keinen Winkel gab es in der GROSSEN ZOOTIERHANDLUNG, den sie nicht kannte. Als Vati einmal von einer schweren

Bronchitis geplagt wurde, hatte Sylvia für ein paar Wochen die Leitung des Ladens übernommen. Besonders das Einrichten der Terrarien hatte ihr immer Spaß gemacht. Allein der Sand war ein Kosmos für sich! Sie verteilte Steine und Stücke trockener Rinde, legte kleine Oasen und flache Tümpelchen an, pflanzte Blaugrasbüschel und Dickblattgewächse. Später hatten ihr Jonas und Janina, die Kinder von Anna, dabei geholfen. Miriam und Melanie interessierten sich ja leider gar nicht für Vatis Tiere.

Bei allen (außer ihren eigenen) Kindern beliebt war das Terrarium für die Saltatoria, also für die Grillen, Heuschrecken und verwandten Arten. Da gab es Dornschrekken, Schaumschrecken, Höhlenheuschrecken, Sandschrekken, Maulswurfsgrillen und Gespenstschrecken. Neben Insekten gab es ungiftige Schlangen, die Weißkopf- und Steppenwarane, Lurche, Leguane, Molche, Geckos und natürlich die allseits beliebten Chamäleons. Die Steppen- und Wüstenwarane mit ihrer Fähigkeit, geringste Temperaturänderungen wahrzunehmen, faszinierten Sylvia besonders, aber für viele Kunden der GROSSEN ZOOTIERHANDLUNG, vor allem für Kinder, waren sie auf den ersten Blick eine Enttäuschung. Hoffnungsvoll näherten sie sich den Waran-Terrarien, denn Vatis Auswahl dieser Tiere war mehr als stadtbekannt, doch sahen sie bestenfalls einen aufgestellten Kamm hinter einem Stein oder eine Schwanzspitze aus einer Höhle blitzen.

Sylvia hatte damals in Vatis Abwesenheit überall kleine Informationstäfelchen angebracht – ihr Beruf als Fremdsprachensekretärin hatte sie nie ganz ausgefüllt.

Spektakulärer als die Warane war einer der Skolopender mit leuchtend gelb-roten Bändern auf dem Rücken. Immer, wenn sich jemand dem Terrarium näherte, erwähnte Vati unweigerlich, daß die Jungtiere des Skolopenders »auch schon *vor* dem Schlupf *alle* Beinpaare« besaßen. Die Hundert- und die Doppelfüßer waren ein Verkaufsschlager für Terrarienliebhaber, da gab es Schnurfüßer und Saftkugler, Stein- und Spinnenläufer, und Vati konnte zu jedem Tier spannende Geschichten erzählen. Gern gab er zum besten, daß einem bekannten Zoologen mal mitten in São Paulo ein Spinnenläufer von einem Dach auf den Kopf gefallen war. Wegen der unendlich vielen Beine, die das arme Tier hektisch bewegte, hatte er das Gefühl, als hätte jemand einen Kübel Läuse über ihn ausgeschüttet.

Sylvia war oft Zeugin geworden, wie sich ihr Vater während der Gespräche mit seinen Kunden verwandelte. Es gab einen bestimmten Kundentyp, der ihm erstaunlich ähnelte; diese Männer trugen ebenfalls khakifarbene Hosen und karierte Hemden und hatten seltsamerweise oft eine ähnliche Statur wie er. Mit niemandem sonst konnte Vati in so ein langes einverständliches Gemurmel eintauchen.

Manchmal war Sylvia ein bißchen eifersüchtig auf diese Männer gewesen. Abgesehen von Jan kannte sie niemanden, der so hinreißend erzählen konnte wie er. Sie hörte förmlich die Stimme ihres Vaters, wie er den Kunden erklärte, warum in der Wüste so viele Giftschlangen mit einem ungewöhnlich starken Toxin leben: Die Stärke des Toxins sei eine Anpassung an das karge Nahrungsangebot, denn die Wüstenschlangen müßten oft lange auf Beute warten; manchmal vergingen Monate bis zur erneuten Nahrungsaufnahme. Wenn die Avicenna-Viper endlich einem Opfer begegne, müsse sicher sein, daß ihr Biß sofort absolut tödlich sei. Sonst drohe ihr der Hungertod.

Als nächstes fand Sylvia Bilder von Anna und David als Teenager. Sie lümmelten sich im elterlichen Garten, und die Abneigung gegen das Fotografiert-Werden war ihnen deutlich ins Gesicht geschrieben. Selbst in der bunten Schlaghose wirkten Davids Beine dünn. Richtig, das war die Zeit des Deutschen Herbstes. Damals hatte es große Kräche zu Hause gegeben. Anna und David hatten sich darüber mokiert, daß Vati immer wieder vergaß, wofür RAF die Abkürzung war. Revolutionäre Anti-Faschisten, hatte er einmal gemutmaßt. Wieso konnte man das nicht rührend finden, warum mußte man deshalb jemanden tagelang mit Vorwürfen überhäufen? Ignoranten, Dumpfbacken, allesamt. David wußte bis vor kurzem nicht, wofür MwSt steht. Wie eine Steuererklärung auszufüllen ist, davon hatte er mit seinen fast vierzig Jahren auch keinen Schimmer. Und Bennie mit seinem untrüglichen Gespür für den richtigen Geschmack hatte einmal tote Käfer an bunten Fäden ins Schaufenster seiner Galerie gehängt und sich dann gewundert, daß sein Vater sich nicht für seine »Kunst« interessierte. Sylvia ärgerte sich noch heute darüber.

Ihr Blick blieb nun an einem Foto von Bennie und Nana hängen: Es war an ihrem vierzigsten Geburtstag aufgenommen worden; im Hintergrund schnitt Jan die Himbeertorte an. Bei diesem Anlaß hatte Bennie ihr seine neue Freundin mit dem in seinen Augen wohl unheimlich mondänen Namen Nana vorgestellt.

Als Nana ihr im hellgrünen Jogginganzug, mit dicken Straß-Ketten um den Hals, Klunkerringen an den Fingern und pechschwarz gefärbtem Bubikopf zum erstenmal gegenüberstand, dachte Sylvia, daß sie sich nie mögen würden. So wie die aussieht, wird die mich doch eh für eine Spießerin halten! Was wird die wohl über meine goldenen Creolen denken? Meinen rosa Lippenstift? Und gleich ging sie in Defensivhaltung.

Beim Kaffeetrinken sprach Nana plötzlich davon, wie schön sie die Vorstellung fand, daß Bennie noch woanders ein Zuhause hatte – in Bayern –, ihr gefiele das. Ihre Eltern – der Vater im auswärtigen Dienst, die Mutter Modedesignerin – geschieden – lebten in London und Vaduz. Nana erzählte jedoch nichts weiter aus dem sicher aufregenden Leben ihrer Eltern. Keine Angeberei, im Gegenteil: Da klang eine ferne Melancholie mit, die Sylvia versöhnlich stimmte. Und als sie vor lauter Aufregung über die vielen

Gäste und all die unterschwelligen Dissonanzen einen leichten Asthma-Anfall bekommen hatte, war es Nana, die sofort mit ihr in den Garten trat und sie mit ein paar netten Belanglosigkeiten ablenken und wieder beruhigen konnte.

Später, als Sylvia sah, wie abgespannt Nana nach nur zwei Stunden Gespräch war, wie sie sich in der Küche mit einem angefeuchteten Kleenex-Tuch über die Schläfen wischte, dabei aufseufzte und tief ein- und ausatmete, als hätte sie von der Hitze Kreislaufbeschwerden, wirkte sie so zerbrechlich, daß Sylvia die Angst vor ihr komplett verlor. Zum Abschied schenkte sie ihr einen kleinen Korb mit verschiedenen Honigsorten in Minigläsern (ein Werbegeschenk ihres Vaters, das sie kistenweise besaß), für den sich Nana noch aus Berlin per E-Mail überschwenglich bedankte.

Sylvia hielt jetzt einen Briefumschlag mit den noch nicht eingeklebten Fotos in der Hand. Auf einem Bild saß Vati auf der Bank unter den Apfelbäumen, auf einem anderen am Fischteich und starrte in das Wasser. Und hier stand er an seinem letzten Geburtstag mißmutig in den viel zu kleinen Bergstiefeln, die Anna ihm gekauft hatte – hat sie sich nicht mal seine Schuhgröße merken können?

Im vergangenen Jahr war ihr Vater jedoch weder gewandert noch zum Schwimmen gegangen. Ihre Mutter mußte wegen ihrer Hüftprobleme ein- bis zweimal in der Woche schwimmen, und bis dahin hatte Vati sie stets begleitet. Er vergaß jetzt auch manchmal, seine Weißdornkapseln zu nehmen, und aß nicht mehr so viel Knoblauch wie früher, obwohl er derjenige war, der allen gepredigt hatte, wie gesund Knoblauch sei. Als junger Mann hatte ihr Vater bei einem Nachbarn nach dessen Tod eine Reihe von Gesundheitsbüchern gefunden – Werke über die Anthroposophenbewegung bis hin zu welligen, offenbar bei irgendwelchen unausgegorenen Versuchen naß gewordenen Büchern über Kneipp-Anwendungen. Er hatte sie alle mit großem Interesse gelesen, vielmehr: verinnerlicht. Ihr Vater war strikter Nichtraucher und trank – fast – nie.

»Das einzige, *aber auch das Allereinzige*, was man Herrn Schicklgruber lassen muß, ist, daß er was für eine gesunde Lebensweise übrig hatte«, lautete Vatis berühmter Spruch. Herr Schicklgruber, nur in dieser Form sprach er von Hitler. Dazu sagte David mal: Zwanghafte Distanznahme, was Sylvia nicht richtig verstand, sie fand es eher kurios.

Sylvia fühlte sich plötzlich furchtbar müde und legte das Album zurück in die Schublade. Dann ging sie ins Bad, probierte eine neue Nachtcreme aus, die sie gekauft hatte, weil sie den Tiegel so hübsch fand, und lag schließlich allein in ihrem blütenweißen Nachthemd auf ihrer Seite des Ehebetts.

Während sie durch die nur einen Spaltbreit geöffnete Tür Jans Tippen auf der Computertastatur lauschte, konnte sie sich des Gedankens nicht erwehren, daß sie sich schon seit jeher so verhalten hatte, als kleines Kind und auch mit achtzehn, als sie schwanger wurde: niemandem etwas davon erzählen, niemanden einweihen, damit es »nicht wirklich wahr ist«.

Sie schloß die Augen und versuchte, sich das Gesicht ihres Vaters in Erinnerung zu rufen, wie er sich über sie gebeugt hatte – damals, als sie so krank war. Wie er leise zu ihr gesprochen hatte und sie kein Wort mehr verstanden, nur den Klang seiner Stimme gehört hatte. Wie er all die Wesen gekannt zu haben schien, die ihr im Fieber begegnet waren.

Sie versuchte, sich seine große gebogene Nase, die Falten, die links und rechts der Nasenflügel bis zu den Mundwinkeln reichten, die durchdringenden klaren Augen, die buschigen weißen Augenbrauen und seinen kurzen Bart genau vorzustellen, aber alles, was sich vor ihren Lidern ausbreitete, war ein dichter, schweinchenrosafarbener Teppich.

# Im Garten

Anna schüttelte die letzten Krümel aus der Plastiktüte, verstaute die Rollerskates wieder auf der Rückbank und setzte sich ans Steuer. Ohne anschließend Enten füttern und Roller skaten zu gehen, waren Janina und Jonas nicht zum Besuch des Kindergottesdienstes zu bewegen. Jonas legte seinem nachrichtenhörenden Vater von hinten eine eiskalte Fanta-Dose aus der Kühltasche an den Nacken, so daß dieser erschrocken aufschrie, Janina versuchte Carlos, dem Straßenköter, den sie letztes Jahr aus Andalusien mitgebracht hatten, um jede Pfote ein Glitzerhaargummi zu wickeln. Der Kombi, vollgestopft mit leeren Mineralwasserflaschen, Schlafsäcken, Spielzeug und den Rollerskates, wackelte bei jeder Bewegung heftig mit. Mit einem Blick auf die Uhr gab Anna trotzdem Gas.

Nachdem sie schon eine Viertelstunde gefahren waren, stöhnte Anna auf: Sie hatte vergessen, das Geschenk für Daddy einzupacken!

»Michael, wir müssen noch mal nach Hause. Die Stiefel … du hast vorhin nicht zufällig daran gedacht?«

Hatte er nicht. Michael war voll und ganz damit beschäftigt gewesen, sich um die Kinder zu kümmern, die Rollerskates und die Graubrotscheiben einzupacken. Und nicht zu vergessen die Gesangsbücher.

Ab und zu warf Anna einen Blick in den Rückspiegel. Janina versuchte gerade, eine bunte Schleife um Carlos' zotteligen Kopf zu binden. Jonas trat von hinten aus dem Kindersitz heraus gegen Annas Rückenlehne. Eigentlich hatte Anna gestern bei ihren Eltern vorbeifahren wollen.

Aber das gemeinsame Abendbrot war wegen Janinas plötzlicher Hustenattacke ausgefallen. Natürlich war der Husten sofort verschwunden, kaum hatten Michael und sie die Blaugrasbüschel für das Nachtschwärmer-Terrarium in Aussicht gestellt. Sie seufzte und nahm die Straße in Richtung ihres Hauses.

Die Bergstiefel waren Daddys Geburtstagsgeschenk. Am »Daddy's Day« – wie Anna seinen Geburtstag seit ihrem Schüleraustausch in den USA nannte – hatte sie feststellen müssen, daß ihm die Größe 43 bei dieser Marke eben nicht paßte, eine 44 war bei *Schuh-Meisel* nicht vorrätig, also bestellte Anna sie, und bis sie eintrafen, dauerte es nicht drei Tage, sondern zwei Wochen. Als sie sich darüber beschwerte, hieß es auch noch, sie sollte froh sein, daß sie die Stiefel überhaupt bestellen könne. Normalerweise sei nur das erhältlich, was im Laden stehe.

Auf die Idee mit den Bergstiefeln war Anna einigermaßen stolz gewesen. Sie fand nämlich, daß ihr Vater in letzter Zeit sehr träge geworden war und viel zu wenig Bewegung bekam. Dabei hatte er jetzt – Insolvenz hin oder her – doch endlich Zeit für ausgedehnte Spaziergänge.

Sie hatten ihm auch gut gestanden, die Stiefel, zu seinen khakifarbenen Hosen. Immerhin hatte Mutter, auch wenn die Stiefel drückten, am »Daddy's Day« ein Foto von ihm gemacht.

»Daddy's Day ...« Anna mußte in sich hineingrinsen. Vater hatte ja am 6. Juni Geburtstag. Er war zwar nicht 1944, sondern 1941 geboren, aber natürlich hieß es oft: Was? Du hast am D-Day Geburtstag? Wenn Anna und David ihn fragten, wie er es denn fände, am 6. 6. Geburtstag zu haben, kam der immer gleiche Spruch: »Ein schönes Geburtsdatum. Ein doppelter Sechser! Was will man mehr? Ein guter Tag! Ein guter Tag für einen Start ins Leben, nicht?«

Einmal sagte Mutter: »Eine richtige Schnapszahl ist

das!«, aber da rief er sofort: »Was beim Mensch-ärgere-dich-nicht ein Riesenglück ist, kann im Leben nicht ganz verkehrt sein!«

Als Anna aus den USA zurückgekommen war, hatte Daddy ihr erklärt, daß das »D« in D-Day wider Erwarten gar nichts Mysteriöses bedeutete. Wenn für eine militärische Operation der genaue Tag bzw. die genaue Uhrzeit noch nicht feststand, sprach man damals – vielleicht noch heute, das wußte er nicht – vom D-Day und der H-Hour, um dies später zu präzisieren. Und Anna hatte das D eben in Form von Daddy präzisiert.

Jetzt grölten und quietschten Janina und Jonas so laut, daß Anna keinen klaren Gedanken mehr fassen konnte. Sie schaute wieder in den Rückspiegel: die beiden hatten Carlos die Schleife um den Schwanz gewickelt. Der Hund wedelte heftig damit und fegte Janina die Schleifenenden ins Gesicht. Janina hatte einen roten Striemen auf der Wange und zog eine Grimasse, als würde sie gleich anfangen zu weinen. Und Jonas gluckste schadenfroh. Im nächsten Moment heulte er jedoch – Janina hatte ihm kurzerhand mit ihrer Schere, von der Anna gar nicht gewußt hatte, daß sie sie mit ins Auto genommen hatte, eine Strähne aus dem Haar geschnitten.

»Michael, kannst du das mal regeln, ich muß mich hier auf den Verkehr konzentrieren …«

Anna hatte keine Lust, Janina zurechtzuweisen, denn ihr ging gerade etwas sehr Unangenehmes durch den Kopf: Sie konnte sich nicht erinnern, wohin sie den Karton mit den Bergstiefeln gestellt hatte! Sie hatte ihn noch gestern, bevor Janina den Husten bekam, in Geschenkpapier eingewickelt, soviel stand fest. Anna ging in Gedanken alle Zimmer im Haus durch.

»Janina, du gibst mir sofort die Schere!« hörte sie Michael laut rufen und danach Janinas entschlossenes »Nein!«.

Anna sah ihren Vater schon förmlich in seinen khakifarbenen Hosen mit einem Ast als Wanderstock herumlaufen – natürlich mit den neuen Bergstiefeln. Vielleicht würde sich ja jetzt für ihn endlich einmal die Gelegenheit bieten, die schon immer geplante US-Weststaaten-Reise in Angriff zu nehmen. Schon als sie Kinder waren, hatte er zu ihr und David gesagt, daß es als junger Mann sein Traum gewesen wäre – hätte er Zeit und Geld, hätte er kein Geschäft und keine Firma gehabt –, nach Amerika auszuwandern. Sich dort einen verrückten Glas-Rundbau mitten im »Nowhereland« zu bauen ... Von Amerika sprach er nur positiv. Auch beim Vietnam- und dann, viel später, beim Golf- und beim Irakkrieg. »Die Amis, die wissen schon, was sie tun«, war sein Spruch zu jeder Regierung der Vereinigten Staaten, egal, welche Politik sie betrieb.

Nach dem Angriff auf das World Trade Center war er tage-, wenn nicht wochenlang deprimiert. Die Flagge vor seinem Geschäft wurde, obwohl es sich um die senegalesische handelte, für mehrere Tage auf Halbmast gesetzt. Nie sprach er von »den USA« wie seine Kinder, sondern immer nur von »Amerika«. Alle Einwürfe von David und Anna, daß damit eigentlich auch Mittel- und Südamerika gemeint wären, fegte er mit einer wegwerfenden Handbewegung vom Tisch. Amerika!

»Pfarrer Leutmann hat ja heute wieder schönen Unsinn erzählt über die Mission des Friedens im Nahen Osten, über Freiheit und Demokratie und so weiter. So was nennt sich Kindergottesdienst. Mal sehen, womit der nächste Woche kommt. Kindersoldaten und jugendliche Selbstmordattentäter hatten wir ja schon ...«

Anna fuhr zusammen. Für die übliche sarkastische Kanzel-Kritik Michaels hatte sie jetzt keinen Nerv. Sie gab vor, sich auf den Verkehr konzentrieren zu müssen – allerdings war gerade weit und breit kein Auto in Sicht. Michael schien auf eine Antwort zu warten.

In diesen äußerst seltenen Moment der Stille rief Janina hinein: »Mama, was ist denn jetzt mit unserem Stall für die Antilopen?«

»Kind, du kannst keine Antilope kaufen und hier in Fürstenfeldbruck in den Garten stellen, versteh das doch!«

»Ach menno!«

Anna konnte Janinas Grimasse im Rückspiegel sehen. Jetzt trug Jonas die bunte Schleife einmal um den Kopf gebunden, er sah aus wie ein Osterei.

Janina hatte sich in den Kopf gesetzt, unbedingt eine Oryxantilope haben zu wollen, nachdem Großvater ihr einige Dias gezeigt hatte. Ihr Zimmer hing voll mit Antilopen-Postern, auf ihrem Schreibtisch stand eine kleine Plastik-Antilope als Talisman für schwierige Schularbeiten. Und auf ihren Schnellheftern klebten überall Disney-Aufkleber, die Annas Meinung nach Rehe darstellten, Janina zufolge aber »eindeutig« Antilopen. Nachdem Janina aufgeschnappt hatte, daß Anna mit einer Freundin in das Theaterstück *Antigone* (ein Name, den Janina mit Betonung auf dem o aussprach) gegangen war, hatte sie gefragt, warum man denn nicht auch »Antilope« heißen könne. Sie fand Antilopen einfach »total schön«.

Großvater hatte Janina lang und breit erklärt, warum die Wüsten-Antilopen etwas ganz Besonderes waren: Sie konnten nämlich ihre Körpertemperatur auf 45 Grad heraufsetzen, auf 45 Grad! Da war ein Mensch schon längst tot! Die Oryxantilopen machten das, um ihren Wärmehaushalt zu regulieren. Weil Schwitzen in der Wüste einen lebensgefährlichen Wasserverlust nach sich ziehen würde, hatte die Natur die Antilopen mit der Fähigkeit ausgestattet, ein »natürliches Fieber« zu bekommen. Janina, die ein paarmal hohes Fieber mit lebhaften Träumen gehabt hatte, wollte unbedingt einen Garten voller geheimnisvoll vor sich hin fiebernder Antilopen haben, auf denen sie und ihre Freundinnen reiten könnten.

»Dann wenigstens einen Bonbon!« quengelte sie jetzt.

Michael seufzte und suchte die Dose zwischen leeren Gummitiertüten und CDs auf der Ablage zwischen den Sitzen. Die Bonbons in der Dose waren grundsätzlich ein einziger verklumpter Haufen.

»Nicht die grünen, die schmecken mir nicht!« meldete sich Jonas wieder, als sein Vater sich abmühte, einen grünen Bonbon loszupulen.

»Jetzt gibt's schon einen Bonbon und dann auch noch Ansprüche ...«, brummte Michael, »welche Farbe hätte der Herr denn gerne?«

»Natürlich orange, weiß' du doch!« entrüstete sich Jonas. Orange war seine Lieblingsfarbe, auch die Rollerskates mußten unbedingt in Orange sein, was den Kauf erheblich erschwert hatte.

»Ich mag den Leutmann ja auch nicht so wahnsinnig, aber wenn wir in die St.-Stephans-Kirche fahren wollten, müßten wir eben am Sonntagmorgen hin. Daß du wegen deiner Männergruppe am Abend auch schon vormittags unabkömmlich bist, glaube ich zwar nicht so recht, aber in jedem Fall müßten wir zur St.-Stephans-Kirche noch eine Viertelstunde früher aufstehen!« gab Anna zu bedenken.

»Ich finde, wir sollten die Kirchenbesuche auf einmal im Monat beschränken!«

Anna stöhnte auf. Sie gingen eh nur jedes zweites Wochenende in die Kirche, und auch das nur, weil Janina im nächsten Jahr Erstkommunion hatte. Sie hatte immer wieder mit Michael darüber diskutiert, ob das Mädchen daran teilnehmen sollte oder nicht. Sie wären bigott, hatte Michael gesagt. Sie gingen selber so gut wie nie in die Kirche, aber die Kinder sollten damit groß werden.

»Sie sollten doch wenigstens eine ungefähre Vorstellung

vom Christentum haben, von den Wurzeln unserer Kultur. Ich möchte nicht, daß meine Kinder später sagen: Jesus? Ist das ein spanischer Freskenmaler?« hatte Anna zurückgegeben.

»Um unseren Hintergrund zu verstehen, kann man mit den Kindern auch nach Auschwitz oder Weimar fahren«, hatte Michael zur schnellen Beendigung der Diskussion angemerkt.

»Ich bin damals mit Pauken und Trompeten raus aus der Kirche, ich hab einfach keine Lust, mir all den Kram wieder in mein Leben zu laden, an dem ich mich schon abgearbeitet habe.« Heute ließ Michael einfach nicht locker.

»Ich hab dir zehnmal gesagt, du kannst zu Hause bleiben und in der Zeit *jede Menge* nützlicher Dinge machen: Zum Beispiel überlegen, wo Jonas' neues Terrarium hinkommen soll – die Wüstenspringmäuse brauchen sehr viel Platz –, und dann wollen wir Janinas Hochbett vergrößern, und wir müssen entscheiden, wo das Waran-Baby hin soll, und der Hängeboden im Flur muß verlängert werden, die Schlafsäcke fallen immer runter ... und das große Schachbrett im Garten kannst du auch endlich weiterbauen ...!« Anna stellte demonstrativ das Autoradio an. Zufällig erklang *Prairie Dog* von *Laika*, was Janina gerade ganz toll fand; sofort begann sie herumzuhampeln.

»Schon gut! Es geht mir nicht nur um mich! Ich finde es einfach unnötig, den Kindern neben all dem Streß, den sie in der Schule haben, am Wochenende noch einen Termin aufzuzwingen, zu dem sie offenbar keine Lust haben!«

»Was heißt ›aufzwingen‹?« unterbrach Anna. »Wenn man sie nur machen läßt, was sie wollen, hätten sie bisher rein gar nichts gelernt. Dir gefällt es auch, daß Jonas schon ein bißchen Keyboard spielen und Janina Ski fahren kann! Von mir aus müssen die beiden nicht an Gott glauben, das tue ich ja auch nicht richtig, aber ich möchte eben einfach, daß sie etwas über das Christentum erfahren. Und daß sie einen Sinn in gewissen Regeln und Ritualen erkennen. Ich fand es zum Beispiel sehr schön, daß sie letztens bei der Taufe von Naomi dabei waren. Du weißt, wie albern ich es finde, daß Gerd und Elke ihre Tochter Naomi genannt haben, aber das ist ein anderes Thema.«

Jetzt war es Michael, der Anna unterbrach: »Mußt du das wieder aufwärmen? Um es noch einmal deutlich zu sagen, die Ankunft eines neuen Familienmitglieds kann man auch ohne dieses ganze Trara feiern! Ich kann auf unseren verehrten Herrn Leutmann dabei gut verzichten!«

»Das ganze Trara, sagst du. Aber wir haben eben noch keinen besseren Rahmen, keine überzeugenderen Rituale gefunden. Keine einzige meiner Freundinnen hat die Geburt ihres Kindes irgendwie angemessen begangen – alle kommen irgendwie einzeln vorbeigekleckert, hier einen Strampelanzug, da ein Mützchen dabei –, aber es gibt nichts, keinen Tag, keinen besonderen Ort, an dem sich alle versammeln, um diese Ankunft, so kitschig und blöd du diesen Ausdruck finden magst – ich seh schon dein Gesicht, danke, Michael! –, richtig zu feiern.«

»Nun sei doch nicht gleich so böse!«

Michael beugte sich zu Anna hinüber und küßte sie auf die Wange.

Wie unkompliziert waren die acht Jahre gewesen, die sie ohne Kinder zusammen verbracht hatten. Ihre Verschiedenartigkeiten waren einfach nur reizvoll und spannend gewesen. Während Anna ein Buch über Symbolik im Abendland oder mittelalterliche Rituale zur Austreibung von Krankheiten las, beschäftigte sich Michael mit männlicher Magersucht oder der Behandlung des frühkindlichen Autismus.

Immerhin, befand Anna, gingen sie alle Konflikte sehr direkt an.

Jetzt meldete sich Jonas wieder, er wollte, daß sie anhielten, um einen überfahrenen Igel anzugucken, aber sie mußten rasch zu Hause die Bergstiefel suchen, denn sie waren schon sehr spät dran.

Die Stimmung war inzwischen etwas gelöster, und da war auch schon ihre Straße. Anna freute sich über die Parklücke direkt vor der Tür. Andere Hausbesitzer besaßen eine Garage, aber Michael und Anna hatten keine Lust gehabt, Geld für so etwas Unwichtiges auszugeben. Meistens parkten sie ihren alten Saab einen halben Kilometer vom Haus entfernt und trabten dann mit Sack und Pack und Kind und Kegel zu ihrer alten Villa. Sie hatten das Haus vor zehn Jahren günstig erstanden, und Michael hatte es mit Hilfe von ein paar Freunden geschafft, aus dem verfallenen Gründerzeitbau etwas zu machen. Auch die psychotherapeutische Praxis »Dr. Johanna Kadereit und Dr. Michael Riese« war hier untergebracht. Sie zahlten noch immer Schulden ab, aber das Haus war der Dreh- und Angelpunkt in ihrem Leben, ihr Hafen, ihr Fixpunkt; Wohnen und Arbeiten, Kinder und Karriere, alles hatte hier seinen Platz. Sie hatten die Kinderzimmer lindgrün und sonnengelb gestrichen, nachdem sie sich lange über die Farbwahl Gedanken gemacht hatten. Jonas, der das lindgrüne Zimmer bekommen hatte, weil er Anna, als er kleiner war, etwas aggressiv zu sein schien, betonte seitdem, daß doch eigentlich Orange seine Lieblingsfarbe sei – vermutlich nur, um seine Eltern wahnsinnig zu machen. Janina hatte wenige Tage nachdem Michael die Decke endlich fertig gestrichen und deshalb eine Nacht durchgemacht hatte, verkündet, daß sie sich zu Weihnachten ein tiefblaues Zimmer wünschte. Bis Weihnachten waren zum Glück noch einige Monate Zeit. Anna und Michael hegten die Hoffnung, daß Janina bis dahin ihren Wunsch vergessen haben würde, zumal ein Tiefblau Janina nur in ihren für ihr Alter ohnehin schon zu ausgeprägten Rückzugstendenzen bestärken würde …

Anna hatte kurz erwogen, ob die anderen im Auto auf sie warten sollten, aber sie war sich nicht sicher, wie lange sie brauchen würde, um das Geschenk zu finden. Der Karton mit den Stiefeln war zwar nicht gerade klein, aber sie hatte auch schon mal ein riesiges, ausgeräumtes Terrarium tagelang gesucht – und es dann im Schuppen entdeckt.

Also liefen sie alle im Gänsemarsch die moosbewachsenen Steinstufen zu ihrem Haus hinauf. Anna suchte bereits in Gedanken das Haus ab. Hatte sie den Karton vielleicht gestern abend bei den Kindern auf dem Hochbett gelassen? Nicht, daß sie jetzt das Geschenk nicht fand, wo sie extra noch einmal nach Hause gefahren waren! Sie sollten eigentlich schon längst bei ihren Eltern zum Mittagessen sein. Anna hatte kaum die schwere Holztür aufgedrückt, da hörte sie das Telefon.

»Kannst du mal rangehen?« rief sie Michael zu und stürmte sofort ins Wohnzimmer, wo sie das Geschenk am ehesten vermutete.

Sie hob die vielen Kissen und Polsterteile neben, auf und unter der Couchlandschaft hoch.

»So, und die bleibt jetzt erst mal bei mir«, hörte sie Michael sagen, der Janina endlich die Schere abnahm, was natürlich nicht ohne Gemaule ablief. Das Telefon klingelte weiter.

»Warum-muß-ich-eigentlich-immer-rangehen«, rief Anna – es war eher eine resignierte Feststellung als eine Frage. Sie warf ihre Handtasche irgendwohin – so etwas wie eine Garderobe hatten sie nicht, die Haken waren überladen von Kinderklamotten und Annas Schals und Seidentüchern. Janina und Jonas tobten schon wieder mit Carlos herum; sie brüllten und lachten so laut, daß Anna kaum verstehen konnte, wer am anderen Ende der Leitung war.

Es war ihre Mutter. Das fehlte ihr gerade noch. Mutter, die immer meinte, es sei ein Drama, wenn man mal eine Viertelstunde später kommt! Konnte sie sich denn gar nicht mehr an die Zeit erinnern, als sie kleine Kinder hatte?

»Wir kommen gleich!« rief Anna genervt in den Apparat, bevor ihre Mutter auch nur ein Wort sagen konnte.

Aber ihre Mutter machte ihr keinen Vorwurf, sie weinte. Im ersten Moment dachte Anna, daß sie tatsächlich wegen ihrer ewigen Zuspätkommerei die Nerven verloren habe und deshalb in Tränen ausgebrochen sei.

»Anna, dein Vater ist gerade – gestorben.«

In kurzen Sätzen berichtete sie, was sich heute morgen zugetragen hatte.

Völlig benommen ließ Anna den Hörer sinken. In diesem Moment fiel ihr ein, wo sie den Karton mit den Stiefeln abgestellt hatte: in ihrem Arbeitszimmer.

Anna begann zu weinen. Einen Moment lang sah sie in Michaels erstauntes und erschrockenes Gesicht. Ohne zu wissen, was passiert war, streckte er die Arme nach ihr aus. Komm zu mir. Die Selbstverständlichkeit seiner Liebe. Mechanisch lief sie mit vors Gesicht gehaltenen Händen auf ihn zu. Sie öffnete die Augen erst wieder, als sie seine Arme um sich spürte, den Geruch seines Hemdes und seiner Haut roch. Anna drückte ihr Gesicht an seinen warmen, weichen Hals. Michael fragte leise: »Was ist?«

Janina und Jonas trippelten zu den Erwachsenen ins Wohnzimmer; sie wollten wissen, was mit Anna los war.

»Opa ist gestorben.«

Jonas und Janina verharrten einen Moment erschrocken, dann klammerte sich Jonas an ihre Beine; Janina begann zu heulen und legte ihren Kopf an Annas Bauch. Im Flurspiegel sah Anna sich als siamesischen Vierling. Schließlich war es Michael, der mit langsamen, vorsichtigen Bewegungen, wie ein Schlafwandelnder, das Sofa ansteuerte. Anna hob Jonas auf ihre Arme, Janina ließ sich von ihren Eltern schieben.

Eine ganze Weile lang lagen sie zu viert auf der riesigen, wenn man genau hinsah, ziemlich fleckigen Couchlandschaft und weinten zusammen. Selbst Michael.

So traurig, so schrecklich alles war: Anna würde nie vergessen, wie sie sich alle vier umarmt hielten.

Nachdem sie sich aufgerappelt hatten und Michael einen Kaffee gekocht hatte, fuhren sie gemeinsam zur Großmutter. Den Karton mit den Stiefeln hatte Anna mitgenommen. Warum, wußte sie auch nicht.

Ob Bennie wohl schon Bescheid wußte? ging ihr im Auto durch den Kopf. Immer, wenn Anna an ihren jüngeren Bruder dachte, überkam sie ein schlechtes Gewissen. Er hatte doch keinen Pfennig Geld, und sie wollte ihm eigentlich mal wieder einen Hunderter überweisen. Besuchen wollte sie ihn auch seit langem (wollte er nicht irgendwann in diesem Jahr umziehen?), aber seitdem die Kinder da waren, hatten sie es kein einziges Mal nach Berlin geschafft. Wenn Anna mit ihren Patienten sprach, fiel das Wort »Akademikerarbeitslosigkeit« oft; mit ihren Patienten Frau Haase und Herrn Winter hatte sie jeweils eineinhalb Jahre intensiv an dieser Problematik gearbeitet und in mehreren Fachzeitschriften ihre Ergebnisse über die hohe Korrelation zwischen depressiver Verstimmung, Suizidneigung und Arbeitslosigkeit sowie zwischen dem ständigen Wechsel von Arbeitsstellen und Konzentrations- und Schlafstörungen veröffentlicht, aber mit ihrem Bruder telefonierte sie nur ein-, zweimal im Jahr. Gesehen hatten sie sich in den letzten Jahren meist nur zu Weihnachten. Und – natürlich – an Sylvias 40. Geburtstag. Da hatte Bennie eine neue Freundin mitgebracht, die – ziemlich aufgedonnert und dick geschminkt – die meiste Zeit in einer Ecke saß und die Wand anstarrte. Zu den Kindern schien sie überhaupt keinen Zugang zu haben. Als Anna ihr vorschlug, mit Jonas Memory zu spielen, hatte Nana sie angeguckt, als hätte sie sie gebeten, ihn zu adoptieren. Bennie war für seine Verhältnisse auch nicht sehr gesprächig gewesen; Anna versuchte, sich zu erinnern, welche berufliche

Misere ihren Bruder damals gerade eingeholt hatte. Sie wußte es nicht mehr. Sie sollte ihn wirklich noch heute anrufen. Nicht nur wegen Daddy. Vielleicht hatte er ja nach der Kündigung durch die Zeitung endlich wieder etwas Richtiges gefunden?

Jetzt fuchtelte Jonas ihr mit seinen Fingern vor der Nase herum. Er spielte »Fliege« und machte laute sss-Geräusche dazu. Wenn sie sich erschreckte, gluckste er vor Freude.

Kaum waren sie bei ihrer Mutter, kletterte Jonas zur Oma auf den Schoß; Janina setzte sich neben sie und hielt ihre Hand. Janina und Jonas hatten ihren Großvater sehr bewundert, ja geradezu angehimmelt. Sein Äußeres sowie sein gelegentlich schroffes Gebaren hatten ihnen Respekt eingeflößt. Sie hatten auf eine unkomplizierte Weise ein gutes Verhältnis zu ihm entwickelt, um das Anna manchmal ihre Kinder ein wenig beneidet hatte. Daddy nahm die beiden mit in sein Zoogeschäft und zeigte ihnen die Leguane und die Spinnen, die Nachtschwärmer und Wüstenspringmäuse. Anna war oft erstaunt, wieviel Geduld ihr Vater plötzlich im Umgang mit Janina und Jonas an den Tag legte, wie ausdauernd er ihnen erklären konnte, wie Vipern eine Dürreperiode überleben oder wie es dazu kommt, daß sich eine Wüste binnen weniger Stunden in ein Überschwemmungsgebiet verwandelt.

Außerdem hatte er Janina und Jonas mehrere Tiere geschenkt – von denen Anna wußte, daß sie selten und teuer gewesen waren –, obwohl es dem Geschäft, ganz zu schweigen von der Firma, zu diesem Zeitpunkt schon sehr schlecht ging.

Manchmal war sie fast neidisch, weil es ihr nicht annähernd so gut wie ihrem Vater gelingen wollte, ihren Kindern eine Vorstellung von ihrer Arbeit zu vermitteln. Aber so etwas wie ihr Frustrations-Aggressions-Projekt ließ sich nun mal schwerer veranschaulichen als das aufregende

Farbenspiel eines Chamäleons, wenn ihr Vater die Taschenlampe darauf richtete und einmal den Rotlicht-, einmal den Grünlichtfilter aufsetzte.

Es war selbst auf der schattigen Veranda unerträglich heiß; sie aßen lediglich eine kalte Gurkensuppe, eine Spezialität ihrer Mutter. Als Anna in die Küche ging, um Himbeerlimonade zu holen, fiel ihr ein, daß dies heute der erste Moment war, an dem sie allein war. Sie stand vor dem Fenster, das Sonnenlicht ließ die Limonadenflasche in ihrer Hand rot aufleuchten und hinterließ auf ihrer hellen Bluse tanzende Punkte. Anna hatte das Gefühl, von ihm durchleuchtet und einer erst langsam zu ihr durchdringenden Wahrheit ausgesetzt zu sein. Ihr Daddy war nicht mehr da. Sie war zu Hause, wie beinahe jedes Wochenende, und er war einfach nicht mehr da. Sie konnte es immer noch nicht richtig glauben; hier stand doch Daddys Lieblingstasse, da sein Schachtelhalmtee, und dort lagen seine Weißdornkapseln! Unvorstellbar, daß er nichts davon je wieder anrühren würde.

Sie fürchtete sich plötzlich vor dem Alleinsein, den Stunden, wenn Jonas und Janina in der Kita und in der Schule waren und Michael bei seiner Supervision in München. Ich muß David anrufen, schoß ihr durch den Kopf, und sie hastete sofort ins Wohnzimmer zum Telefon.

Als Anna mit Janinas Limonade zurück auf die Veranda kam, drehte sich das Gespräch darum, woran Großvater denn nun gestorben sei.

Annas Mutter meinte, im Krankenhaus hätten die Ärzte von Herzstillstand und Kreislaufüberlastung aufgrund der ungewöhnlichen Hitze gesprochen. Großvater war bereits der siebte Tote an diesem Morgen.

»Wie ist das, wenn das Herz plötzlich aufhört zu schlagen? Tut das weh oder erstickt man?« wollte Jonas wissen.

Janina fragte, ob man Großvater wohl in der Wüste vergraben würde, weil er doch die Wüste so geliebt hätte. Michael erklärte Janina ernst, warum dies nicht möglich wäre. Natürlich hatte Janina zu allem Einwände; es entwickelte sich bald ein von dem Großvater ziemlich losgelöstes Gespräch über Überführungsrechte und Bestattungsregeln. Janina und Jonas waren noch nie auf einer Beerdigung gewesen. Anna hatte auf einmal das Gefühl, daß sie das Ganze eher aufregend als traurig zu finden schienen. Jonas schnappte etwas auf, trommelte mit dem Löffel auf die Tischplatte und wollte mehr wissen. Sie betrachtete ihren Sohn von der Seite. Er war semmelblond wie sein Vater und hatte jetzt vor Aufregung rote Flecken im Gesicht.

»Wie ist das, wenn jemand stirbt? Wen lädt man da alles ein? Und was heißt das eigentlich, Leichenschmaus?« Jonas' Stimme überschlug sich fast.

»Iiih, ist das ein fieses Wort!« rief Janina, schaudernd-verzückt.

Ja, was ist denn ein Leichenschmaus? Aus irgendeinem Grund meinte Michael, sie müßte das erklären, also erwiderte Anna, daß man nach der gemeinsam durchstandenen Trauer noch zusammen speist. Speisen, das hatte sie absichtlich gesagt, um dem Vorgang ein wenig Würde zu verleihen, auch wenn sie nicht annahm, daß Janina und Jonas ihr folgen konnten oder wollten. Jetzt schauten sie jedoch beide schuldbewußt und setzten sehr ernste Mienen auf.

Anna seufzte. Es wäre ihr leichter gefallen, Fragen über Michaels und ihr Liebesleben zu beantworten.

»So wie man die Taufe, also die Aufnahme eines Menschen in die Kirche, feiert – ihr erinnert euch doch daran, daß wir neulich bei Naomi waren? Wo der Pfarrer Wasser über die Stirn der Kleinen gegossen hat? –, so will man eben auch gemeinsam Abschied nehmen. Es geht darum, eine besondere Form …«, Anna brach ab, denn sie sah Jonas' Blick, der – wenngleich schwach unterdrückt – »du langweilst mich« sagte.

»Das ist noch ein bißchen zu hoch für sie«, verteidigte Michael, der eben ausführlich über Überführungsrechte gesprochen hatte, seinen Sohn.

Nicht ohne wieder zu weinen, fragte ihre Mutter, ob denn alle am Mittwochmorgen noch einmal kommen würden, um sich von Großvater, der dann aufgebahrt sein würde, zu verabschieden.

Natürlich wollte Anna ihn noch einmal sehen. Janina und Jonas, die jetzt beide je eine Hand von Großmutter hielten, um sie zu trösten, sagten wie aus einem Mund brav »ja«.

Michael betrachtete seine Kinder einen Moment lang aufmerksam, ehe er fragte: »Wollt ihr denn wirklich in die Kapelle mitkommen und den Toten anschauen? Nicht, daß ihr nachher Alpträume davon bekommt! Wollt ihr ihn noch mal sehen, oder reicht es euch, zum Grab zu gehen?«

Jonas guckte erschrocken. Nein, das wäre ihm schon unheimlich. Einen Toten so genau anzuschauen, nein, das wolle er nicht. Und Janina meinte sofort, sie hätte Angst davor, das fände sie »eklig«.

In diesem Augenblick, wo sich ihre Kinder – direkt befragt und nicht nur aus Takt gegenüber ihrer Großmutter – so instinktiv gegen Großvater und auch gegen ihre eigenen Wünsche wandten, fühlte sich Anna plötzlich – alt. Sie kam sich auf einmal so anhänglich und altmodisch vor. Der Gedanke, ihren Vater *nicht* noch ein letztes Mal zu sehen, war ihr viel unerträglicher als die Furcht – die sie nicht empfinden würde, da war sie sich sicher – vor seinem Gesicht. Es war doch *sein* Gesicht und nicht das irgendeines Toten! Plötzlich war sie maßlos enttäuscht. Sie wäre so gerne mit ihren Kindern gemeinsam noch einmal, ein letztes Mal, zu ihrem Vater gegangen. Nicht mal dieser Wunsch konnte ihr erfüllt werden! Ihre Enttäuschung war so groß, daß ihr sogar die Kraft fehlte, mit Michael eine ihrer üblichen Diskussionen anzufangen.

Als Janina nun fragte, was denn mit der Leiche passieren würde, erklärte Großmutter, wie der Trauerzug zur Grabstelle gehen, wie jeder noch einmal an den Sarg herantreten und Erde hineinwerfen würde. Aber Anna ging der Gedanke nicht aus dem Kopf, wie schnell für ihre Kinder Opa zu einer »Leiche« mutiert war. Wie kann einem ein Mensch, den man geliebt hat, innerhalb von Minuten so fremd werden, daß man von ihm als »die Leiche« redet? Oder war das reiner Selbstschutz, würden ihre Kinder erst nach dem »Beerdigungsrummel«, der unweigerlich einsetzen würde, anfangen, die Leere zu spüren, die er hinterließ? Was waren das für psychische Anziehungs- und Fliehkräfte, die ein eben Verstorbener auslöste? Wann kam der Punkt, wo man, wenn jemand nicht im Krankenhaus, sondern zu Hause starb, dachte: Jetzt sollte man ihn abholen? Fortbringen? Anna fielen die Geschichten von alten Leuten ein, die sich von ihrem Partner nicht trennen konnten und neben einer verwesenden Leiche schliefen, frühstückten, Fernsehen guckten …

Das Wort »Leiche« hatte sie schon immer gehaßt. Ähnlich wie »Soldat«. Wenn es hieß, irgendwo hätte es drei tote Soldaten gegeben, hatte dies eine völlig andere Wirkung auf den Nachrichtenhörer, als wenn es geheißen hätte: Drei neunzehnjährige Jungen, Peter M., Lukas F. und Stefan P., sind gestern erschossen worden. Es war ein sprachlicher Distanzierungsversuch, gleichmacherisch, ein erster Schritt zur Entmenschlichung. Andererseits, drückte sich darin, daß ihre Kinder, die noch letztes Wochenende mit Opa im Garten gespielt hatten, schon von ihm als »der Leiche« sprachen, nicht im Grunde genommen die unglaubliche Zukunftsorientiertheit von Kindern aus, ihr physisch-psychisches Bedürfnis nach Weiterentwicklung, nach Voranschreiten des Lebens?

Was nützten ihr all diese Theorien, sie hatte sich Janina und Jonas selten so fern gefühlt. Plötzlich wünschte sich

Anna, allein zu sein. Noch vor einer halben Stunde hatte der Gedanke daran sie eher mit Furcht erfüllt. Jetzt hatte sie Angst nicht vor, sondern um ihren Schmerz, als würde er in Gegenwart ihrer Kinder einfach keine Berechtigung, keinen Platz mehr haben. Vielleicht war es aber auch das Gefühl von sich anbahnender Distanz. Sie konnte den Weg nicht zurückfinden zu der Nähe, die sie heute mittag empfunden hatte, als sie alle miteinander auf dem Sofa gelegen hatten. Wieder dachte sie an diese verrückte Idee, die ihr manchmal kam, wenn sie gerade besonders genervt von Michael und den Kindern war: nach San Francisco gehen und in die Praxis von Susan einsteigen; nur mit anderen freien und unabhängigen Frauen arbeiten – und leben. Wie damals, in ihrem Auslandssemester. Anna schenkte sich ein Glas Mineralwasser ein und leerte es so schnell, daß ihr der Hals von der Kohlensäure kribbelte. Dieser verdammte Virus des Fernwehs …

Als Janina und Jonas aufstanden, um Carlos Futter und vor allem frisches Wasser zu geben, beugte sich Anna zu Michael und flüsterte:

»Mußte das mit der Aufbahrung unbedingt heute geklärt werden?«

»Ich hab das Thema nicht aufgebracht …«, verteidigte Michael sich.

»Ich wollte mit den Kindern zusammen zu ihm, verstehst du? Es ist *mein* Vater!«

»Ich finde trotzdem, daß man sie fragen muß. Sie haben noch nie einen Toten gesehen …«, flüsterte Michael zurück.

»Toter! Jetzt fängst du auch schon davon an!«

»Wie, womit fange ich auch schon an? Was hast du denn, Liebes, komm mal her, ich verstehe ja, daß das heute ein schwerer …«

»Toter! Es ist ihr Großvater! Sie können das doch gar nicht beurteilen! Also, ich werde noch mal mit den beiden reden, denn ich möchte mit ihnen *und* mit dir zusammen von Großvater Abschied nehmen.«

»Hör mal, Anna! Ich werde nicht gegen ihren Willen mit ihnen in die Kapelle gehen – ich hätte mich als Kind auch davor gefürchtet!«

»Ach, dir geht es doch gar nicht um die Kinder, du hast die Frage ja schon suggestiv gestellt: Wollt ihr da wirklich hin? Weil du sie von der Messe fernhalten willst, weil du ein gestörtes Verhältnis dazu hast, gefällt dir der Gedanke auch nicht, daß sie zur Kapelle mitkommen könnten«, sagte Anna und wußte, daß Michael ihr diese Bemerkung übelnehmen würde.

Als sie in den Garten ging, fand sie ihre Kinder im Schuppen hinter dem Bienenhäuschen; sie schauten sich neugierig einige Gerätschaften ihres Großvaters an, an die er sie nie herangelassen hatte. Anna kehrte zurück in die Diele, wo ihre Mutter gerade humpelnd vom Klo kam und sich noch ihren Rock glattstrich. Sie setzten sich in die Küche, denn Anna hatte keine Lust, zu Michael auf die Veranda zu gehen. Anna goß Mineralwasser in zwei große Gläser und fragte ihre Mutter, wie es ihrem Vater denn in den letzten Tagen gegangen sei.

Ihre Mutter sah Anna lange an, ohne etwas zu sagen. Dann zuckte sie hilflos die Schultern. »Die Insolvenz … er hat seine Herzmittel immer seltener genommen … ich hatte das Gefühl, er hat sich gehenlassen … seit dem letzten Sommer … er hat sich seltener rasiert und ist nicht mehr mit mir zum Schwimmen … aber, was soll ich schon sagen, was weiß ich schon.«

Anna tätschelte den Unterarm ihrer Mutter. Die ewigen Minderwertigkeitsgefühle ihrer Mutter gingen ihr auf die Nerven, aber es war nicht der richtige Tag und der richtige Moment, um dieses ohnehin sinnlose Thema anzuschneiden. Oft hatte es jedoch an ihrer Mutter gelegen, daß sie über bestimmte Dinge nie offen mit ihrem Vater hatte sprechen können. Wenn David und sie versucht hatten, ein bißchen mehr über ihn und von ihm zu erfahren, hatten ihre Mutter und Sylvia – sofern sie dabei war – regelmäßig dazwischengefunkt, um »Vater nicht zu sehr zu belasten«.

Eine Frage nach seinem Vater, dem großen Nordafrika-Kämpfer?

Anna, muß dir das jetzt so zwischen Tür und Angel einfallen?

Erzähl doch mal, Daddy, wie war es damals so in den ersten Nachkriegsjahren, als du Kind warst? Mußtest du hungern? Hast du viele Flüchtlinge gesehen?

Vati muß morgen früh einen Großkunden treffen!

Wie waren denn die amerikanischen Soldaten so?

Vati muß noch Inventur machen!

Anna mußte sich von ihrer Schwester anhören, daß sie ihr Privatleben bitte nicht mit ihrem Beruf verwechseln solle. Dabei hatte Sylvia die Unterstützung ihrer Mutter, die allerdings, kaum war Anna mit ihr allein, wiederum ihr absolut recht gab und sagte, sie sei froh, daß wenigstens sie sich trauen würde, ihrem Vater ein paar Fragen zu stellen, die sie ihm eigentlich gerne selbst stellen würde …

Als Anna, Michael und die Kinder gegen zehn Uhr abends auf dem Heimweg waren, war es immer noch fast hell. In gelbe und rosafarbene Wolkenbänder, die wie abgeworfene Schlangenhüllen am Himmel lagen, mischten sich Spuren von Hellblau und Violett. Kein Tag so lang wie dieser.

Zu Hause leuchtete die Anzeige vom Anrufbeantworter geisterhaft flackernd. Anna hörte die Nachricht ab, sie war um 15.00 Uhr von Sylvia eingegangen. Sie hatte keine Lust zurückzurufen, bekam aber ein schlechtes Gewissen, selbst an Daddys Sterbetag die Abneigung gegen ihre Schwester nicht überwinden zu können, und griff zum Hörer.

Sylvia schien erstaunt, daß Anna alles schon am Vormittag erfahren hatte. Sie dachte offenbar tatsächlich aus

Anna nicht nachvollziehbaren Gründen (außer dem, daß Sylvia immer noch meinte, der Liebling ihrer Eltern zu sein), sie wäre die einzige, die vom Tod ihres Vaters gewußt hatte. Natürlich verlor Sylvia kein Wort darüber, daß Anna bis eben mit Michael und »den Kids« bei ihrer Mutter gewesen war. Statt dessen betonte sie, daß sie in der nächsten Woche nicht ins Büro gehen, sondern sich um Mama kümmern würde. Und morgen würde sie ohnehin zu ihr fahren. Anna wußte, daß eigentlich die Frage im Raum stand, wohin ihre Mutter nach dem anstehenden Hausverkauf kommen würde.

»Sag mal, wir müssen doch auch Tommy informieren ...«, fiel Anna jetzt ein.

»Ach Gott, das ist ja wohl nicht das dringlichste!« fuhr Sylvia sie an. Im nächsten Moment sagte sie sanft: »Wenn, dann weiß doch David am ehesten Bescheid ...«

»Den letzten Brief hat er, ich glaube, vor vier Jahren bekommen. Der war nicht mehr aus Chile, wo Tommy wohl bei Indios irgendwo in den Anden gelebt hat, sondern von den Antillen oder so. Mit Chantal und ihrem gemeinsamen Sohn. Ich hab vergessen, wie der heißt.«

»Ich auch«, antwortete Sylvia knapp.

»Ich spreche darüber mit David«, schloß Anna das Thema ab. Eigentlich war David derjenige gewesen, von dem alle gedacht hatten, daß er irgendwann alles hinschmeißen und abhauen würde. Aber so konsequent war er nie gewesen.

»Was passiert mit Overlord?« fragte Sylvia.

Anna dachte daran, daß er ein Vermögen wert war, deshalb traute sie sich nicht, sofort zu sagen: Den bekommen natürlich Jonas und Janina.

Sie seufzte auf und sagte ihrer Schwester, daß sie heute noch nicht über alle praktischen Konsequenzen des Todes ihres Vaters sprechen und erst recht nicht streiten wolle. »Laß ihn uns doch erst mal beerdigen!« Schließlich begann sie doch zu weinen. Ausgerechnet vor Sylvia.

Anna hängte ein und nahm den Schuhkarton, den sie wieder mit zurückgebracht hatte, vom kleinen Regal im Flur, da er dort halb herausragte. Sie steuerte mit ihm auf den Küchentisch zu, was ihr aber sofort unsinnig erschien, lief weiter ins Wohnzimmer, durch die Kinderzimmer, bis sie ihn auf ihren Schreibtisch im Arbeitszimmer plazierte. Genau wie vorher. Schließlich ließ sie sich auf ihren Sitzball fallen und vergrub ihr Gesicht in den Händen.

Theoretisch könnte sie die Schuhe Montag zurückbringen, ging Anna durch den Kopf. Sie sog den angenehm staubigen Geruch der Schachtel ein. Allein der Gedanke, dieser unfreundlichen Verkäuferin den wahren Grund für die Rückgabe zu nennen, war Anna ein Greuel. Sie würde dieser blöden Tussi mit ihrer albernen Hochsteckfrisur doch nicht sagen: Mein Vater, dem ich die Schuhe schenken wollte, ist plötzlich gestorben. Die würde noch grinsen und ihr erklären, dies wäre kein akzeptabler Rückgabegrund.

Vielleicht, dachte sie, während sie wieder weinen mußte, kann Jonas die Stiefel mal brauchen. Plötzlich erinnerte sie sich, daß sie noch Bennie anrufen wollte.

Vorher mußte sie unbedingt einen Schluck trinken. Während sie sich in der Küche ein Mineralwasser zubereitete, fiel ihr ein, daß sie ihren Eltern eigentlich solch eine Mineralwasser-Anlage auch mal schenken wollte. Das erstemal hatte sie so etwas damals bei ihrer Gastfamilie in den USA gesehen. Mitte der achtziger Jahre war das gewesen. Wie aufgeregt sie damals war, als ihre Eltern sie in Frankfurt am Main zum Flughafen brachten. Sie war noch nie so weit und so lange weg von zu Hause gewesen und noch nie über den Ozean geflogen. Allein bei dem Wort »transatlantisch« lief ihr ein kleiner Schauer über den Rücken. Ihr Vater war sehr stolz auf sie, sie sah es ihm richtig an, als er sie am Gate noch einmal an sich drückte.

»Schreib mir mal, wie das so ist, in einem Jumbo-Jet«, flüsterte er ihr zu. Im Vorfeld hatte er sich für jedes Detail ihrer Reise interessiert und in den Monaten und Wochen vor ihrem Abflug ständig den Atlas auf dem Schoß gehabt, um ihr irgend etwas Interessantes über Utah zu erzählen, denn dort lebte ihre zukünftige Gastfamilie. Er las ihr Geschichten über den Wilden Westen vor und über die Erschließung des Landes mit der Eisenbahn. Manchmal sahen sie sogar zusammen »Denver Clan«, und Vater, der sonst nie irgendwelche Bemerkungen über Frauen machte, gestand, daß ihm die blonde, liebenswürdige Chrystel durchaus gefallen würde ... Er guckte auch nicht wie sonst, wenn die Familie mal etwas länger zusammensaß, hektisch auf die Uhr und erwähnte weder »das Geschäft« noch »die Firma«.

Eigentlich war es Sylvia gewesen, die die Informationsbroschüre für das Schüleraustauschprogramm mit nach Hause gebracht hatte. Am Abendbrottisch wurde eine Weile lang debattiert, aber dann stand fest, daß Sylvias Gesundheit zu instabil war, um sie ein Jahr in die Obhut einer fremden Familie in einem anderen Land geben zu können. Und so stieg Anna in den Jumbo-Jet, während Sylvia zu Hause vor dem Inhalationsgerät sitzen blieb.

Damals gab es noch keine Billigvorwahlnummern, deswegen telefonierte Anna höchstens einmal die Woche mit ihren Eltern. Dann aber wollte ihr Vater alles genau wissen, schließlich hatte sie mit der Austauschorganisation einen Trip nach New York und einen nach Washington D. C. gemacht – Orte, die Daddy alle nicht kannte. Und sie hatte ihm wirklich jede kleine Alltagsbeobachtung, alles, was sie sich in ihrem Tagebuch notiert hatte (bis auf die Episode mit Jim), erzählt: von den riesigen Supermarktketten, der Auswahl an rezeptfreien Medikamenten, an Popcorn (mit Pfefferminz-, Mango- und Erdbeergeschmack), den vielen Fernsehgeräten ihrer Gastfamilie (in jedem Raum eines, auch im Bad), den Mormonen in ihrer unmittelbaren Nachbarschaft, der Vorstellung ihrer Klassenkameraden, in

Deutschland würde man in Ritterburgen wohnen. Und Daddy hatte sich für alles interessiert; er war außergewöhnlich gesprächig und lachte über jedes ihrer Erlebnisse. Sie hatte sich ihm noch nie so nahe gefühlt wie in der Zeit ihrer wöchentlichen transatlantischen Telefonate. Nie würde sie vergessen, wie sehr sie sich freute, wenn ihre Gastmutter in ihr Zimmer kam und rief: »Your Daddy from Germany!« Und dann die knackende Leitung, das Rauschen, die Stimme am anderen Ende, der man damals noch anhören konnte, daß sie über Tausende Kilometer hinweg sprach.

Daddys Besuch war lange geplant gewesen, und Anna hatte genau überlegt, wohin überall sie mit ihm in Utah nach der Besichtigung des Monument Valleys fahren würde. Sie hatte sich nach dem Aquarium in Salt Lake City und den Wild Life Parks der Region erkundigt. Natürlich mußte er zum Grand Canyon und zum tief in den roten Felsen eingeschnittenen Flußbett des Colorado.

Als Daddy sie anrief und ihr mitteilte, daß er leider nicht kommen könnte, weil er zuviel Arbeit mit HONEYLIFE und der Zootierhandlung hätte und es ihn zur Zeit überforderte, der Chef von zwei Unternehmen zu sein, konnte sie gar nichts erwidern. Ihr Vater führte weitschweifig aus, daß irgendwelche Preise für Tierfutter rasant gestiegen seien und die Miete und tausend andere Dinge wohl auch. Sie hörte nicht mehr hin. Sie war so überrascht und traurig, daß ihr nichts dazu einfiel.

Später war ihre Enttäuschung in Ärger umgeschlagen: Daddys Exotik-Tick bei seiner gleichzeitigen Abneigung, irgendwo hinzufahren, wo es nicht um drei Uhr seine Lieblingstiersendung im Fernsehen und um vier den Dinkelkuchen mit seinem selbst hergestellten Honig gab! Und dieser ewige Spruch: »Es ist unglaublich, wie diese Tiere unter den härtesten Bedingungen überleben können!«, während er selber im Lehnstuhl saß und im Gecko-

Führer blätterte! Genau so hatte Anna das damals in einem Brief an David formuliert. Ihr Bruder war ganz auf ihrer Seite und sprach nach ihrer Rückkehr hinter vorgehaltener Hand von *The German Weltflucht*, wenn Daddy mal wieder über Temperaturregler oder Waran-Wehwehchen monologisierte, während gerade Abrüstungsdebatten oder die großen Friedensdemonstrationen durch die Medien gingen. Weltflucht – das hatte Anna noch nie im englischsprachigen Raum gehört. Aber es paßte gut zu Weltschmerz, Zeitgeist, Sehnsucht und Angst. Fehlten bloß noch Nordlicht und Fernweh. Noch heute raunten David und sie sich gelegentlich *The Weltflucht again* ins Ohr, wenn Daddy mal wieder vom Hundertsten ins Tausendste kam.

Daddy – dieser Kosename, anders konnte sie es nicht nennen, war als einziges aus der damaligen Zeit übriggeblieben. Das hatte sie sich irgendwie nicht mehr abgewöhnt – auch wenn sie nie mit ihm gemeinsam in dem Land war, in dem Kinder zu ihrem Vater Daddy sagten.

Später, im Rahmen ihrer Lehrtherapie, hatte Anna begonnen, etwas nachsichtiger über ihren Vater zu urteilen. Sie wußte: Daddys Familie war im Krieg ausgebombt worden und hatte alles bis auf den letzten Besteckkasten und das letzte Paar Schuhe verloren. Daddys Vater war in Nordafrika gefallen, und an Reisen war damals nicht zu denken gewesen. Außer an Reisen im Kopf. Wenn Anna jetzt an das Foto von ihrem Vater dachte, auf dem er in der Wohnung seines Nachbarn vor einem liebevoll gestalteten Terrarium saß und Bücher über Augenkrankheiten von Waranen las, überfiel sie weniger Zorn als ein Gefühl von Traurigkeit. Anna erinnerte sich, daß ihr Vater erst auf Nachfragen damit herausgerückt war, das erstemal im Alter von achtzehn Jahren verreist zu sein – mit seiner Mutter und seinen fünf Geschwistern nach Österreich.

Während Anna wieder auf ihrem Sitzball kauerte und längst vergessen hatte, Bennie anzurufen, hörte sie, daß Michael gerade dabei war, die Kinder ins Bett zu bringen. Das war lieb von ihm, ihr fehlte einfach die Kraft dazu. Ihr ging alles viel zu schnell. Sie hätte ihn jetzt gerne gesehen, ihren Vater. Jetzt.

Sie gab sich einen entschlossenen Ruck und setzte sich an ihren Computer, um sich sein Horoskop anzuschauen.

Es fand sich kein Uranus-Transit, wie Anna erwartet hatte. Uranus, der Planet des Unvorhersehbaren, des Plötzlichen, des Abrupten, des Aus-der-Reihe-Springenden, des und der Exzentrischen – im Wortsinn. Auch ein aussetzender Herzschlag war nach Annas Meinung durchaus im Hoheitsbereich von Uranus anzusiedeln. Aber was sie statt Uranus' Launen entdeckte, waren beunruhigend disharmonische Mars- und Pluto-Aspekte und natürlich – das wußte sie schon – die große Enttäuschung über die Schließung des Geschäfts, seines Lebenswerks, im letzten Sommer – verkörpert durch die gradgenaue Neptun-Mond-Opposition im ebenfalls gradgenauen Quadrat zum Medium Coeli und damit auch zum IC – zum dritten Mal exakt nach der letzten Rückläufigkeit des zweitfernsten Planeten der Sonne.

Anna suchte im Computer das Composit-Horoskop von Michael und ihr eigenes heraus und brütete, wie sie es schon oft getan hatte, über ihrer inkompatiblen Saturn-Geschichte.

Schließlich stand sie auf und ließ sich auf die Couch sinken. Wir müßten den Bezug wirklich mal waschen, ging ihr durch den Kopf. Sie vergaß es sofort. Unwillkürlich mußte sie wieder an den Moment vor fast zwölf Stunden denken, als sie mit Michael und den Kindern genau hier gelegen hatte. Er schien ihr unglaublich lange her.

Hätten ihre Kinder anders reagiert, wenn sie – so wie sie es bei ihrem Großvater erlebt hatte – neben seinem Bett hätten sitzen und seine Hand hätten halten können? Wenn sie gemerkt hätten, daß zwischen dieser scheinbar so gewaltigen und kompromißlosen Grenze, zwischen Leben und Tod nur ein Atemzug liegen kann? Daß man manchmal gar nicht mehr weiß, ob jemand noch lebt oder nicht? Und daß sogar in bestimmten Momenten nicht mal dies das Entscheidende ist, sondern einfach nur, daß man überhaupt bei diesem Menschen ist, ihn sehen und berühren kann?

Vielleicht ist es ja die Vorstellung, in einer düsteren Kapelle an einen riesigen dunklen Sarg herantreten zu müssen, die den Kindern angst macht? Ist es nicht auch seltsam, in einer Umgebung, in der man sich zu Lebzeiten nie gemeinsam mit dem Verstorbenen befunden hat, plötzlich von ihm Abschied nehmen zu müssen?

Anna merkte, daß sie diesen letzten Gedanken gern geglaubt hätte. Statt dessen fiel ihr etwas ganz anderes ein, eine Situation, in der sie selber nur ein paar Jahre älter war als ihre Tochter jetzt:

Sie war damals auf einer Klassenfahrt in Florenz. Alle waren schon Wochen vorher aufgeregt. Der Bus sollte über die Alpen fahren, »über den Brenner«, sagte Frau Lüsche, und das klang für Anna wie ein gefährlicher, aufregender Drahtseilakt. Als sie wirklich über die Alpen fuhren, war sie völlig begeistert. Die Steilhänge. Die Schluchten. Diese zerklüfteten Felsen und die weich wie Moos aussehenden grünen Täler! Damals, war Anna sich sicher, hatte ihre Lust am Bergwandern begonnen.

Von dem vielen Geruckel und Geholpere im Bus war vielen Kindern aber bald ziemlich schlecht. Einige waren von ihren Eltern mit irgendwelchen Mittelchen gegen Schwindel oder sogar gegen Reisekrankheit versorgt worden. Anna hatte von ihrem Vater eine Ingwerknolle bekommen, von der sie sich bei Bedarf Scheibchen abschneiden sollte. Eine Reihe hinter ihr saß Karsten, ein schmächtiger Junge, der schon seit einer Weile dumpf vor sich hin starrte. Plötzlich erbrach er sich. Zuerst roch Anna es. Ein süßlicher unbestimmt gefährlicher Geruch. Als sie sich erschrocken umdrehte, sah Anna die Lache auf Karstens Cordhosen, einzelne Brocken auf seinem gestreiften T-Shirt. Ihr erster Gedanke war: Wieso muß der Typ ausgerechnet hinter mir sitzen? Sie hat, daran erinnerte sie sich gut, keineswegs als erstes an ihn gedacht und wie elend er sich fühlen mußte. Alle Kinder tuschelten und drehten sich weg. Die dicke Svenja nutzte die Gunst der Stunde, um sich beliebt zu machen, und reichte Karsten mit spitzen Fingern ein Taschentuch.

Karsten war keineswegs ein Außenseiter in der Klasse. Er galt als stilles Wasser, war aber klug und auf jeden Fall ernst zu nehmen. Dennoch hatte Anna ihn von diesem Moment an die ganze Busfahrt lang gehaßt. Einfach so. Weil er stank, weil er etwas Ekliges gemacht hatte – und alle anderen schienen das gleiche zu empfinden. Niemand kümmerte sich um ihn, alle stierten angestrengt nach vorne. Irgendwann ging Frau Lüsche zu Karsten und gab ihm Kamillentee aus einer Thermoskanne. Alles, was an ersatzmütterlicher Zuwendung von ihr kam, war: »Trink das jetzt mal.«

Das Komische war jedoch, daß Anna Karsten auch noch nach Tagen nicht mochte. Immer, wenn sie ihm in der Herberge begegnete, wenn er fröhlich pfeifend von den Duschen kam oder in den Speiseraum ging, meinte sie, sein bleiches, käsiges Gesicht und diesen Kotze-Fladen auf seinen blauen Cordhosen zu sehen.

Seitdem hatte sich Anna gelegentlich gefragt, wieso sie und die anderen Kinder damals kein Mitleid empfanden. Allerdings, erinnerte sie sich jetzt, fühlte sie sich auch selbst ein bißchen einsam. Es war einfach blöd, den Rest der vierzehnstündigen Fahrt vor jemandem zu hocken, den man, nachdem er sich längst gesäubert hatte und nicht mehr stank, immer noch ablehnte. Es war ebenso blöd, ihm am nächsten Tag beim Frühstücken in der Herberge gegenüberzusitzen und nicht wieder normal mit ihm reden zu können. Aber Anna konnte damals diese Erfahrung des Ekels nicht mehr von seiner Person trennen.

Nun fiel Anna noch eine andere Geschichte ein. Als wäre es gestern passiert, sah sie Tante Lieschen vor dem tiefroten Suppenteller sitzen. Sie war mit David und Sylvia bei ihr auf Berlin-Besuch gewesen. Obwohl sie ihre Tante selten sahen, weil sie so weit weg wohnte, mochten sie sie alle, selbst Sylvia. Tante Lieschen war ein ausgesprochen lebensfroher Mensch, der, wie Daddy mal gesagt hatte, »kein Hehl daraus machte, es im Leben zu nicht allzuviel gebracht zu haben«. Sie war einfach die meiste Zeit mit Vergnügungen beschäftigt. Sie tanzte für ihr Leben gern, hatte wechselnde Verehrer oder Liebhaber, so genau wußten die Kinder das nicht, traf sich ständig mit Freundinnen, die alle so ähnlich aussahen wie sie: wohlgenährt und auf eine Weise aufgedonnert, von der man nicht wußte, ob man sie gewagt und originell oder vollkommen geschmacklos finden sollte. Tante Lieschen rannte mit Federboas und spitzen Harlekin-Stiefeletten herum, trug den seltsamsten Kopfputz, den man sich denken konnte, einmal tatsächlich einen kleinen Papagei auf einem violetten Paillettenkäppchen – trotz alledem wurde sie von der Familie nicht abgelehnt. Tante Lieschen war nämlich überaus charmant und beschenkte jeden, der auch nur entfernt in ihren Dunstkreis kam, sofort mit Schokolade, selbstgemachten Pralinen und anderen guten Dingen.

Sie stellte Daddy sogar Fragen nach seinen Bienen, wobei sie sich viel mehr für die verschiedenen Honigsorten, mit denen sie ihren heißen Kakao süßen konnte, interessierte als für die Bienenzucht. Dennoch hatte sie seitdem einen Stein im Brett bei ihm. Tante Lieschen gelang es, an die denkbar kindlichste Seite in jedem Menschen zu appellieren. Einmal schenkte sie Daddy – etwas Unpassenderes konnte man sich eigentlich nicht vorstellen – eine riesige

Biene-Maja-Stoffpuppe. Die hatte sie selbst von einer Apothekerin geschenkt bekommen, die ihre Schaufensterdekoration aussortiert hatte. Tante Lieschen erzählte geradezu stolz, daß sie für die Puppe kein Geld ausgegeben hatte – was in den Augen der Eltern schon frevelhaft war, so, als würde solch ein Geschenk weniger »von Herzen kommen«. Jedenfalls schenkte sie ihm diese quietschgelbe Biene-Maja-Puppe, und zu Annas Verblüffung war er begeistert. Wegen ihrer insgesamt etwas albernen Erscheinung schienen andere in ihrer Gegenwart das Gefühl zu haben, sich ungehemmt gehenlassen zu können. Daddy sprach immer sehr freundlich von Tante Lieschen, wobei er sie oft mit dem Zusatz »meschugge« bedachte. Ihre Eltern hatten Sylvia, David und Anna immerhin erlaubt, zu dritt zu Tante Lieschen nach Berlin zu fahren.

Bei Tante Lieschen gab es jeden Tag ungewöhliches Essen. An einem Abend bestand es ausschließlich aus roten Speisen, am nächsten Tag gab es fast nur Süßigkeiten, am dritten hatte sich Tante Lieschen in den Kopf gesetzt, zu jeder Mahlzeit etwas mit Nüssen zu machen – wobei sie Hähnchen mit Orangen-Pistaziencreme-Sauce kreierte, von der die drei Kinder noch lange sprachen. Sie sagte, sie hätte noch nie in ihrem Leben nach dem Kochbuch gekocht, und man glaubte es sofort. An ihrem letzten Abend des Besuchs – vorher hatte sie die Kinder in eine Spielhölle mitgenommen, ein Erlebnis, bei dem sich alle drei Kinder einig waren, daß sie den Eltern nichts davon erzählen würden (obwohl sie ein paar Groschen gewonnen, nicht verloren hatten) – kochte die Tante eine Heidelbeer-Rote-Bete-Suppe. Dazu gab es wie immer selbstgemachte Pralinen, wobei in der Schale mit den Pralinen auch rote und grüne Bällchen lagen – das waren köstliche Klöße aus Möhren-Ingwerpüree und Bärlauch-Gorgonzola-Paste. Tante Lieschen gefiel einfach das Arrangement. Alle saßen sehr munter zusammen, auch Sylvia war ausnahmsweise mal richtig locker, und löffelten die Suppe.

David war erstaunt, welch unglaubliche Farbe sie hatte – und wie sehr sie die Finger, die Tischdecke, alles mögliche färbte. Heidelbeere und Rote Bete, ein tieferes Dunkelrot-Violett konnte es kaum geben. Tante Lieschen erzählte lebhaft von einem russischen Ball, der sich »Weiße Nächte« nannte. Gerade, als sie ansetzen wollte, ein Liliputaner-Pärchen zu beschreiben, den Mund weit aufriß und rief: »Kinder, die waren wirklich sooo klein!«, fiel etwas in die Suppe. Die Geschwister starrten gebannt auf Tante Lieschens Mund, wo jetzt anstelle des linken Schneidezahns ein großes abstoßendes Loch klaffte. Tante Lieschen preßte die Lippen aufeinander. Bleich rührte sie mit ihrem Löffel in der Suppe, die sehr dickflüssig war. Irgendwann, Lieschens Rührbewegungen waren von einer verzweifelten Hektik, hörten die Kinder, wie der Löffel an etwas Festes stieß. Tante Lieschen hielt einen Moment erschrocken inne, dann holte sie eine Stiftkrone heraus. Anna sah, was für ein langer, schrecklicher Metallstift wie ein Dorn aus dem Zahn ragte. Der Stift war am Ende spitz wie ein Nagel – wie ein Miniatur-Mordwerkzeug sah er aus. Das Ekelhafteste aber war, daß der Zahn leicht blauviolett eingefärbt war.

Zuerst waren die Kinder nur erschrocken, dann lachten sie, aber irgendwie blieb die Stimmung verkrampft. Tante Lieschen zog sich bald in ihr Schlafzimmer zurück, weil sie sich nicht mehr traute, mit solch einer klaffenden Zahnlücke zu sprechen. Am nächsten Morgen kam sie schon mit blankgeputzter Stiftkrone vom Zahnarzt zurück, als die Kinder sich gerade mal an den Frühstückstisch bequemten. Alles hätte so wie vorher sein können, aber das war es nicht. Es war, als hätte ihre Tante, dieser so unglaublich kindliche Mensch, etwas von ihrer Unschuld verloren, als hätte sie ihr größtes und schmerzlichstes Geheimnis preisgegeben, nämlich, daß alle Lust auf Erden begrenzt ist und daß auch sie älter wurde. Wenn schon nicht im Geiste, dann im Körper.

Anna dachte wieder daran, mit welch schrecklicher Hektik ihre Tante damals ihre Suppe, auf die sie sich am meisten von allen gefreut hatte, auslöffelte. Und sie erinnerte sich, daß sie sich plötzlich, obwohl sie sie immer sehr gemocht hatte, vor ihr ekelte.

Anna kämpfte sich aus der Couchlandschaft heraus und ging zu ihren Kindern hinauf. Und – siehe da! – Janina und Jonas schlummerten beide tief. Wie gleichmäßig sie atmeten, wie gerötet ihre Wangen waren. Wie konnten sie nur heute genauso rasch einschlafen wie an jedem anderen Abend? Als ihr eigener Großvater gestorben war, hatte Anna den ganzen Tag über geweint und bis zum Morgengrauen mit ihrer Großmutter an seinem Bett Totenwache gehalten. Sie empfand ihre Kinder als treulos, obwohl sie wußte, daß dieser Gedanke ungerecht war. Für eine Sekunde fiel ihr plötzlich Bennie wieder ein. Morgen, dachte sie, morgen rufe ich ihn an.

Sie trat ans Fenster und blickte in die Nacht. In der Scheibe spiegelte sich Jonas' schlafender Körper. Sie betrachtete ihn aufmerksam, verfolgte die langsamen Bewegungen seiner Hände, die sich durch schweren Traum-Morast zu kämpfen schienen. Daß Jonas seine rosigen Kinderfüße zweimal unter der Decke hervorstreckte, entging ihr nicht. Dann, als hätte ihr Sohn im Schlaf gespürt, daß er beobachtet wurde, zog er sich die Decke so über den Kopf, daß außer einer semmelblonden Strähne nichts mehr von ihm zu sehen war.

# Das Kopfkissen

Der Desert-Rock von *Giant Sand* brach abrupt ab. David schritt den Raum in immer enger werdenden Kreisen ab und rief: »Die Sonne langweilt mich, ihr Idioten aus dem Hotel Helios! Mit einem letzten Zucken auf meiner Fensterbank verendet sie! Dort, wo sie aufhört, fange ich an!«

Während er den letzten Satz sprach, setzte er sich im Schneidersitz in die Mitte des Raumes, zog einen schwarzen Strumpf über den Kopf und begann mit tiefer Stimme zu singen:

»Die Nacht
hat einen eisernen Mund
über meinen kleinen larvenartigen
Körper gestülpt

Die Nacht
ist Lolita
die ihre unzähligen festen Hände
über die Ränder
meiner vielen Schatten
gleiten läßt
Schwingende Farne im Wind

Bleiche glatte Haut
ist meine Rüstung
Immer dichter überall an mir
ihr glockenhelles Haar
Angst
vor der Dunkelheit

Lolitas hundert Tausendfinger
klettern an mir hoch
Eiserne Farne im Wind

Angst
vor dem Ende der Dunkelheit«

Martin rief laut »Halt!«, und David zog den Strumpf herunter. Sein Gesicht war gerötet, seine halblangen Haare verstrubbelt.

»Du mußt den Namen ›Lolita‹ ein bißchen geheimnisvoller oder, wie soll ich sagen, verheißungsvoller aussprechen, bei dir klingt das wie ›Ute von nebenan‹!«

Beide Männer mußten lachen. Die Premiere war in zehn Tagen, und heute hatten beide Hauptdarsteller je eine Einzelprobe.

Der Tontechniker stellte noch einmal die CD von *Giant Sand* an. David lief wie ein Suchender durch den Raum, wobei er die Hände vor sein Gesicht hielt, als wollte er sich vor irgend etwas – zum Beispiel vor grellem Licht – schützen. Dann drehte Nils die Musik ab.

»Die Sonne langweilt –«, rief David, als er sein Handy klingeln hörte.

»Geh schon ran«, meinte Martin. Er war ausnahmsweise entspannt; sie kamen heute gut voran.

Ellen rief aus Stockholm an. In zwei Stunden würde sie mit einer Fähre nach Gotland übersetzen. Sie sprachen nur kurz miteinander, danach stellte David sein Handy ab.

Als er gegen 15.30 Uhr endlich zu Hause war, fand er fünf Nachrichten auf dem Anrufbeantworter vor. Die erste war von seiner Mutter um kurz nach elf, die zweite von Bennie, die dritte wieder von seiner Mutter, die vierte von Anna und die letzte – erst vor einer halben Stunde aufgenommen – von Sylvia. Alle sprachen von etwas sehr Wichtigem, er solle sich sofort bei ihnen melden.

Diese geballte Ladung Familie ließ in David nicht den Wunsch aufkommen, dieser Angelegenheit sofort nachzugehen. Er machte sich erst einmal einen Kaffee. Die letzten Wochenenden hatte er komplett durchgearbeitet. Sein Vater dachte ja, er würde ein verdammt gemütliches Leben führen, dabei arbeitete er mehr als jedes andere Familienmitglied. Und erhielt weder eine Lohnfortzahlung im Krankheitsfall noch Urlaubs- oder gar Weihnachtsgeld wie seine Schwester Sylvia und all die anderen Neider, die es ihm mißgönnten, daß er seinen Arsch nicht morgens um neun in ein Büro oder Amt hieven mußte. Er hatte es aufgegeben, seine Familie von irgend etwas überzeugen zu wollen.

Als David sich gerade entschlossen hatte, niemanden anzurufen und noch einmal seine Probe in Gedanken durchzugehen, klingelte das Telefon. Weil ihm das Geräusch auf die Nerven fiel, hob er ab. Außerdem hielt er seine Anti-Familien-Phase nie sehr lange durch, dazu war er im Grunde zu weich.

Es war Sylvia. Was er denn heute gemacht hätte. Dahinter steckte natürlich die Frage, was er so unendlich viel Wichtigeres vorgehabt hätte, als seine große Schwester sofort zurückzurufen. Wahrheitsgemäß antwortete David, er habe eine Theaterprobe gehabt. Aber anstatt ihn zu bemitleiden, daß er auch noch am Wochenende arbeiten mußte, wie er es sich erhofft hatte, murmelte Sylvia nur: »Ihr mit euren abstrusen Arbeitszeiten.«

Der nächste Satz kam dann wie ein schwerer Angriff, ein erbitterter Vorwurf: »Unser Vater ist heute morgen gestorben!«

Um ein Haar wäre David herausgerutscht, er habe für die Tatzeit ein perfektes Alibi.

Nachdem Sylvia kurz die Todesumstände erläutert hatte, fragte David unverblümt, was jetzt aus Mutter werden solle. Eigentlich hätte er nach der schlimmen Nachricht am liebsten aufgelegt, aber Sylvia gegenüber wollte er auf keinen

Fall dramatisch reagieren. Seine Stimme klang ihm selbst ganz fremd, als er sich über Evas Hüftprobleme, ihre erst letztes Jahr überstandene OP und die vielen Treppen im Haus reden hörte. Sylvia machte nur »Hm hm«. Schließlich brachte David die Villa von Anna und Michael ins Spiel – die wäre ja nicht weit von seiner Wohnung entfernt, er könnte dann auch öfter bei Mutter vorbeischauen. An dieser Stelle warf Sylvia ein, daß bei David laute Werbung zu hören wäre. Ob er das wohl passend fände. Ob er zu bequem wäre, den Arm auszustrecken, einen Knopf zu drücken und dieses Gedudel abzustellen. David antwortete nicht darauf.

Nach einer Weile sagte Sylvia, daß sie David rechtzeitig über den Beerdigungstermin informieren werde. Wieder Schweigen. Schließlich räusperte David sich. Er habe glücklicherweise auch noch eine Mutter und zwei andere Geschwister (Tommy zählte nicht) und sei daher – Gott sei's gedankt – nicht auf ihre Infos angewiesen. Daraufhin brachen sie das Gespräch ab.

Nach diesem Telefonat konnte David sich nicht vorstellen, den Rest des Nachmittags allein auf dem Sofa zu sitzen und seinen Text durchzugehen; und mit Till abends ins »Kleine Theater« zu gehen und Small talk zu machen, danach stand ihm auch nicht der Sinn. Er spürte einen Anflug von Ärger Ellen gegenüber, die jetzt fröhlich auf die sicherlich wunderschöne Ostseeinsel Gotland schipperte. Im nächsten Moment kam wieder Wut über seine Schwester auf. Wie sie ihn herumkommandierte, stell das Radio ab, sag dies nicht, tu das nicht. Er war fast vierzig! Im übrigen war es keineswegs so, wie Sylvia ihm unterstellte, daß ihm an Paul nichts gelegen hatte. Zwar hatte er sich nie im entferntesten für Krabbelviecher und schon gar nicht für die Zucht von »Bienen arider Gebiete« interessiert, aber diese Leidenschaft seines Vaters hatte ihm durchaus imponiert. Paul konnte stundenlang vor den Terrarien hocken und merkte nicht einmal, wie ihm das Knie oder ein Fuß eingeschlafen war. Dieses Sich-Vertiefen, dieses Ausblenden der Außenwelt – das mußte David von ihm haben. Paul war auch so ein Suchtcharakter. Wieviel Energie sein Vater für die abwegigsten Dinge aufbringen konnte! Er lebte auf, wenn er sich für den Vertrieb von Nagelscheren für Echsenarten aus Turkmenistan einsetzen konnte. Oder die Verbreitung dieser schnarchigen Postille »Die kleine Welt der Bienenkunde«, die er herausgab. Von gestalterischen Dingen hatte Paul nie den blassesten Schimmer gehabt, und dennoch war es ihm gelungen, »Die kleine Welt ...« wenigstens ein bißchen ansprechender als die meisten Magazine dieser Art aussehen zu lassen. Dafür hatte er seinen Stolz überwunden und sich von einem wirklich kaputten Typen, mit dem David mal befreundet war und der einen Design-Preis nach dem anderen einstrich, beraten lassen. Ohne sich im geringsten anzubiedern, war Paul in seinen knielangen Freizeithosen und einem karierten Heimwerkerhemd mit lauter Bienen-Fotos und Bienenzeichnungen, die er selber angefertigt hatte, zu Leo gegangen. Selbst dieser Kokser hatte sich schließlich auf den Geschmack des Alten eingestellt und auf Darstellungen von Bienen als Comic-Figuren mit dicken schwarzen Sonnenbrillen verzichtet.

David hatte sich immer auf eine lähmende Weise unglücklich und einsam gefühlt, wenn er seinen Vater dabei beobachtete, wie der seine Exoten in ihren Terrarien betrachtete. Die Erinnerungen an diese aneinandervorbeigehenden Beobachtungen waren für David die fürchterlichsten seiner Kindheit. Er vermochte es, dem rotlichtbeschienenen Gesicht vor den Terrarien tiefe Zufriedenheit abzulesen, aber es war ihm in achtunddreißig Jahren nicht gelungen, einmal neben seinem Vater zu sitzen und ein »Wir-Gefühl« zu empfinden.

Wenn David als Kind Alpträume hatte und nicht schlafen konnte, schickte ihn seine Mutter mit der Begründung zurück ins Bett: »Die Geister kommen nur, wenn du Papa jetzt störst.«

Und wenn Papa von der Zoohandlung nach Hause kam und er ihm irgend etwas aus der Schule erzählen wollte, hieß es: »Jetzt nicht, später.« Aber dann ging Paul ins Bett. Am nächsten Morgen stand er vor seinen Kindern auf.

Seit David klein war, hatte er Paul in diesem Zustand der Versunkenheit vor den Terrarien erlebt und sich gewünscht, eine andere Gestalt annehmen und in die Gedanken und Träume seines Vaters – wie ein Vogel, wie ein Fisch – eintauchen zu können.

Mit dem Nachzügler Tommy gab Paul sich dann, ähnlich wie später bei seinen Enkeln, mehr Mühe. David fand die beiden des öfteren gemeinsam im dunklen Wohnzimmer wie Kinobesucher vor den leuchtenden und flimmernden Terrarien: Vater auf dem Cordkissen, Tommy auf seinem Schoß. Er war nicht eifersüchtig gewesen; Tommy war über zehn Jahre jünger, ein liebes, ruhiges Kind, das er gern mochte – und mit sechzehn oder siebzehn hatte David andere Bedürfnisse, als mit seinem Vater Echsen zu beobachten. Manchmal tat ihm Tommy, der vom Vater angehalten wurde, mucksmäuschenstill zu sein, und sich keine unruhige Bewegung vor den Terrarien erlauben durfte, sogar leid.

Gelegentlich trat ihre Mutter auf Zehenspitzen von hinten heran und reichte eine Schale Obst oder Kekse. An der Art, wie Tommy sich einen Keks in den Mund steckte und vorsichtig die Kiefer bewegte, konnte David erkennen, daß er sich nicht traute, den Keks richtig zu kauen. Ebenso leise, wie sie gekommen war, schlich Eva wieder hinaus.

Mit ihrem steten Bemühen um Ausgleich war sie David im Grunde noch fremder als sein Vater. Ihr ging es nur gut, wenn es anderen gutging. Eigene Interessen hatte sie kaum. Während sein Vater sehr stark in einer Welt lebte, aus der er jeden anderen ausschloß, schien seine Mutter wenig für sich zu fordern. Seine Eltern ergänzten sich vielleicht, aber es war David nie möglich gewesen, irgendwo die richtige Mitte zu finden. Seine Mutter wollte es allen recht machen und ordnete sich ihrem Mann und ihren Kindern (ganz zu schweigen von den Enkeln, die sie vollkommen verwöhnte) viel zu bereitwillig und gutmütig unter, sein Vater hingegen konnte eigentlich nur die Rolle eines Lehrers und Erklärers einnehmen oder sich zurückziehen.

Zwar vernachlässigte David ebenfalls alles andere, wenn er sich in einen Theatertext oder Charakter vertiefte, aber es gab doch jedesmal am Horizont den Premierentermin, den Tag, an dem er sein Innerstes nach außen kehrte und die anderen an dem teilhaben ließ, womit er sich über Wochen oder Monate beschäftigt hatte. Dies war doch das Ziel des Maulwurfslebens davor. Er liebte die Atmosphäre des Theaters, die schweren Vorhänge, den dunklen Zuschauerraum und dessen abgestoßene Wände, unter deren schwarzer Farbe bei Tageslicht der weiße Putz hervortrat. Er liebte dieses Höhlenartige der Theater, in denen das Publikum für ein paar Stunden zu einer Art Schicksalsgemeinschaft wurde. Diese gelöste Stimmung nachher, der feine Zigarettenrauch, der überall aufstieg! Darin stimmte David nämlich nicht mit seiner Schwester Anna überein: mit ihrem Gesundheitstick. Er würde Zigaretten auch lieben, wenn er gar nicht nikotinabhängig wäre, einfach nur, weil es ihm gefiel, wie der Rauch all die Gesichter und Menschen verhüllte, verzauberte und auf geheimnisvolle Weise miteinander verband. Es paßte gut zu Paul, daß er Zigaretten, Alkohol und selbst Schokolade ablehnte, Genußmittel, deren Konsum man gemeinsam zelebrieren konnte und denen etwas von Muße und Faulheit anhaftete.

Vor allem aber liebte David die Stimmung *nach* einer Premiere: Wenn er den Auftritt hinter sich hatte und seine Freunde noch mit ihm an der Bar standen und man sich stundenlang über alle Einzelheiten des Stücks unterhalten konnte. Dabei kam es nicht auf Komplimente oder Kritik an, es war dieses *Premierengefühl*, für das er eigentlich lebte. Er wollte gar nicht der Beste sein, es war ihm nicht so wichtig, was dieser oder jener zu einem Stück zu sagen hatte. Es war ihm sogar egal, ob das Stück schlecht oder phantastisch war. Es kam auf etwas anderes an: auf dieses Freisetzen von etwas, über dem man vorher allein gebrütet hatte – diesen Moment der Öffnung und des Angenommen-Werdens, welcher schon allein durch die Anwesenheit des Publikums eingelöst wurde, auch wenn es das Stück nicht für gelungen halten sollte. Nach diesem Gefühl war er süchtig und nach Ellens Körper. Warum genau, wußte David nicht. Was er wußte, war, daß es, wenn er eines Tages sterben würde, Momente gegeben hatte, in denen er nicht allein gewesen war.

Paul erschien nur zu einer Premiere, wenn David in der Nähe von Fürstenfeldbruck spielte. Der Moment, wenn die Zuschauerpulks sich auflösten und Paul in seinem altmodischen Anzug auf ihn zukam, war ihm immer nahegegangen. Allein, daß sein Vater sich die Mühe machte, sich zu diesem Ereignis umzuziehen! Viele gingen in Jeans und T-Shirt ins Theater, sein Vater wäre in seinen Karohemden und Cordhosen nicht einmal besonders aufgefallen, aber zu diesem Anlaß zog er seinen schwarzen Anzug an.

Seine Eltern hielten es nie lange an der Bar aus, sie standen etwas abseits mit ihrem Mineralwasser, wobei seine Mutter auch oft Orangensaft bestellte, vielleicht weil sie meinte, mit dieser Wahl so etwas wie Zustimmung und gute Laune zu verbreiten. Paul war stets voller Lob für ihn und äußerte etwas in der Art von »gut gemacht, Junge«. David hatte schon manches Mal gedacht, daß Paul diesen Spruch immer machen würde, solange er nicht von der Bühne gestolpert wäre und sich nicht die Knochen gebrochen hätte. Auf den Inhalt der Stücke ging er nie ein. Die Lieblingsbemerkung seiner Mutter hingegen war, daß das Bühnenbild ja sehr originell gewesen sei.

David saß auf dem Sofa und trank nach dem Kaffee einen Cognac. Sein Vater hatte zur Premiere kommen wollen. David sackte ein wenig in sich zusammen. Die Premiere … sollte er die nicht einfach hinschmeißen? Aber davon hatte niemand etwas. Der Gedanke an all die Telefonate und Treffen, die ihm bevorstanden, bereitete ihm größtes Unbehagen. Dieser Klüngel. Er würde nicht einmal an den Sarg herantreten und sich von Paul verabschieden können, ohne daß entweder Annas Kinder oder Eva an ihm herumzupfen würden. Überhaupt war es viel zu selten möglich gewesen, mal mit jemandem allein zu sein, dieses ewige Großfamiliengehabe. Für Paul war das bequem gewesen: dabeisein zu können, Anwesenheit vorzutäuschen, ohne viel mehr sagen zu müssen als »Haben wir's doch schön hier!« oder »Schön, daß wir alle hier zusammen sind!«.

David nahm noch einen Cognac. Auf seine Intuition, auf seine Instinkte hatte er sich stets viel zugute gehalten: Alle großen Zäsuren in seinem Leben hatte er bisher vorausahnen können. Auch bevor er Ellen kennengelernt hatte, war er den ganzen langen Sommer, in dem er ohne Engagement dastand und nur im Park gelegen und gelesen hatte, davon überzeugt, Silvester mit einer neuen Liebe feiern zu können. Er hatte recht behalten. Eines Tages hatte sich Ellen neben ihm auf die Wiese gesetzt, einen Block und Tusche hervorgekramt und auf ihrem Schoß kleine Aquarelle gemalt. Noch heute erinnerte sich David daran, wie erotisch er den Augenblick fand, als Ellen das Papier für einen Moment zu schräg hielt und etwas türkisschimmernde Wasserfarbe über ihren nackten Oberschenkel lief.

Daß Tommy verschwunden war, hatte David weniger überrascht als alle anderen. In der Nacht, in der Chantal und er auf dem Weg nach Amsterdam waren, hatte David von seinem jüngsten Bruder geträumt. Es war ein eindringliches Bild gewesen, das er sich nie hatte erklären können:

Er hatte Tommy wie einen Reiter auf einem Flugzeug sitzen sehen. Die Maschine, deren Flügel schlapp herunterhingen, als handele es sich um einen müden Riesenvogel, steckte in einem Meer aus rotem Sand fest.

Annas Interpretation war gewesen, daß er Angst vor dem Verlust seines Bruders hätte. Das Bild der im Sand steckengebliebenen, flugunfähigen Maschine war seinem Wunschdenken entsprungen. Der rote Sand stand für den Boden des Mars – also für Ferne, wenngleich er auch ein wenig das symbolisierte, was Freud den »Tagesrest« genannt hatte. Damals, als David den Traum gehabt hatte, ging nämlich einiges über die Möglichkeit eines bemannten Mars-Erkundungsflugs durch die Presse. Anna hatte David sogar dazu aufgefordert, seinen Traum zu malen (das machte sie auch mit ihren Patienten), und das Ergebnis dieser visualisierten Erinnerung hing bei Anna neben Jonas' *Düranosarus Rex* im Flur der Praxis.

Aber daß Paul von einem Moment auf den anderen tot umfallen würde, hatte David nicht geahnt. Nie hatte er damit gerechnet, daß dies Paul zustoßen würde – ausgerechnet ihm, der doch gesundheitsbewußt lebte und noch so agil war. David überlegte, wann er Paul zuletzt gesehen hatte. Es fiel ihm nicht ein, und seinen Kalender führte er nicht verläßlich. Plötzlich regte es ihn unglaublich auf, nicht zu wissen, welche Begegnung mit seinem Vater die letzte gewesen war.

David goß sich noch einen Cognac ein. Hitzschlag, Herzversagen, so mir nichts dir nichts ... Er hätte ihn gern noch vieles gefragt, seinen Vater, und eigentlich hatte er gehofft, daß jetzt, nachdem das vermaledeite, stets nach Tierkot stinkende, grauenhaft überhitzte und grell ausgeleuchtete Geschäft und diese gräßliche, strapaziöse, höchst überflüssige Firma mit dem albernen Namen HONEYLIFE endlich untergegangen waren, ein wenig Zeit dafür da sein würde. David fand, daß die Insolvenz weiß Gott eher ein Grund zum Jubeln als zum Trauern war. Hatte diese Schufterei nicht die ganze Familie jahrzehntelang tyrannisiert? Dieses permanente Rücksichtnehmen auf den gestreßten Papa, diese ewige Schonung, die Extraportion Liebe.

Zum Glück – konnte man fast sagen – hatte sich das Schicksal nicht so gefügt, daß Tommy mal den ganzen Kram übernahm; somit war der Sache wirklich ein Ende gesetzt worden.

David sah nun das sorgenvolle Gesicht seines Vaters vor sich, als dieser sich über den maladen Overlord beugte und ihm mit einer Pipette einige Tropfen Medizin in den geöffneten Rachen tröpfelte. Zu seiner Überraschung löste diese Erinnerung in ihm jetzt nicht mehr Unverständnis, sondern einen Moment schmerzhaft-heftiger Zärtlichkeit aus.

Als David von der Insolvenz gehört hatte, dachte er, nun sei der Moment gekommen, seinen Vater davon zu überzeugen, daß auch der Beruf des Schauspielers seine guten Seiten hat: Er hätte Paul nämlich unter der Woche und mitten am Tag mit einem Cognac und einem Krimi (Vater liebte Krimis, besonders wenn sie in Amerika spielten) besuchen können. Einen Versuch dieser Art hatte David wenigstens unternommen. Er hatte sich kurz vorher telefonisch angemeldet, denn seine Eltern waren in ihrem Tagesablauf höchst rigide und konnten nicht einmal von Familienmitgliedern spontane Besuche ertragen. Dann hatte er mit den Zutaten für einige *Deserts* in der Tür gestanden. Diesen Cocktail hatte kürzlich ein Kollege gemixt, und David hatte gedacht, sein Vater würde sich über diesen Einfall freuen. Aber Paul murmelte nach dem ersten zaghaften Schluck nur etwas von »das brennt einem ja die Kehle weg« und »das ist wohl eher was für Künstler, ich bleib bei meinem Wasser«. Eigentlich hatte David wissen wollen, wie es seinem Vater jetzt ging, nach der Insolvenz. Er hätte ihm auch zur Hand gehen können. Gab es nicht viel auszuräumen, mußte Paul nicht die Terrarien wegschaffen? Was war mit den Tieren? Aber Paul zeigte kein Interesse an seiner Hilfe. Er sprach nur immer wieder davon, daß es ihm nicht gelungen sei, erfolgreicher für seine Wüstentiere zu werben. Er äußerte sogar die Ansicht, sein Laden hätte vielleicht deshalb dichtmachen müssen, weil er um 18.30 und nicht um 20.00 Uhr schloß wie jetzt viele andere Geschäfte. Dann überlegte er, ob der Standort zwischen Boutique und Bistro hinderlich gewesen sei. Früher hatten sich links und rechts der GROSSEN ZOOTIERHANDLUNG ein Antiquariat und ein Hundefriseur befunden – Geschäfte, deren Besucher eher auf die Idee verfielen, sich aus einer Laune heraus einen niedlichen Leguan oder einen kleinen Geißelskorpion zuzulegen.

Aber David wollte nicht nur über Ladenschlußzeiten sprechen. Er war total abgebrannt. Im Hochsommer hatten die meisten Spielstätten geschlossen, aber in diesem vermaledeiten Jahr hatte er schon seit Februar kein Engagement mehr. Während David einen *Desert* nach dem anderen trank, versuchte er, seinem Vater von seinem Problem zu erzählen (eigentlich hatte er ihn auch um Geld bitten wollen, ließ das dann aber), Paul jedoch schien keine Gemeinsamkeit zwischen ihnen beiden zu erkennen, er wollte sich nicht mit ihm verbünden. Statt dessen fragte er allen Ernstes nach Davids vor fast zwanzig Jahren begonnenem und nicht abgeschlossenem Französisch-Studium und ob damit nicht noch »etwas zu machen« sei.

Solche »Tips«, dieses schulterklopfend-beherzte »Es-muß-irgendwie-weitergehen« war das letzte, was David hören wollte. Er wollte einmal gemeinsam mit seinem Vater über die Welt fluchen! Und zwar so richtig! Er wollte mit ihm den *Desert* killen und den Blues kriegen, aber Paul sprach nur darüber, ob und wie die Warane wohl den Standortwechsel – ein paar würde er an andere Läden verkaufen, ein paar mit nach Hause nehmen – verkraften würden. Dann ging es länger um Overlord und ob er andere neue Warane neben sich akzeptieren würde; er war ja recht verwöhnt. Schließlich empörte sich Paul über die gestiegenen Preise für das Tierfutter. Es sei auch sein Fehler gewesen, sich nicht rechtzeitig um die neuen Mengenrabatte gekümmert zu haben. Den *Desert* hatte er nicht noch mal angerührt.

Nun klingelte das Telefon schon wieder. David zögerte. Eigentlich wollte er noch in den Wald joggen gehen! Dreimal ließ er es läuten, ehe er natürlich doch abnahm. Es war Anna. David entspannte sich etwas, während sie darüber sprachen, wie es Paul in den letzten Monaten ging, warum er wohl gerade jetzt gestorben war. Welche Krankheit war schon ein kompletter Zufall? David erinnerte Anna daran, wie ihr Vater nach dem Diebstahl eines Chamäleons aus Bahrain prompt eine schwere Bronchitis bekam und vor zwei Jahren bei den ersten Anzeichen einer möglichen Insolvenz eine fiebrige Gürtelrose. Anna wollte noch irgend etwas über einen sich seit Monaten zuspitzenden Aspekt in Pauls Horoskop berichten, das sie am Abend genauer studieren wollte, wurde aber von den Kindern unterbrochen und versprach, sich so bald wie möglich wieder zu melden.

David zog die Schnürsenkel nach, dann lief er los. Bald joggte er unfreiwillig in einer großen Meute von Alten und Jungen in bunter Freizeitkleidung. Der Schweißgeruch seiner Nebenmänner widerte ihn an. Verbissen lief er weiter. Plötzlich spürte er, wie jemand an seinem T-Shirt zog. Er haßte es, wenn er beim Laufen behindert wurde; gerade hatte er sein übliches Tempo erreicht. Wer zupfte denn da schon wieder an ihm herum? Er lief jetzt doch langsamer und drehte sich verärgert um: Es war Corinna, die im letzten Stück, dem Erstling eines ziemlich witzigen Iren aus Cork, irgendeine Hospitanz gemacht hatte. Seitdem hatte er sie nicht mehr gesehen. Eine Einladung von ihr zu einer Wohnungseinzugs- oder Wohnungsauszugsparty hatte er ausgeschlagen, erinnerte er sich.

David blickte direkt in ihr rotwangiges, verschwitztes Gesicht. Sie schien ziemlich aus der Puste zu sein. Offenbar hatte sie sich angestrengt, um ihn einzuholen. Er nickte ihr einmal zu und schaltete das Radio seines MP3-Players an. Im Irak hatte es heute viele Tote gegeben. Amerikaner, Briten, Iraker. Soldaten und Zivilisten. Dann wurde über Roland Kochs »Wisconsin-Modell« genannten Vorschlag zur Abschaffung der Sozialhilfeempfänger gesprochen. David schüttelte im Laufen so heftig den Kopf, daß der MP3-Player anfing, die Worte zu verzerren.

»Und nun zu den aktuellen Arbeitslosenzahlen: Viermillionendreihunderteinundfünfzigtausend Menschen sind in diesem Juni auf Stellensuche. Das ist ein Wachstum um 0,2 Prozent auf insgesamt 10,4 Prozent.«

Letztes Jahr war ich auch dabei, dachte David. Auf- oder abgerundet auf eine Null am Ende. Und nächstes Jahr? Wird es eine Revolution der unfreiwillig Faulen geben, werden sich diese Viermillionendreihunderteinundfünfzigtausend Individuen zusammenrotten? Bestimmt nicht, wenn nicht mal sein Vater mit ihm einen *Desert* killen wollte …

David schaltete den MP3-Player ab und konzentrierte sich ganz auf seine Schritte. Er blickte sich nicht mehr um. Zum Glück war die Truppe, in die er geraten war, nicht so ausdauernd wie er; ihr Tempo hatte sich langsam verringert, so daß er weiter zu ihrer Spitze vordrang, bis er schließlich alle hinter sich zurückließ. Eine gute halbe Stunde lief er bei gleicher Geschwindigkeit, und er merkte, wie alle Gedanken aus seinem Kopf wichen. Er sah nur noch das Flirren der Bäume, Fetzen vom Himmel, Sonnenstrahlen, die wie grelle Farbbalken auf abstrakten Bildern zwischen die Blätterkronen fielen. Manchmal blendeten sie ihn. Außer Sex gab es für ihn nichts, was ihn derart von sich selbst befreien konnte wie das Laufen. Der Alkohol jedenfalls bestimmt nicht – das war nur ein Gerücht in seiner Familie, er trank manchmal wochenlang fast gar nichts.

Als der Waldweg auf eine geteerte Straße zulief, beschloß David, umzukehren. Eigentlich haßte er es, dieselbe Strecke zurückzulaufen, aber es war ihm heute zu riskant, den großen Bogen über die Auenwege am See zu nehmen, dann war er bestimmt noch zwei Stunden unterwegs. Auf dem Rückweg, den er in einer geringfügig schnelleren Schrittart nahm, kam ihm als erstes der bunte Trupp entgegen. Einige erdreisteten sich sogar, ihn mit einem Tippen an ihre Schirmmützen zu grüßen. Gut, daß er nicht der Typ für Biergärten war, sonst würde er bestimmt oft solche Joggingbekanntschaften machen. Prompt sah er den Trupp nach links einschwenken, wo das neue, ziemlich aufgemotzte Gasthaus *Frühlings Erwachen* lag.

Er versuchte, sich auf nichts als auf seinen Körper, seinen Herzschlag, das Auf und Ab seiner Füße auf dem erdigen Boden und den flirrenden blaugrün-verzweigten Himmel über sich zu konzentrieren, aber die Mehrzahl der Ausflügler schien nicht in seine Richtung zu gehen, sondern ihm entgegenzukommen. Ständig geriet ihm irgendeiner näher, als ihm lieb war. Dauernd grinste jemand blöd oder guckte neugierig, als hätte er noch nie einen Jogger gesehen. David wußte, daß er gut aussah. Seine Ex-Freundin Nadja hatte einmal eine sehr gehässige Bemerkung gemacht: In seiner Familie wären ja alle Männer ziemlich attraktiv, die Frauen würden jedoch reichlich »na ja« aussehen. Na ja – sie hatte es ihm überlassen, diesem Füllwort einen Inhalt zu geben. Natürlich war David sofort der Gedanke gekommen, daß Nadja (er nannte sie bei sich nur noch Naja) wahrscheinlich grundsätzlich Männer freundlicher bewertete als Frauen – und er hatte sich für diese recht uneitle Interpretation entschieden; aus dem Kopf gegangen war ihm diese Feststellung jedoch nicht.

Während David weiterlief, ging er die Frauen seiner Familie im Geiste durch: Von seiner Schwester Sylvia hatte Anna – immer schön um Ausgleich bemüht – letztens allen Ernstes behauptet, sie sei alles andere als ein bösartiger Mensch. Im Grunde könnte sie einem nur leid tun. David war da anderer Meinung. Einer von vielen Vorfällen, die er nicht vergessen konnte, war, wie sie in höchst abfälligem Ton den Eltern gepetzt hatte, daß er, anstatt zur Schule zu gehen, auf einer Lichtung im Wäldchen hinter dem Haus mit einem Reclam-Heft in der Hand, komisches Zeugs vor sich hinrufend, herumlief und »hochgradig alberne Verrenkungen dabei machte«.

Sylvia war zwar nur zwei Jahre älter als er, aber es schienen ihm eher zehn zu sein. Als sie mit neunzehn ein Kind bekam, hatte er noch nie mit einem Mädchen geschlafen. Anna wiederum war ihm von jeher wie eine gleichaltrige, ebenbürtige Kumpanin erschienen. Die ersten weiten Teenager-Reisen – dieses Fernweh, das sie immer gehabt haben! Diese häßlichen nachkolorierten Karten von den griechischen Inseln, die sie damals über ihre Schreibtische gezweckt hatten! –, die hatte David mit Anna unternommen.

Anna lebte ein bißchen seine »heimelige Seite« aus, fand David. Hätte er mit Anfang Dreißig die richtige Frau kennengelernt, würde er jetzt vielleicht auch so leben. Aber als Onkel war er in der höchst angenehmen Rolle, die beiden netten kleinen Anarchos Janina und Jonas nicht ständig ertragen zu müssen, dafür aber *quality time* mit ihnen verbringen zu können. Letztens hatten sie zusammen monsterhafte Masken aus Pappmaché gebastelt, die jetzt überall in Annas Wohnung hingen. Anna und Michael gehörten jedenfalls zu der Kategorie Eltern, die durch ihre Kinder an Lockerheit und Lebensfreude gewannen, und nicht zu der, die plötzlich verbiestert und verkrampft wurden. Michael hatte sich noch nie daran gestört, wenn David plötzlich zum Essen in der Tür stand, und Anna machte manchmal in Unterwäsche die Tür auf, wenn er klingelte. Anna war wirklich nicht schön, und man sah ihr an, daß Kleidung und Kosmetik sie nicht interessierten. Aber mit ihr konnte David joggen gehen. Er hatte sich oft überlegt, daß er mit so einem Typ von Frau: unkompliziert (aus seiner Sicht), praktisch veranlagt und sportlich, dabei doch einfühlsam, eigentlich eine gute Beziehung führen können müßte, aber leider lernte er nie solche Frauen kennen, oder er verliebte sich nie in sie. Ellen war auch wieder so ein schwieriger Typ: Es hatte gleich am Anfang ihrer Beziehung großen Streit gegeben, weil sie seine bewußt sparsam eingerichtete Wohnung mit ihren Leinwänden, Rahmen, Farbtöpfen, Farbpigmenten, Ei-Tempera-Dosen, Pinseln und Schwämmen vollgestellt hatte. Sie kannten sich kaum, da hatte sie sich schon bei ihm einquartiert. Daß der bald darauf erfolgte Rausschmiß nicht zu einer Trennung führte, hielten sie beide für ein eindeutiges Indiz ihrer tiefen Liebe zueinander. Sie litten zwar unter dem räumlichen Abstand, aber allzuviel Zeit konnten sie ohnehin nicht miteinander verbringen, weil sie dann nichts taten als ständig miteinander zu schlafen oder endlos über Themen wie »Wie groß muß eine blaue Fläche auf einem Gemälde sein, um bei dem Betrachter ein Gefühl von Ruhe auszulösen« sprachen. Nach drei Tagen mit Ellen war David erschöpft, aber kaum war sie weg, sehnte er sich nach ihr. So konnte man keine Familie gründen.

Während David sein Lauftempo drosselte, dachte er wieder an Paul, an seine forschenden, unglaublich blauen klaren Augen. Den schlohweißen, fein getrimmten Vollbart. Im Gegensatz zu anderen Männern hatte er nie einen Bierbauch oder auch nur ein hängendes Kinn bekommen. Er selber, David, hatte die gleichen Augen, von denen manche Frauen gemeint hatten, sie hätten etwas »Undurchdringliches«, aber seine Züge waren insgesamt weicher als die seines Vaters – und die seines Großvaters, von dem er jedoch nur eine Handvoll Fotos gesehen hatte. Er war schließlich schon im November 1942 gefallen. Der einzige David bekannte Kadereit, der in den Krieg mußte, war schon nach drei Monaten getötet worden, als er in Souk El Arba nachts an einem Brunnen Wasser holen wollte – gemäß den Unterlagen des Militärgeschichtlichen Forschungsamts in Potsdam, die Anna und David nach einem Besuch bei Tante Lieschen in Berlin eingesehen hatten.

Paul, Eva und Sylvia hingegen glaubten lieber die Familienlegende, nach der Gustav Kadereit (David hatte zu seinem Mißfallen den Namen seines so früh umgekommenen Großvaters als Zweitnamen aufgebürdet bekommen) »in einem zäh umkämpften Gebiet bei einem verlustreichen Gefecht« zwischen alliierten und reichsdeutschen Truppen gefallen war. David amüsierte es geradezu, daß die drei, die allesamt – auch Paul – wirklich als Demokraten und als Pazifisten zu bezeichnen waren, offenbar wenig Gefallen an der Version, die aus den militärhistorischen Akten hervorging, finden konnten. Die Vorstellung, daß Gustav Kadereit, sich in Sicherheit wähnend, hinaus in die tunesische Nacht an einen Brunnen getappt war, um dann durch einen Schuß in den Rücken niedergestreckt zu werden, war für sie unakzeptabel.

Soweit David dies von den Bildern des jungen Gustav Kadereit beurteilen konnte, sah Paul ihm unglaublich ähnlich. Der gleiche Blick, der neben vordergründiger männlicher Entschlossenheit eine in die Ferne schweifende Sehnsucht auszudrücken schien.

Und seine beiden jüngeren Brüder? Bennie hatte ja mal als Fotomodell gearbeitet, so ebenmäßig war sein Gesicht, er war auch viel blonder, nur seine große Nase erinnerte noch ein bißchen an die der Kadereits. Auch der leicht selbstironische Ausdruck, den er, mal mehr, mal weniger deutlich, aufzusetzen pflegte (und der ihm – natürlich – gut stand), unterschied ihn von Vater und Großvater. Paul und Gustav hingegen hatten ein nur sehr begrenztes Repertoire an Mimik: todernst oder übertrieben gefühlsduselig – wie Heimatliedersänger.

Tommy hatte schon als Kind ganz anders ausgesehen, so anders, daß Anna und David sogar mal in Erwägung gezogen hatten, ob er einen anderen Vater gehabt haben könnte. Aber das von ihrer Mutter zu vermuten war absurd. Tommy hatte rotblonde Haare und ähnelte eher den Frauen in der Familie. Sie hatten breite, offene, ein wenig kindliche Gesichter. Anna hatte trotz dieses »hilflosen Mädchengesichts« mit ihrer Kurzhaarfrisur und ihrer sportlichen Gestalt eine vitale Ausstrahlung, aber Sylvia machte grundsätzlich ein Gesicht, als würde sie gleich anfangen zu heulen.

Wie würde Tommy überhaupt von Pauls Tod erfahren? David kam die Idee, seinem Bruder ein Telegramm zu schicken. Er war der einzige in der Familie, der etwas über seinen derzeitigen Aufenthaltsort wußte. Für einen Moment geriet David aus dem Takt. Im Bienenhaus heute morgen einfach umgekippt ... nie wieder würde Paul auf seinem Cordkissen vor dem Tropenterrarium sitzen und ihn anschweigen, wenn er zu Besuch kam ... nie wieder würde er nach einer Premiere in seinem dunklen Anzug mit feierlicher Miene auf ihn zukommen ... Wie sollte er das alles bloß seinem Bruder erklären? Vielleicht stimmte die Adresse ja auch gar nicht mehr. Auf den letzten Fotos saß er auf einem Campingstuhl unter Palmen, seine helle Haut kein bißchen gebräunt von der Sonne; zu seinen Füßen stand eine riesige Flasche Sonnenmilch Schutzfaktor 20 – so groß war die Flasche, daß man das auf dem Bild lesen konnte.

Eigentlich war es ja auch sein Traum gewesen, die Provinz zu verlassen, möglichst weit weg zu gehen ... vielleicht sogar so weit wie Tommy. Aber nun wohnte er kaum weiter als zwanzig Minuten von seinem Elternhaus entfernt und durfte froh über jedes Engagement in den Kleinstadttheatern der Umgebung sein.

David versuchte sich jetzt von all diesen Gedanken zu befreien und sich ganz auf seinen Laufschritt zu konzentrieren.

Als er wieder am Ausgangspunkt seiner Runde angekommen war, setzte David sich nach einigen Dehnübungen auf eine Bank. Für einen Moment schloß er die Augen und hörte nur auf das Pulsieren des Blutes in seinen Schläfen. Plötzlich war da noch ein anderes Geräusch: ein Schnaufen und tiefes Atmen; jemand mußte nah an ihn herangerückt sein. David öffnete die Augen und sah Corinna neben sich. Sie schenkte ihm keine Beachtung und nahm einen tiefen Schluck aus einer häßlichen bunten Fahrrad-Plastikflasche. Anschließend wischte sie sich mit einem kleinen Frotteehandtuch über den Mund.

»Die Strecke hast du ja ziemlich schnell geschafft!« stellte David fest.

»Auf jeden Fall, ich steigere meine Geschwindigkeit immer noch. Als ich bei dir war, hatte ich mich gerade erst warm gelaufen!«

So schlagfertig und selbstbewußt hatte er sie gar nicht in Erinnerung.

»Ich bin so ein langweiliger Immer-auf-gleichem-Niveau-Läufer«, sagte er. Im nächsten Augenblick dachte er, daß das Thema Joggen sich bald erschöpft haben müßte. Er wollte nach Hause gehen. Jetzt, wo seine Aufmerksamkeit nicht mehr auf seinem Puls, seinem Körper, seinen Schritten lag, wurde ihm der Tod seines Vaters auf eine gräßliche und geradezu monumentale Weise bewußt. Er schloß die Augen.

»Wie geht es dir?« fragte Corinna unvermittelt und blickte ihn fest an. David sah einen Moment auf die Plastikflasche in ihren Händen. Er erinnerte sich, daß Corinna um einiges jünger war als er. Mindestens fünfzehn Jahre, Anfang zwanzig, ein halbes Kind. Es irritierte ihn, daß sie offenbar glaubte, er könne sie ernsthaft für eine adäquate Gesprächspartnerin halten.

»Nicht gut.«

»Oh, warum?«

Was für eine Frage! Sollte er vor dieser Theaterwissenschaftsstudentin sein Leben ausbreiten?

»Private Gründe.«

»Verstehe.«

Sie schwiegen einen Moment. Er war schon dabei, sich einen halbwegs höflichen Verabschiedungssatz zu überlegen, als sie sagte:

»Mir geht's auch gerade sehr ... ich weiß nicht, wie ich das nennen soll.«

Sie brach ab, und David hatte Angst, daß sie anfangen könnte zu weinen – so leise hatte sie am Ende gesprochen. Unwillkürlich legte er ihr eine Hand auf die Schulter.

»Laß uns kurz was trinken gehen ... komm.«

»Was gibt's denn hier so?« fragte Corinna, offenbar mit neuem Lebensmut.

»Da hinten hat ein Gasthaus aufgemacht«, murmelte David und schlug den Weg in Richtung *Frühlings Erwachen* ein.

Sie traten auf die Terrasse, die wegen des guten Wetters völlig überfüllt war. Er entdeckte sofort die bunte Jogger-Truppe, und tatsächlich, sie erinnerten sich an ihn, einer tippte wieder servil an seine Baseballkappe, als sei David eine Art Sport-Animateur, vor dem alle kuschen müßten. Ihm dämmerte, daß er zwischen schmerbäuchigen Familienpapis und Rentnern mit Baseballkäppi der mit Abstand durchtrainierteste Mann war.

Drinnen saß kaum jemand. Alle Tische trugen cremefarbene Decken, an jedem Platz standen steife Servietten.

»Glaub nicht, daß man hier nur was trinken kann«, murmelte David. Jetzt fühlte er sich auch noch für seinen schlechten Tip mit dem *Frühlings Erwachen* verantwortlich.

»Gehen wir«, sagte er.

»Wohin?«

»Ich weiß es nicht.«

Das sagte er genauso entschlossen wie das »Gehen wir«, und Corinna mußte lachen. Sie lief ein paar Schritte voraus und rief: »Oben an der Straße ist 'ne Currywurstbude. Wenn es dir nichts ausmacht, holen wir uns da eine Cola und setzen uns auf eine Bank.«

»Das klingt schon besser.«

Auf dem Weg nach draußen versperrte ihnen eine Gruppe grell geschminkter, lebhaft ins Gespräch vertiefter Rentnerinnen die Tür, sie schienen auch nicht einzusehen, daß man erst einmal Leute hinausgehen läßt, bevor man selber eintritt. »Bißchen Respekt!« hörte David eine Alte entrüstet in sich hineinbrummeln.

Corinna lief mit hastigen, kleinen Mädchenschritten neben ihm her und plapperte ununterbrochen.

»Guck mal, diese Leute da ... und die! Sieht das blöd aus, diese Neonbänder im Haar.«

Eben auf der Bank hatte sie es noch geschafft, ihn zu irritieren. War er in diesem Alter auch so gewesen, fragte David sich, weder Fisch noch Fleisch. Er erinnerte sich, schon ein Moped besessen zu haben, als er noch *Mad*-Hefte las und Aufkleber sammelte.

Als sie sich ans Ende der Schlange vor der Imbißbude stellten, spürte er so etwas wie Erleichterung. Er wollte nicht wirklich nach Hause gehen, allein sein. Sicher, er könnte zu Anna hinüberfahren, aber war die nicht bei Eva? Das war ihm heute zuviel – er wünschte sich jetzt Ellen an seiner Seite, nicht dieses Mädchen in diesen albernen quietschbunten Shorts. Ellen, die drei Jahre älter war als er und die letztes Jahr ihre Mutter verloren hatte. Er wünschte sich auch Ellens Körper, ihren vollen, meist dunkelrot geschminkten Mund, ihre sehr weiße, feinporige Haut, ihre runden schönen Schultern und Brüste, ihr Gesäß, ihren Geruch nach schwerem Parfüm oder Bade-Ölen, so begehrenswert, so einladend … Er wollte mit ihr schlafen, in sie eindringen, wollte, daß sie auf ihm saß und ihre langen schwarzen Haare wie ein dunkler, dichter Vorhang über und um ihn fielen, er wollte mit ihr und in ihr verschwinden …

Corinnas Stimme drang schrill zu ihm durch: »Wir sind dran! Was möchtest du denn? Ich lade dich ein!«

Er mußte den Kopf schütteln. Diese Kinderstimme und dann dieses Selbstbewußtsein. Sie wollte *ihn* einladen. Er hatte schon wenig Geld, aber sie wohnte bestimmt in einer Studentenbruchbude.

»Du brauchst mich nicht einzuladen«, sagte er unwirsch und bestellte einfach zwei Cola. Dann schob er ihre Hand mit dem Kleingeld weg und bezahlte alles.

Einen Moment lang fragte er sich, ob sie ihm imponieren wollte, weil sie sich Theaterkontakte, eine weitere Hospitanz oder gar eine Assistenzstelle von ihm versprach. Die Mühe konnte sie sich sparen, schließlich hatte er keinen Einfluß.

Kaum hatte sie ihre Cola genommen und gierig den ersten Schluck getrunken, hörte er sie sagen:

»Laß uns bloß nicht gleich über Theater und so reden. Darauf hab ich in meiner Freizeit keinen Bock.«

»Keine Sorge, ich auch nicht«, gab er zurück und war sich plötzlich nicht mehr so sicher, ob das stimmte. Die Theaterwelt, die neuesten Inszenierungen, hymnische und gemeine Kritiken, Klatschgeschichten, die vielen Leute mit ihren vielen komplizierten Biographien und verworrenen Liebesgeschichten hätten zumindest ein ungefährliches Terrain geboten. Gleich darauf ärgerte er sich über sich selber, denn er brauchte sich ja nicht vor dieser Studentin zu fürchten. Er konnte jederzeit sofort nach Hause fahren, sobald er wollte – sagte er sich.

Sie gingen schweigend den Weg zurück. Es war immer noch sehr heiß, und David wischte sich mehrfach den Schweiß aus seinem Gesicht. Er hatte keine Lust, sich irgendein Gesprächsthema auszudenken, schließlich war sie es, die ihm dieses Treffen aufgedrängt hatte. Und sie, schien ihm, wartete auf den geeigneten, stillen Ort, an dem sie ihm etwas anvertrauen konnte.

Vom Hauptweg bogen sie in einen kleinen Pfad ab. Einen Moment lang mußte David an Ellen denken. Was sie wohl davon halten würde, wenn er so allein mit einer Studentin im Wald herumspazierte? Ellen und er hatten zwar in gewisser Weise eine unkonventionelle Beziehung – sie wohnten nicht zusammen, obwohl sie beide um die Vierzig waren, und jeder ging regelmäßig allein auf Reisen –, aber sie lebten monogam. Ellens Körper war David heilig, ihr Körper der einzige Ort auf der Welt, an dem er keine Sehnsucht mehr nach irgend etwas anderem hatte, ihr Körper der einzige Ort, an dem Erregung und Ruhe, Fernweh und ein Gefühl von Heimatlichkeit ineinander verschmolzen, ihr Körper sein einziger echter Bezugspunkt, seine Erdung, ihr Körper der einzige Ort, an dem er aufhören konnte zu träumen.

Die Vorstellung, daß ein anderer Mann mit ihr schlafen könnte, war ihm unerträglich.

Da sich keine Bank fand, setzten sich Corinna und David auf einen Grashügel – auf dem David allerdings zwei Taschentücher ausbreitete, bevor sie sich niederließen. Er hatte eine Heidenangst davor, naßgrüne Flecken auf der Hose zu bekommen. Nun beobachtete er, wie eine Fliege einen Halm emporklomm; wie leichtfüßig sie gegen die Schwerkraft anlief, auf so fadendünnen Beinchen. Die Fliege kletterte den Halm, den sie mühselig heraufgeklettert war, wieder hinunter. Ihre Vorderbeine glitten über die

Oberfläche einer winzigen Porzellanscherbe. Als sich für eine Sekunde das Sonnenlicht auf dieser Scherbe spiegelte, durchzuckte David etwas. Er wußte nicht, ob es Schmerz oder Glück war. Übrig blieb ein unbestimmtes Gefühl von größerer Verwundbarkeit. Dann erhob sich die Fliege, und David schaute ihrem taumelnden, tanzenden, sonnentrunkenen Flug nach, bis das Abendlicht ihn so stark blendete, daß er nur noch hell- und dunkelrote Punkte vor seinen Augen sah.

Langsam begann er sich zu wundern. Er hatte erwartet, daß Corinna, kaum hätten sie ein lauschiges Plätzchen gefunden, einmal tief Luft holen und ihm das Ende einer tragischen Studentenbeziehung erzählen würde. Dann würde sie ihn fragen, was er denn, als Mann und als jemand, der einen Beruf habe, in dem man sich ständig in andere Menschen hineinversetzen müsse, über die Angelegenheit denke. Es täte ihr gut, mit Fremden, na ja, mehr oder weniger Fremden, also jemand Unparteiischem zu sprechen, würde sie noch hinzufügen, um ihren plötzlichen Redefluß, ihren Jogging-Überfall ein wenig zu erklären.

Statt dessen fragte Corinna nach einer Weile: »Was machst du denn jetzt? Hast du ein neues Engagement?«

»Ich dachte, wir wollten nicht über Theatergeschichten reden?« entgegnete David schroff.

Corinna lachte.

»Ich meinte, ich will keinen Tratsch hören, aber was du persönlich machst, interessiert mich schon.«

Also doch eine kleine karrieregeile Studentin.

»Ich spiele die Hauptrolle in dem neuen Stück eines jungen Münchners. Es heißt *Hotel Helios*, und darin geht es um Massentourismus, um Sonnenanbeter, um die Gier nach Licht und um die Kehrseite all dessen. Also all das, was, im übertragenen Sinne, unter den Sonnenschirmen der Hotelbewohner verborgen bleibt«, gab David gelangweilt eine Kurzzusammenfassung.

»Und was ist bei dir in den letzten Wochen dieses Jahrhundertsommers verborgen geblieben?« fragte Corinna neugierig.

David merkte, wie er langsam gereizt wurde. Er band die Schnürsenkel seiner Turnschuhe noch einmal fester, um gleich aufstehen und gehen zu können.

»Ehrlich gesagt, habe ich überhaupt keine Lust, mit jemandem, den ich gar nicht näher kenne, hier mein Privatleben zu erörtern. Ich hoffe, du verstehst das.«

Corinna drehte sich hektisch zu ihm um. Er sah, daß sich ihre Augen mit Tränen gefüllt hatten.

»Tut mir leid ...«, sagte sie so leise und erbärmlich, daß er augenblicklich wieder Mitleid bekam und von seiner Absicht zu gehen Abstand nahm. Corinna saß vornübergebeugt, den Kopf zwischen den Händen vergraben. Er wußte nicht, ob sie weinte.

»Mir scheint, du bist gerade ziemlich durcheinander ...«, begann David verunsichert.

Corinnas Haarschopf deutete eine Art Nicken an. Die Luft schien stillzustehen, alles schien darauf zu warten, daß er weitersprach. Plötzlich, für eine Sekunde, bereute er es, kein eigenes Kind zu haben, denn er hatte die ganze Zeit das Gefühl, Konversation mit einem kleinen Mädchen zu betreiben und dessen Verhaltensweisen oder Strategien überhaupt nicht zu verstehen. Wieso redete sie denn nicht endlich, nachdem er ihr solch eine Vorlage gegeben hatte?

»Nun erzähl doch, was dich bedrückt ...«, sagte David und kam sich onkelhaft und ungeschickt vor. Kurz hatte er das Bild seines verhaßten Pfarrers vor Augen. Dieser vermaledeite, beschissene, beknackte Firmungsunterricht und diese ewige Ich-verstehe-euch-Tour. Ohne diesen Pfarrer wäre er jetzt vielleicht ein gläubiger Mensch. Ohne diese Knallcharge könnte er vielleicht glauben, daß mit seinem Vater irgend etwas anderes geschehen würde, als von Würmern zerfressen zu werden. Auf einmal sah er das Gesicht seines Vaters sehr nahe und deutlich vor sich, überlebensgroß. Aber es gehörte nicht mehr zu einem Menschen, es wirkte wie ein von einem Diaprojektor in das Dunkel des Waldes geworfenes Bild. Dann wurden seine Farben und Kontraste wie bei einem sich auflösenden Regenbogen schwächer und schwächer, bis es ganz zerrann.

Corinna lachte bitter. Seine Unbeholfenheit war ihr nicht entgangen.

David war diese Konversation heute einfach zu anstrengend. Er starrte in die Tannen, in die sein Vater eben so geisterhaft zurückgetreten war, sah in den Tanz der Mücken vor ihm, ihr selig-sinnloses Kreisen. War das Glück oder pure Mechanik?

»Ich will aber auch etwas von dir wissen!« sagte Corinna in sein Schweigen – wieder mit dieser fordernden, triumphierenden Stimme.

David seufzte in sich hinein und vermied es, sie anzuschauen. Er sollte jetzt endlich gehen.

»Gut, ich erzähl dir nachher auch was von mir«, sagte er schließlich und gelobte sich, um etwaigem Klatsch in der Theaterszene vorzubeugen, nichts von Ellen oder von seiner verrückten Freundin davor, die nach Tasmanien durchgebrannt war, zu erzählen, sondern irgendeine Tratschgeschichte von jemand anderem.

»Also?« fragte er noch einmal.

»Mein Vater ist letztes Wochenende gestorben.«

Corinna wirkte sehr ruhig und erwachsen, als sie diesen Satz aussprach. Sie hatte sogar Haltung angenommen, ihr Kreuz durchgedrückt, als wolle sie in Würde über ihren Vater sprechen.

»Das ist schrecklich«, sagte David, »sehr schrecklich!« Diese Gesprächsrichtung behagte ihm wenig.

Als sie schwieg und offenbar mehr von ihm erwartete, fügte er noch hinzu: »Ich dachte, du wolltest mir das Ende einer Liebesgeschichte erzählen.«

»Na ja, so ganz falsch ist das ja nicht«, gab sie zurück, »ich hab ihn sehr geliebt. Sicher mehr als jeden Mann in meinem Leben.«

Sie fügte hinzu: »Bisher.«

David überlegte, ob er auf das harmlose Thema des »richtigen Mannes im Leben« einschwenken sollte. Das war ihm gerade ungleich lieber als die Vater-Thematik.

»Du bist ja noch sehr jung, auf jeden Fall jung genug, um noch den richtigen zu finden«, säuselte er und wußte im gleichen Moment, daß es fast beleidigend war, einen halbwegs intelligenten Menschen, der einem soeben vom Tod seines Vaters berichtet hatte, mit solch einer Banalität abzuspeisen.

»Schämst du dich nicht für diesen Frauenzeitschriftenspruch?« rief sie prompt und lachte. Er fühlte sich ertappt. Sie sahen sich beide einen Moment lang an. Zu lang, er spürte es und wußte, daß sie es auch merkte. Er hatte den Impuls, mit der flachen Hand auf den Boden zu schlagen und zu rufen: »Was soll das hier?«, aber er wußte, daß er sich damit nur lächerlich machen würde.

Er wandte seinen Blick ab und sagte streng:

»Und wie geht die Geschichte weiter? Die Sache mit deinem Vater, meine ich!«

Ihm war klar, daß sie seine Furcht und sein Bemühen, wieder einen sachlichen Gesprächspfad einzuschlagen, genau spürte.

Aber sie ging darauf ein.

»Es ist eine schlimme Geschichte, und ich bin noch total durcheinander, David. Mein Vater war Musiker, er hat die erste Violine gespielt. Aber er war depressiv. Ich habe nie recht verstanden, daß jemand, der seine große Liebe gefunden hat, nicht glücklicher sein kann. Ich meine, mein Vater war Berufsmusiker; er ging auf Konzertreisen, er kam herum. Meine Mutter liebte ihn und akzeptierte all das. Und er hatte mich!«

Corinna betonte die letzten Worte, als müßte dies ein ganz besonders glücklicher Umstand im Leben ihres Vaters gewesen sein.

»Aber, wie gesagt, er war eben depressiv. Deshalb war er sogar in Behandlung. Ich kenne Dutzende von Frauen aus der Szene, über die wir heute nicht sprechen wollen, die eine Therapie machen, aber kaum einen Mann – außer meinem Vater. Ich weiß nicht, ob dieser Psychomensch der richtige für ihn war, ob man nicht manches lieber hätte ruhen lassen sollen. Ich meine, mein Vater war schon ziemlich alt, als ich geboren wurde, wäre dieses Jahr dreiundsechzig geworden. Muß man da alle Konflikte aus der Kindheit noch mal auskramen?«

David hatte mit Anna schon unendlich oft über die Vor- und Nachteile einer »aufdeckenden« versus einer »stützenden« Therapie gesprochen, aber er wollte Corinna nicht unterbrechen und belehren.

»Dieser Psychologe hat mit meinem Vater sehr viel über sein Verhältnis zu seiner Mutter gesprochen. Von sechs Kindern war er der einzige Junge. Und sie hatte sich einen männlicheren, entschlosseneren Sohn als ihn gewünscht. Ja, sie haßte vor allem seine Unentschlossenheit. Und Musik! Das war Pipifax für sie. Sie war sehr resolut – alleinerziehend eben, mein Großvater ist in russischer Gefangenschaft gestorben. Du siehst, eine lange Geschichte! Jedenfalls hatte meine Großmutter den Spruch drauf, wenn sie mit ihm alleine war: ›Wenn du weiter den Hampelmann spielen willst, würd ich dir raten: Nimm dir lieber einen Strick!‹

Letzte Woche wollten meine Eltern umziehen. Meine Mutter hatte die alte Wohnung im Zentrum schon lange zu laut gefunden, aber mein Vater konnte sich ewig nicht entscheiden, ob er überhaupt wegziehen wollte und wohin. Meine Eltern guckten sich Wohnungen über Wohnungen an. Ostern haben sie endlich etwas gemietet und bis jetzt renovieren lassen. Aber einen Tag vor dem Umzug war sich mein Vater immer noch nicht sicher, ob sie sich bei seiner Pension damit nicht übernehmen würden. Jedenfalls hat er sich letzte Woche im Keller der neuen Wohnung, übrigens gar nicht so weit von hier, erhängt.«

David schwieg betroffen.

»Kannst du denn mit deiner Mutter oder deinen Geschwistern ... über all das sprechen?«

»Nicht richtig. Jeder hat halt so seine Standardantworten. Meine Mutter sagt, es läge daran, daß er im letzten Sommer in Pension gegangen ist. Punkt. Als würde das irgend etwas erklären. Der eine geht in Pension und blüht auf, und der andere nimmt sich einen Strick! Alle erzählen irgend etwas, Hauptsache, es *klingt* plausibel. Dem Toten unterstellt man eine *vernünftige* Absicht, um nicht selbst irgendwie daran zu zerbrechen, daß man's nicht versteht. Ob es plausibel *ist*, interessiert doch niemanden.«

David war über die Klarheit ihrer Gedanken überrascht. Dann schlug seine Stimmung um, und er ärgerte sich, daß er ausgerechnet heute den Psycho-Onkel für jemand anders abgeben mußte.

»Und warum erzählst du mir das alles?« fragte er kühl und lehnte sich zurück, um Corinnas Reaktion zu beobachten. Schon im gleichen Moment – warum konnte er solche Radikalität nie durchhalten? – tat ihm sein Verhalten leid. Corinna sah ihn nur erstaunt, nicht einmal böse an. Eben hatte er sich noch zurückgelehnt, um sie aus sicherer Distanz zu betrachten, jetzt beugte er sich vor, berührte ihren linken, sonnengebräunten Unterarm und murmelte:

»Tut mir leid, das war nicht nett. Es war nicht so gemeint. Ich bin nur etwas überrascht über die ganze Geschichte. Die Dimension, meine ich.«

Corinna schien nachzudenken.

»Ja, ich hab dich ziemlich zugetextet«, sagte sie auf einmal beschämt. David wartete darauf, was sie als nächstes sagen würde. Es schien ihr schwerzufallen, es auszusprechen. Plötzlich bekam er Angst.

»Ich habe mich damals in dich verliebt«, sagte sie – ebenso ernst und erwachsen, mit ihrem durchgedrückten Kreuz, erstaunlich würdevoll selbst noch in ihren albern gemusterten Shorts. Aber das war noch nicht alles.

»Ich weiß, daß du eine feste Freundin hast. Aber das ist mir schnurz. Ich will niemanden verdrängen. Ich möchte dir nur nah sein! Nach dem, was letzte Woche passiert ist, erst recht! Ich bin ziemlich durcheinander; aber manchmal traut man sich dann ganz andere Dinge. Entschuldige, aber du hast gefragt!«

Diese Mischung aus Dreistigkeit und Höflichkeit machte David perplex. Er fühlte sich Corinna plötzlich unterlegen. Er wußte, daß sie darauf wartete, von ihm geküßt zu werden, aber warum in Herrgotts Namen sollte er das tun? Was bildete sie sich eigentlich ein? Oh, wie begehrenswert sie doch war, wie sie da saß, so streng und auch so ehrlich ... Er hob eine Hand, um die Linie ihres durchgedrückten Rückgrats entlangzufahren, bis an den Punkt, wo sie vor Anstrengung ein Hohlkreuz machte ... dieses kindlich-damenhafte Hohlkreuz gefiel ihm am besten an ihr ... David hob seine Hand und nahm sie im nächsten Moment zurück, trommelte nur noch mit den Fingern auf seinen Oberschenkel.

Er mußte jetzt etwas von seinem Vater preisgeben. Nur das würde Corinna ablenken. Als David an Paul dachte, bekam er den Anflug eines schlechten Gewissens, daß er hier seine Zeit mit irgendeinem jungen Mädchen vertrödelte, anstatt weiterzuarbeiten. Es war zwar Wochenende, aber Paul hatte schließlich auch sehr oft an Samstagen und Sonntagen gearbeitet. David wußte, daß seinen Vater nichts mehr gewurmt hatte als die Tatsache, daß keiner seiner drei Söhne in seinen Augen etwas Respektables auf die Beine gestellt hatte. Im Gegenteil: je jünger, desto schlimmer. Wenn man auf der Bühne steht, ist man immer ein klein bißchen wer, er war hier eine Art Lokalmatador. Aber Bennies Luftballonladen, der nach zwei Jahren pleite ging, und die komische »Gangster-Galerie« (in Pauls Worten), überhaupt sein Leben in Berlin? Anderer Planet für Vater. Ganz zu schweigen von Tommy! Und das hatte Paul besonders gewurmt, denn Tommy hatte ja ein richtig tolles Abi gemacht und einen Haufen komischer Preise gewonnen.

Seine beiden Töchter, die Paul problemlos als Hausfrauen akzeptiert hätte (was sie eh scheinbar spielend nebenbei waren), hatten hingegen richtige Jobs, verdienten gut und hatten obendrein Männer mit anständigen Gehältern. Seine Schwestern verdienten sicher locker das Drei- oder Vierfache von ihm …

»Dann erzähle ich dir mal etwas von mir«, begann David. Sofort fiel Corinnas Hohlkreuz in sich zusammen, sie nahm eine friedlich kauernde Haltung ein und betrachtete ihn liebevoll und neugierig.

»Wenn ich dir das erzähle, wirst du vielleicht an esoterische Theorien denken, aber es gibt eben manchmal seltsame Überschneidungen – jedenfalls beziehen sich die ›privaten Gründe‹, von denen ich vorhin sprach, auch auf meine Eltern – auf meinen Vater, genauer gesagt. Was soll ich sagen? Er wollte nicht mehr leben. Vor zwei Wochen war das. Mehr möchte ich dazu jetzt nicht erklären müssen. Aber seitdem schlafe ich kaum noch und komme jeden Tag hierher, um mir mein Hirn aus dem Schädel zu rennen. Ja, um mir mein Hirn aus dem Schädel zu rennen, wirklich.«

David war zufrieden mit dem Beginn seiner, wie er fand, nicht gelogenen Geschichte. Nur den Zeitpunkt hatte er vordatieren müssen, da er es nicht ertragen hätte, die Brisanz des Ganzen für den heutigen Tag vor Corinna auszubreiten. Immerhin: Sie war der erste Mensch, mit dem er über den Tod seines Vaters sprach.

»Das ist jetzt auch gerade erst passiert?« fragte Corinna beeindruckt.

David nickte, ohne sie anzugucken. Er wollte den Verdacht der Seelenverwandtschaft nicht zu sehr bestärken.

»Und was ist mit uns?« insistierte Corinna.

Jetzt wurde er richtig gereizt.

»Was soll mit uns sein? Glaubst du, ich erinnere mich, wer wann wo mal eine Hospitanz gemacht hat? Du kannst dir doch nicht im Ernst eingebildet haben, daß ich die letzten drei Monate an dich gedacht habe!«

Corinna erwiderte nichts, dann sah er, wie ihre Schultern nach vorne fielen, ihr Rückgrat nicht mehr zwischen ihren schmalen, schönen Schulterblättern geheimnisvoll versank, sondern knochig, wie ein Gebirgskette en miniature, zwischen ihnen hervorstand.

Er hatte angenommen, sie weinte, aber als sie sich jetzt zu ihm umblickte, waren ihre Augen trocken. Fast war er ein wenig enttäuscht darüber.

»Es tut mir leid, daß ich dich mit all dem belästigt habe«, sagte sie. Und dann: »Aber es ist ein sehr merkwürdiger Zufall mit unseren Vätern. Nicht, daß ich irgend jemandem gewünscht hätte, daß er auch so etwas Schreckliches wie ich erleben würde. Aber ... das ist schon ... irgendwie ... tröstend.«

David nickte. Ihm fiel nichts ein, was er dazu sagen sollte; er wollte nichts mehr über ihren Vater wissen.

»Gehen wir?« fragte er.

Als sie aufstanden, überkam ihn große Erleichterung. Sie gingen schweigend zusammen zum Hauptweg, der immer noch voll von Menschen war. Es schien, als hätten sich alle simultan verabredet, um sich David mit Badetaschen, Luftmatratzen, Handtüchern, Schwimmwesten und Thermoskannen unterm Arm entgegenzustemmen. Gerade schoben einige braungebrannte halbnackte Mütter ihre farbenfrohen Kinderwagen auf sie zu.

»Und, hast du Kinder?« fragte Corinna unvermittelt.

»Nein, und du?« fragte David und wich einem panzerartigen Wagen mit Zwillingen aus. Im nächsten Moment ging ihm durch den Kopf, wie dumm seine Frage war, sie war schließlich erst Anfang Zwanzig.

»Eines«, gab sie zurück, »lebt bei seinem Vater. Ich kümmere mich am Wochenende darum.«

David blieb stehen und starrte sie an. Sie war ihm auch noch in diesem Punkt überlegen. »Du hast schon ein Kind?«

»Yep!«

»Und warum lebt es bei seinem Vater?«

»Weil er es unbedingt wollte, und ich nicht. Er ist ein Kindernarr. Mit seiner neuen Freundin hat er gleich noch mal zwei bekommen!«

»Wie alt ist der denn?« fragte David unverhohlen neugierig.

»So alt wie du!« Corinna konnte sich ein kleines triumphierendes Grinsen nicht verkneifen. Als sie auf der Straße an der Bushaltestelle voreinanderstanden, bot er ihr bewußt nicht an, sie mit dem Auto irgendwo abzusetzen. Bevor sie zu einer Frage nach einem weiteren Treffen ansetzen konnte, sagte er schnell »Tschüs«, drehte sich auf dem Absatz um und ging in Richtung Parkplatz.

Richtig wohl war ihm nicht bei dem Gedanken, allein nach Hause zu gehen. Wenn doch Ellen da wäre! Er würde mit ihr schlafen können, und sie würde es ihm nicht übelnehmen, wenn er das heute mehr für sich als für sie täte. Statt dessen würde er zu Hause mit seiner Mutter und seinen Geschwistern telefonieren und sich irgendwelche Vorwürfe anhören müssen. Er lief etwas langsamer, schließlich blieb er stehen und wandte sich um. Und begegnete Corinnas Blick. Sie war ihm ein paar Schritte gefolgt und schaute ihn unverwandt an. Er fühlte sich ertappt. Wieder einmal.

Er beschloß, nicht auf sie zuzugehen, sondern sie auf sich zukommen zu lassen. Mit selbstbewußtem, festem Blick näherte sie sich ihm. Schließlich standen sie voreinander. Er dachte an Ellens großen Mund, ihre Schultern, die Form ihrer Brustwarzen.

»Gehen wir etwas essen?« fragte Corinna in das Schweigen.

»Besser nicht«, antwortete David leise.

»Noch einmal um den See, ein kleiner Abschlußspaziergang?«

»Meinetwegen.«

Noch während er dies sagte, ärgerte David sich über sich selber. An diesem Punkt hätte er ohne Umstände »nein« sagen können. Vorhin, während sie vom Tod ihres Vaters sprach, wäre es wirklich unhöflich gewesen, wegzugehen. Nachher stand er in der Theaterszene als Arschloch da. Wer weiß, wen sie so alles kannte?

Stillschweigend bogen sie in den Pfad ein, den sie vorhin genommen hatten. Doch diesmal liefen sie weiter in den Wald hinein, bis sie an ein paar überdachte Tische und Bänke für Wanderer kamen. Corinna nahm das Sweatshirt, das sie um ihre Hüften gebunden hatte, und legte es sich als Kopfkissen auf eine Bank, dann streckte sie sich aus. Dabei ließ sie David nicht aus dem Blick. Sie sollte sich bloß nicht einbilden, sie könne ihn verführen, dachte David. Im übrigen war sie zu klein und zu dünn. Viel zu dünn. Zweifellos.

Da er keine Lust hatte, neben ihr auf der Bank Platz zu nehmen, breitete er sein Taschentuch wieder aus und setzte sich ins Gras. Sofort rutschte sie an ihn heran, wedelte mit ihren Turnschuhen vor seiner Nase herum. Wie erotisch.

»Ziehst du mir die Schuhe aus?«

»Nein.«

»Dann brauche ich dich auch nicht zu fragen, ob du

mir …« – wieder ihr teenagerhaftes Gackern – »die Socken ausziehst?«

David antwortete erst gar nicht. Er holte das Handy aus seiner Tasche und begann, Ellen eine SMS zu tippen.

Corinna beobachtete ihn regungslos.

Erst als das Piep für ein erfolgreiches Versenden ertönt war, sagte sie etwas – allerdings nicht das, was David sich gewünscht hatte. Was er sich gewünscht hatte, war, daß sie ihn fragen würde, an wen er eine SMS geschickt hatte, und seine Antwort wäre gewesen: »An meine Lebensgefährtin.«

Aber Corinna fragte boshaft:

»Geht es dir jetzt besser?«

David packte Corinnas Füße, riß sie hoch und schüttelte sie heftig. Corinna fiel halb herunter, stieß mit dem Kopf an die Hüttenwand, hing schief zwischen Bank und Boden, rutschte schließlich ganz herab.

Als David sich nach dem ersten Schreck über seine unbeherrschte Reaktion davon überzeugt hatte, daß ihr nichts passiert war, beschloß er, härter zu sein.

»Tut mir leid, Madame, jemand wartet zu Hause auf mich, wie gesagt, meine privaten Gründe bezogen sich auf meinen lebensmüden Vater, ansonsten geht es mir blendend, und ich gehe jetzt! Auf diesen Affentanz habe ich keine Lust mehr.«

Hätte er doch den letzten Satz nicht gesagt! Dieser überflüssige Nachsatz! Vorher hatte Corinna ernsthaft erschrocken geguckt, aber nach »Affentanz« begann sie zu lachen und streckte ihm neckisch einen Turnschuh entgegen. »Zieh mir endlich die Turnschuhe aus!«

Sie lag auf dem Boden und zappelte mit den Beinen herum.

»Sei nicht verrückt. Ich meine es ernst. Ich gehe jetzt.«

Ihm war klar, wie albern sein Auftritt war.

»Ich gehe nicht«, erklärte Corinna trotzig.

»Dann bleibst du eben alleine hier«, sagte David und dachte mit einer gewissen Befriedigung daran, daß er manchmal genauso mit Jonas und Janina sprach. Er trat aus der Überdachung heraus auf den Waldweg.

Er kam genau hundert Meter weit; dann ging er zurück und erschrak: Sie war nicht mehr da.

»Corinna?«

»Corinna?«

Keine Antwort. David starrte auf die Bank, auf der sie vorhin noch gelegen hatte. Ein langes rotblondes Haar hob sich deutlich von dem dunklen Holzbalken ab. Wo war sie?

David konnte nur wenige Meter in den Wald hineinsehen; er kniff die Augen zusammen, starrte in die tiefe Dunkelheit zwischen den Bäumen. Irgendwo in der Ferne hörte er ein Kläffen und ein Rufen. Das Echo gab ihm einen Stich. Ein Echo zu hören, löste in ihm jedesmal eine seltsame Wehmut, ein schmerzliches Fernweh aus. Noch einmal das rauhe Kläffen und sein ebenso rauhes, verlassen klingendes Echo … dann wieder diese bedrückende Stille.

Auf welchem Friedhof würde Paul wohl beerdigt werden? Bei der Vorstellung, in Zukunft an ein Grab treten zu müssen, um seinem Vater nahe sein zu können, stiegen David Tränen in die Augen.

»Corinna? Corinna! Corinna?«

Es war ganz egal, welchen Namen er rief, es hätte irgendeiner sein können. Verzückt lauschte er dem Echo wie einer Art akustischer Liebkosung. Er rief und lauschte, während er mit den Tränen kämpfte.

Daß Corinna schon Mutter war, verwirrte ihn. Konfus stolperte er zwischen die ersten Bäume.

»Corinna, ich bin zurück, wo – bist – verdammt – du – noch mal?« rief er und ärgerte sich über das Kauderwelsch, das er von sich gab.

Diesmal antwortete Corinna fröhlich:

»H-i-i-e-r, im Wald, ich sammle was!«

»Wie, was?« rief er wie ein Depp, aber heilfroh, von ihr zu hören. Sie mußte geschwiegen haben, um ihn erst richtig zu beunruhigen.

In vielleicht dreißig Meter Entfernung trat Corinna zwischen zwei großen Kiefern hervor. Sie hielt etwas in den Händen. David wartete, bis Corinna vor ihm stand.

»Für mein Kopfkissen«, erklärte sie mit zufriedenem Unterton.

»Kopfkissen?« wiederholte er wie ein Idiot.

Er blickte auf das große Stück Moos auf ihren schmutzigen Händen.

»Ich will hier übernachten!«

»Aber – warum denn?«

»Warum denn nicht!« gab Corinna gelangweilt von sich und trat auf die Hütte zu. Ohne Umschweife legte sie sich wie vorhin zurecht, nur bettete sie ihren Kopf auf den Moosfleck.

David wußte nicht recht, was er tun sollte. Sollte er sie doch allein lassen? Aber nachher tat sie noch das gleiche wie ihr Vater. Ob der wohl auch rotblonde Haare gehabt hatte? Sie sah aus wie eine Fee, ihre langen Haare lagen strahlenförmig ausgebreitet auf dem leuchtendgrünen Moos. Er schaute sie eine Weile einfach nur an.

»Du bist heute ganz schön weit gekommen, oder?« fragte er dann.

»Noch habe ich nichts von dir gehabt …«

Die Dämmerung war schnell hereingebrochen, David meinte die plötzliche Kühle zwischen den Stämmen bis hierhin zu spüren. Nicht mal die Mücken tanzten mehr in der Luft. Schon als Kind hatte er Angst vor dem Wald gehabt. Jahrelang hatte ihn sein Vater immer zur Schule gebracht. Bis er von einem Tag auf den anderen beschloß, daß David nun alt genug sei, um allein zu gehen. Aber im Winter war es noch dunkel, wenn David das Haus verlassen mußte. Wie beruhigend war es, zu wissen, daß Paul am hellerleuchteten Fenster stand und ihm noch lange nachschaute. David hatte sich oft umgedreht und erschrak jedesmal, wie schnell Pauls Gesicht kleiner wurde. Nur in seiner Phantasie leuchtete es groß und leicht wie aus Luft, wie ein nur für ihn sichtbarer Lampion, über dem baumbestandenen Weg zur Bushaltestelle. Mit dem Herannahen des Busses und dem Geräusch quietschender Reifen löste es sich vollständig auf. Dann war Paul bei ihm, tief versteckt hatte er ihn, vielleicht in seiner Brusttasche neben der Kaugummipackung und dem winzigen Bleistift, vielleicht sogar zwischen Haut und Unterhemd, da, wo sich manchmal Schweißperlen sammelten, da irgendwo überm Herzschlag. Wenn er ihn da hatte, brauchte er ihn nicht mehr zu sehen oder zu hören. Er war einfach da – unsichtbar, ein bißchen wie Gott –, zumindest so, wie ihr neuer Religionslehrer ihn damals beschrieb.

»Denkst du auch an ihn?«

Corinnas Stimme klang nicht mehr verführerisch, sondern traurig.

»Etwas in der Art«, flüsterte David zurück.

»Irgendwo hier durch diesen Wald ist mein Vater gegangen, auf dem Weg zum neuen Haus. Vielleicht hängen in den Wipfeln der Kiefern noch seine letzten Gedanken, und wenn es regnet, kann ich sie mit den Händen auffangen. Wenn es regnet, geht es mir eigentlich am besten«, sagte sie leise.

»Ich mag es nicht, wenn mich etwas Nasses einfach so berührt«, antwortete David. »Ich mag den Regen nicht. Aber heute wird es nicht regnen. Der Himmel wird dir nicht den Gefallen tun. Heute nicht. Heute gehst du leer aus. Du darfst dich nicht an diese Dinge klammern, auch in der Wüste kannst du ihm nahe sein.«

»Du kannst ruhig gehen, wenn du alleine sein willst. Ich schlafe hier, ich habe keine Angst … Angst hab ich eigentlich immer nur vor mir selber, und da gibt es gefährlichere Orte für mich als diesen«, flüsterte Corinna.

»Willst du, daß ich gehe?« fragte David.

»Nein.«

»Und was ist, wenn es nur für jetzt ist, für diesen Moment?«

»Wird nicht akzeptiert«, sagte Corinna, aber in ihrer Stimme klang etwas Resigniertes mit.

David setzte sich ihr zu Füßen und begann, ihre Turnschuhe auszuziehen. Dabei zitterten seine Hände so, daß er viel zu lange dafür brauchte. Er hörte Corinna leise über ihn lachen. Als sein Blick über ihren Körper wanderte, begegneten sich ihre Augen. Wir sind beide völlig durch den Wind, dachte er. Einen Moment lang hatte er den Wunsch, Hand in Hand mit ihr zur Schule zu gehen. Sie würden sich noch einmal umdrehen und in Richtung der hellerleuchteten Fensterreihe in der Ferne winken, in der man noch schemenhaft Gesichter erkennen könnte. Dann säßen sie im Bus nebeneinander; grün-blau-grün würde die Landschaft an ihnen vorbeiflitzen, zu der sie ganz selbstverständlich gehören würden. So selbstverständlich wie David damals das hellerleuchtete Fenster, Pauls winkender Arm, der gelbe Bus und die hügelige tannenbestandene Landschaft vorgekommen waren, war ihm nie wieder etwas in seinem Leben erschienen.

Vorsichtig legte er sich auf Corinna und begann sie zu küssen. Er hatte nicht das Gefühl, bei sich selbst zu sein, eigentlich stand er noch im Wald, rief ihren Namen und horchte sehnsüchtig auf das Echo, während ein anderer hier Unsinn anstellte.

David konnte ihre Rippen spüren, diese Mädchen-Schultern, Mädchen-Arme, diese Hüftknochen! Ellen war eine richtige Frau, mit großen Brüsten und weichen Schenkeln, eine Frau, in der man versinken konnte. In der er zufrieden sterben können würde. Er hatte immer Frauen mit rundlichen Formen bevorzugt, vielleicht weil er selber so sehnig und schmal war – wie Paul. Er fuhr Corinnas Rückgrat entlang, fuhr jeden einzelnen Wirbel mit den Fingern ab, wie dünn sie war, wie seltsam sie roch – nach irgendeinem Teenie-Deo –, alles an ihr war ihm fremd, paßte in seiner Fremdheit zu diesem seltsamen Tag, an dem ihn ohnehin nichts glücklich machen können würde.

Er streichelte Corinnas knochige Schultern, ihren Hals, den kleinen Adamsapfel. Hier war ihre Haut weich. Für einen kurzen Moment schoß ihm durch den Kopf, daß er eigentlich gern einmal, ein einziges Mal, jemanden umbringen würde – vielleicht durch Zusammenschlagen … irgendwie sehr physisch … aber natürlich nicht *wirklich*, um Gottes willen, nein, nur mit der absurden Möglichkeit, dies sofort rückgängig machen zu können. Er dachte an Ellen und ihren Geruch, den er seit Jahren unweigerlich mit »nackter Frau« und mit »zusammen schlafen« verband und der ihm jetzt fehlte. Er kniff Corinna so fest in die Oberarme, daß sie einen erschrockenen Laut ausstieß. David stiegen Tränen auf, er biß sich auf die Lippen, hatte plötzlich Angst auszurasten … er versuchte, sich auf seinen Unterleib zu konzentrieren.

Es war nicht einfach, mit Corinna zu schlafen, und eigentlich hatte er auch nichts anderes erwartet. Unkomplizierter Sex war seiner Meinung nach – darüber hatte er schon oft mit Freunden debattiert – ein sehr rares Gut und wahrscheinlich nur in festen Beziehungen möglich. Corinna guckte ihn in genau den Momenten an, in denen er nicht gern angeguckt, zumindest nicht so fixiert werden wollte, sie kraulte ihn hinter den Ohren, was er noch nie gemocht hatte, und ging mit seinem Glied in einer Weise um, die er als etwas respektlos und manchmal regelrecht unerotisch empfand.

Als sie sich jedoch auf ihn setzte und herausfordernd ansah, dachte er kurz, es wäre ein bißchen schade, daß er keine richtige erotische Beziehung mit Corinna würde aufbauen können. Mit Ellen hatte es auch lange gedauert, bis er sich gehenlassen konnte.

Als Corinna ihre Brustwarzen über sein Gesicht gleiten ließ, piepte sein Handy. Er wußte, das war eine SMS von Ellen. Auch Corinna mußte es wissen, aber sie ließ sich nichts anmerken. David spürte jedoch, wie ihn dieser Gruß aus der Ferne völlig aus der Fassung brachte; er wußte, daß er sich jetzt nur noch auf Corinna und nicht mehr auf sie beide konzentrieren können würde. Es gelang ihm immerhin, sie noch zum Höhepunkt zu bringen. Sie murmelte sogar, daß sie ihn lieben würde.

Als er sich nicht mehr bewegte und nur noch vorsichtig ihre Brüste streichelte, fragte sie:

»Was ist mit dir?«

»Nichts.«

»Wie – nichts?«

David haßte Bettgespräche, er hatte noch nicht eins geführt, das nicht peinlich gewesen wäre.

»Ich will nicht mehr.«

»Was – wie – nicht mehr?«

Sie schwiegen eine Weile lang.

Dann begriff sie:

»Du hast das nur für mich getan?«

»Können wir *jetzt* gehen?« konterte David gereizt.

Corinna begann zu weinen. Sie weinte hemmungslos wie jemand, der alle Raffinesse verloren hatte, dem alle Tricks ausgegangen waren. David stand auf und zog seine Hose hoch. Corinna weinte weiter, als sie ihr Spaghettiträger-Top überzog und in ihre Shorts schlüpfte. Während sie schluchzte, machte David sich daran, ihr die Söckchen und die Turnschuhe anzuziehen. Diesmal zitterten seine Hände nicht. Er dachte daran, wie er Janina und Jonas, als sie noch kleiner waren, die Schuhe zugebunden hatte.

Jetzt, wo Corinna ihre Niederlage so leidenschaftlich inszenierte, hatte David sogar das Gefühl, als hätte er Ellen gar nicht betrogen, weil er sich geweigert hatte, die letzte Intimität mit Corinna zu teilen. Er konnte verdammt gut verstehen, daß Corinna richtig sauer auf ihn war. Er hatte nicht Ellen, sondern sie betrogen …

Als sie auf der Straße angelangt waren, begleitete er Corinna noch zur Bushaltestelle. Sie redeten nicht miteinander. Der Bus kam sofort. David küßte sie kurz auf ihren Mund und ging dann, ohne sich umzudrehen, zum Parkplatz. Bevor er den Motor startete, las er Ellens SMS. Mit geschlossenen Augen blieb er einen Moment regungslos sitzen. Schließlich öffnete David das Handschuhfach und holte eine kleine Wodkaflasche heraus. Dann antwortete er Ellen. Es war das erstemal, daß er über einen Tod per SMS berichtete.

# Die Wüste

Über die Flügel der alten Delta-Maschine wehte roter Sand. Das Fahrgestell war tief in den Boden eingesunken. Hier und da lag ein verrosteter Rumpf, eine öl- und staubverdreckte Heckflosse oder ein verbogener Propeller.

Thomas blickte von seinem »Hausberg« auf neunzehn ausrangierte Maschinen. Eine weiße Vogel-Karawanserei, leuchtendes Licht spiegelte sich auf ihren Flügeln. Neben Thomas hockte Sami mit einem Fernglas in den Händen. »Meinen Wüstensohn« nannte Thomas ihn. Sami trug schulterlange, von der Sonne ausgeblichene Haare und zerrissene Jeans, die knapp über seinen schmalen Hüften von einem schmierigen Ledergürtel zusammengehalten wurden. Er war erst sieben.

Am Horizont erhob sich die glänzende Pyramide mit den Stufen, die ins Nichts führten. Thomas hatte immer gedacht, die Wüste sei riesig, größer wäre nur das Meer oder das Universum. Wenn er jetzt die Augen zusammenkniff, konnte er Chantal mit ihrem Liebhaber auf den Stufen sitzen sehen. Es waren nur zwei schwarze Punkte, aber er wußte, daß sie es waren. Vor einer halben Stunde erst war er mit dem Jeep dort gewesen, um nach dem Rechten zu sehen. Die beiden hatten in weißen leichten Wüstenkimonos mit ihren identischen runden Sonnenbrillen dagesessen und ihn von oben herab wie zwei geisterhafte Eulen betrachtet. Mit einer matten Bewegung aus dem Handgelenk heraus hatte Chantal ein Winken angedeutet.

Thomas drehte sich ruckartig um. Wer oder was schlich da um seinen Wohnwagen herum – ein Köter? Irgendein ausgemergeltes Tier huschte flink unter den nächsten Trailer. Tieren begegnete Thomas hier kaum, bis auf die streunenden Hunde. Weder Geckos, noch Salamander, Lurche oder Chamäleons – manchmal schien es ihm, als würden all diese Tiere nur in den Terrarien seines Vaters existieren. Nicht einmal Mücken gab es. Dafür war das Klima zu trocken. Manchmal fand er skelettierte Kojoten, Ratten und Schlangen – im Gebiet um das *Air Force Lab* auch die sterblichen Überreste von radioaktiv verseuchten Versuchstieren. Hinter Twentynine Palms hatte er einmal ein halb ausgeweidetes Rind gefunden und bei Cameron in den Bergen das Gerippe irgendeines Tiers, das groß wie ein Hirsch war. Er hatte keine Ahnung gehabt, was das gewesen war.

Thomas ließ sich von Sami das Fernglas geben. Die beiden schwarzen Punkte waren zu einem einzigen Fleck verschmolzen, als wäre aus zwei Menschen plötzlich einer geworden. Das ließ viel Raum für Phantasie, für quälende Gedanken.

Sami hielt Thomas jetzt seinen Arm unter die Nase. »Tut weh, Papa.«

»Junge, ich hab dir doch gesagt, du mußt was Langärmeliges tragen. Sonst kriegst du immer wieder einen Sonnenbrand. Bei über 40 Grad hilft auch der Sunblocker nicht mehr.«

Thomas pustete erst einige Male auf Samis schmalen Arm, dann holte er eine kühlende Creme aus dem Wohnwagen und rieb ihn vorsichtig damit ein.

»Und jetzt ein Hemd anziehen, komm.«

Sami nickte und nahm die Creme gleich mit in den Wohnwagen. Wenn er weiter so wuchs, würde er in wenigen Jahren die Sachen von Thomas tragen können. Was wohl mal aus ihm werden würde, seinem Wüstensohn? Er war so anders als andere Kinder, schien gar kein Bedürfnis nach Freunden und Spielen zu haben; am liebsten saß er allein mit dem Feldstecher da und beobachtete jede Bewegung, jede Veränderung in der Ferne – selbst wenn sie noch so minimal war.

»Sind das Mama und Angus da hinten, Papa?«

»Ich weiß es nicht.«

Thomas' Blick wanderte rastlos von diesem roten Hügel zu jenem weißen Wohnwagen und zurück zur Hügelkette und dem Flugzeugfriedhof, doch er blieb stets an der Pyramide hängen. Ihre verspiegelte Oberfläche reflektierte das Sonnenlicht so stark, daß ihm die Augen schmerzten.

Abrupt wandte Thomas sich ab und blickte auf die dunkle Schar von Sukkulenten, die wie eine unheimliche Soldateska um die Wohnwagensiedlung herumstanden und von Jahr zu Jahr näherzurücken schienen. Sie wuchsen unglaublich schnell – egal, ob es geregnet hatte oder nicht. Manchmal schien es Thomas, als bräuchten sie nur die Leere zum Leben.

Ich muß Sami noch mal erklären, daß Wolfsmilchgewächse giftig sind, ging ihm durch den Kopf. Sami hatte letztens ein Ekzem am Rücken bekommen, nachdem er sich gegen eines dieser eine weiße Flüssigkeit absondernden Dickblattgewächse gelehnt hatte.

Wenn sein Blick wieder in Richtung Horizont zu gleiten drohte, zwang Thomas sich sofort, wegzuschauen. Sein Blick ließ sich bezähmen, nicht aber sein Denken.

Jene Nacht in Fürstenfeldbruck, in der er Chantal kennengelernt hatte, irrlichterte wieder durch seine Erinnerungen. Seitdem war Thomas davon überzeugt, daß nächtliche Straßen der Ort sind – so banal, so einfach es erscheinen mochte –, an dem die meisten schicksalhaften Begegnungen stattfinden. Auf der Straße hatte er seine Schwester Sylvia mit Jan gesehen, den sie vor ihren Eltern verheimlichte, obwohl sie schon schwanger von ihm war. Sie knutschten unter einer im Takt ihrer Küsse flackernden Laterne herum.

Und ebenfalls nachts auf der Straße hatte er seinen unnahbaren und autoritären Schulleiter, Herrn Lederle, im Suff weinen gesehen wie ein Kind.

Damals, während des Abitur-Stresses und im ersten Studienjahr, hatte Thomas es sich angewöhnt, vor dem Zubettgehen noch einmal kurz hinauszugehen. Er wollte den Himmel sehen, Luft schnappen, draußen sein; egal, ob es kalt oder warm war. Mit der Zeit kannte er die Fürstenfeldbrucker, die nach Mitternacht noch in dieser Gegend spazierengingen: Da gab es die alte Heisig mit ihrem Bernhardiner, die ihn immer auf die gleiche tonlose Art, ohne aufzusehen, grüßte. Dann Herrn Mittwald, der bei sternklarem Wetter mit seinem Feldstecher den Himmel beobachtete und mit Thomas das Gespräch suchte, weil er ein Terrarium mit Feuersalamandern aus Vaters Zoohandlung besaß.

Herr und Frau Wundt wankten stets Arm in Arm aus derselben Kneipe nach Hause. Ihre Proletenliebe hatte Thomas immer gerührt, obwohl seine Eltern kein gutes Haar an dem Säuferpaar ließen.

Wenn Thomas mal auf der Straße ein neues Gesicht oder gar ein Auto mit einem ausländischen Nummernschild entdeckte, freute er sich. Einmal, als er schon umkehren wollte – wie stets von dem Gefühl begleitet, nicht das, was er sich eigentlich erhofft hatte (doch was war das?), gefunden zu haben –, kam ihm ein schlaksiges Mädchen mit hüftlangem Haar entgegen. Es hielt ein Sixpack unterm Arm und schaute ihn an. Thomas erwiderte den Blick des Mädchens zunächst nicht, damit es sich nicht allein nachts auf der Straße von ihm belästigt fühlte. Je näher es kam, desto nervöser und unsicherer wurde er. Dann stand das Mädchen vor ihm.

»Thomas«, sagte Thomas einfach nur leise. Fast hätte er die Hand ausgestreckt – aber das kam ihm zu förmlich vor.

»Chantal. Ich bin gar nicht müde heute.«

Das war ihr erster Satz. Fünf Minuten später saßen sie auf dem Rand eines häßlichen Blumenkübels auf einer Verkehrsinsel, unterhielten sich und tranken Chantals Bierflaschen aus. Sie stammte aus Luzern, aber ihre Mutter war vor vielen Jahren »wegen der Liebe« nach Fürstenfeldbruck gezogen. Jetzt war die Liebe fort und sie immer noch in F. Das lauwarme Bier schmeckte Chantal nicht besonders, und sie ließ kein schweizerisches Schimpfwort aus, um diesen Mißstand wortreich zu kommentieren. Mit theatralischen Gesten untermalte sie jeden Fluch. Für ihren zarten Körper hatte sie eine erstaunlich kräftige Stimme. Angst vor ihm, vor der Dunkelheit, vor irgend etwas schien sie nicht zu haben.

Hätte Thomas sich damals früher entschlossen, nach Hause zu gehen, wäre er in eine andere Straße eingebogen, vielleicht wäre er heute nicht hier in Kalifornien, vielleicht hätte er eine Stelle als Ingenieur in Fürstenfeldbruck oder München ... Wer konnte das schon wissen?

Während Thomas die Pyramide wieder zwanghaft nach diesem kleinen Punkt absuchte, erinnerte er sich daran, wie Chantal und er damals in den Semesterferien eine Wander- und Klettertour im sogenannten Toten Gebirge in der Steiermark unternommen hatten. Sie badeten in den auch im Hochsommer eiskalten Quellbächen des Ostrawitz, erklommen die schneefleckige Spitzmauer und löffelten erschöpft heiße Tomatensuppe in einer Berghütte am Großen Priel. Chantal brachte nicht einmal halb so viel auf die Waage wie er und war trotzdem die Zähere von ihnen beiden. Eine Wölfin im Engelsgewand. Allein dieser Vorhang aus dichten Haaren, hinter denen sie sich versteckte – nur um aus diesem Hinterhalt heraus die seltsamsten Bemerkungen, die Thomas je gehört hatte, fallenzulassen.

Als Thomas schließlich beim Abstieg einen ausufernden Monolog über die Unterschiede zwischen Bienen und Wespen hielt, unterbrach ihn Chantal. Da ihre Mutter jetzt einen neuen Liebhaber habe, könne sie sich vorstellen, einmal für längere Zeit ins Ausland zu gehen. Bisher hatte Chantal sich verpflichtet gefühlt, bei ihrer schwermütigen Mutter zu bleiben. Als Einzelkind hing ihr die Mutter penetrant »an den Kleiderspitzen« – so Chantal. Während sie dies erzählte, starrte Thomas auf den 2500 Meter hohen Gipfel des Großen Priel – unvorstellbar, daß sie vorhin dort oben gestanden hatten! Jetzt waren sie schon fast im Tal, bei all den anderen Wanderern mit Blechflaschen am Gürtel und Karten in den ausgebeulten Hosentaschen. Und gleich würden sie unweigerlich im Zug nach Hause sitzen.

Einige Wochen später bekam Chantal ein Stipendium für den Studiengang Landschaftsplanung in Albuquerque angeboten. Das Stipendium sollte in einem Dreivierteljahr beginnen. Von Vaters Amerika-Begeisterung war nur noch Angst übrig: Was machst du dann dort? Barkeeper oder was? Willst du wirklich ein Numerus-clausus-Fach – Verfahrenstechnik! – aufgeben, um im Ausland von dieser Schweizerin abhängig zu sein? Du hast doch hier in Deutschland die besten Chancen, die man sich nur denken kann! Was soll aus dir werden – spielst den Hausmann, wenn ihr ein Kind bekommt, oder wie?

Seinem Vater war Chantal, vermutete Thomas, nicht sonderlich geheuer: Sie sah aus wie eine Prinzessin, redete aber wie ein Bauarbeiter und trank Bier aus der Flasche. Vaters deutliches Unbehagen machte sie noch ein bißchen attraktiver für ihn. Seine Mutter war eher bereit, »für die Liebe« zu stimmen, aber sein Vater konnte nicht verstehen, warum er mir nichts, dir nichts mit so jemandem »ins Blaue« fahren wollte.

Zwei Wochen später packte Thomas seinen Seesack und verschwand mit Chantal zunächst in Richtung Amsterdam, wo sie Freunde in einem besetzten Haus hatte. Von Rotterdam aus fuhren sie per Schiff nach Portugal und Nordafrika bis zum Roten Meer. Nach einem Monat in einem Kibbuz reisten sie von der Sinai-Halbinsel aus durch die Sahara an die afrikanische Westküste bis hinunter nach Namibia und von dort nach Südamerika. In Brasilien spielten sie für eine Hilfsorganisation mit Straßenkindern Theater – ein Kontakt, den David über sieben Ecken vermittelt hatte. Schließlich nahmen sie ein Schiff zu den Niederländischen Antillen und verbrachten auf den Inseln Statia und Bonaire einen wunderbaren Winter. In der letzten Woche auf Bonaire heirateten sie, damit Thomas ohne Probleme in die USA einreisen konnte.

Daß sie ausgerechnet in der Wüste landen würden, hatte Thomas nicht erwartet. Ihm hatte nach Albuquerque, einer bürgerlich-ruhigen Provinzstadt, deren einzige Attraktion einige Gebäude im traditionellen Pueblo-Stil waren, eher L. A., San Diego oder wenigstens Denver vorgeschwebt. Immerhin schien Albuquerque kein schlechter Ausgangspunkt für eine Karriere in den Staaten zu sein, denn die Stadt gehörte zu den prosperierendsten des Landes und war für ihn als angehender Verfahrenstechniker nicht uninteressant mit ihrem Forschungsinstitut für Raumfahrt und Kernenergie, den Maschinenbaufirmen und den *Sandia National Laboratories.*

Hier machte Thomas seinen Bachelor – was nur mit dem »Startgeld« von Chantals Mutter möglich gewesen war. Immerhin gelang ihm der zweitbeste Abschluß seines Jahrgangs. Chantal hingegen hatte nicht nur schon vom ersten Tag an keine Lust mehr, zu studieren; sie mokierte sich über seinen Eifer. Sie hatte sich, wurde Thomas klar, an der Uni in München nur ins Zeug gelegt, um ein Stipendium erhalten und weggehen zu können. Kaum war dieses Ziel erreicht, erlosch ihr Elan. Nun interessierte sie nur noch, was sie als Selbsterfahrung bezeichnete: Mal schloß sie sich ein und las einen Roman nach dem anderen, die eine mobile

Bibliothek an die Haustür brachte, mal machte sie drei Wochen lang nur Gymnastik in der Hochlandwüste, die Albuquerque umgab. Es war, als hätte er statt ihrer das Stipendium erhalten – nur mit dem Unterschied, daß sie ihr Studium finanziert bekommen hätte. Nachdem das Geld von Chantals Mutter vollständig in seine zum Glück noch vergleichsweise moderaten Studiengebühren – Albuquerque war schließlich nicht Boston – geflossen war, waren sie erst mal pleite. Den Job, Kanalisationsprojekte in der Wüste zu leiten, konnte er daher nicht ablehnen. Chantal verdiente zu diesem Zeitpunkt keinen Cent, weil sie sich um Sami kümmerte.

Bald nach ihrer Ankunft in New Mexico hatte Thomas angefangen, Fotos zu machen. Manche schickte er seinem Vater. Das war seine Form der Kommunikation mit ihm. Ein quietschgrüner Säulenkaktus vor rotem Tafelberg, ein himmelblauer Cadillac vor lila leuchtendem Sonnenuntergang – Thomas wählte möglichst kitschige Motive, die er am Computer noch kräftig nachkolorierte; er wußte, so würden sie seinem Vater am besten gefallen.

Eine Adresse gab er nie an – bevor Chantal und er in dem Wohnwagen in der Mojave landeten, zogen sie ständig um. Der Gedanke, unverortbar zu sein, gefiel ihm.

Thomas warf Sand auf einen der Flugzeugflügel. Er holte immer wieder aus und wollte gar nicht mehr aufhören. Die Lust, die er empfand, wenn er den Sand mit aller Kraft auf die stumpfen weißen Flächen schleuderte: so eindeutig Handlung und Resultat. Er konnte zusehen, wie der rote Staub langsam von dem Flügel hinabrann – als wäre dies alles Teil einer riesigen Sanduhr, die eine Zeit maß, deren Bedeutung er noch nicht kannte. Irgend etwas an diesem Rieseln machte ihn wütend – als hätte der Sand, sein Sand!, nur ihm zu gehorchen und nicht auch noch der Schwerkraft. Es war ihm nicht leichtgefallen, wegzugehen, damals. Er warf wieder eine Handvoll Sand. Er war keineswegs im Affekt gegangen, sondern hatte nur den richtigen Moment gesucht. Scheiße, danebengetroffen. Geschmerzt hatte ihn damals vor allem der Gedanke an seine Mutter. Jeden Morgen, wenn er vorm Spiegel stand, fand er sie in seinen Zügen wieder. Er hatte ihr rundes Gesicht, die semmelblonden Haare und die graugrünen Augen geerbt. Mutters graugrüne Augen – in denen so oft neben der Schüchternheit der Schalk stand. Sie hatte im Gegensatz zu seinem Vater viel Humor. Als die Weißkopfwarane nachts aus ihrem Terrarium ausgebrochen waren und am nächsten Morgen auf dem Fernseher, dem Beistelltisch, dem Sofa und sogar in der Obstschale saßen, hatte Mutter gelacht und erst einmal alle Kinder herbeigerufen; Vater hatte nur geflucht. Schließlich war es Mutter, die – mit Thomas' Hilfe – die Warane wieder einfing; Vater stand nur wie versteinert dabei, ohne etwas zu tun.

Thomas ließ den heißen roten Sand langsam durch die Finger rinnen. Er mochte dieses kribbelnde Gefühl. Er schob beide Arme bis zu den Ellenbogen in den Boden, dann zog er sie heraus und ließ den Sand wieder durch seine Finger rinnen. Vor zwei Jahren hatten sie noch jeden Tag am Swimmingpool ihres hellblau-weißen Holzhäuschens in Twentynine Palms gesessen. Als Ingenieur hatte er ganz anständig verdient. Wer wollte sich schon bei 45 Grad im Schatten täglich krummbuckeln? Er hatte sich konsequent langärmelige Leinenshirts angezogen und mit Sunblocker eingeschmiert – und er hatte wirklich Schotter gemacht. Hatte einfach nur Maschinen in die Wüste gebracht. So erklärte er das jedenfalls Sami.

Er hätte ein Haus kaufen können, nicht nur mieten, dann würden sie jetzt nicht in einem *Motor Home* hocken. Er hätte Sami eine bessere Schule bezahlen können. Er hätte Chantal den Indianerschmuck kaufen können, von dem sie immer träumte. Er hätte mehrere Reisen nach

Deutschland finanzieren können. Hätte er. Statt dessen hatte er all sein Geld den *Sun People* gegeben.

Thomas zündete sich eine Zigarette an. Der Rauch tat ihm gut, dieser plötzliche Anflug von Ärger hatte ihn selber überrascht. Langsam entspannte er sich. Jetzt war auch der Fleck auf der Pyramide verschwunden. Am Horizont entdeckte Thomas jedoch einen silbernen Truck mit wehender – silberner – Fahne. Diesen Angus konnte man einfach nie übersehen.

Sami kauerte sich neben ihn.

»Guck mal, da hinten kommt ein Zug!«

Thomas legte seinen Arm um ihn. Dann schoben sie ihre Gesichter dicht an das Fernglas. Tatsächlich, von Osten näherte sich eine Lok mit schwarzen, dunkelgrünen und rostroten Waggons. Auf einem Waggon stand »Santa Fe Express«. Auf einem anderen »Albuquerque 2003« und »Borax Mine L. A. X. II.«. Aufgeregt las Sami alle Aufschriften vor.

Thomas schaute den bunten Waggons hinterher, bis sie am Horizont zu einem einzigen Braun verschmolzen. Wie ein langer Wurm schien der Zug über den Tellerrand der Erde zu kriechen. Irgendwann war er nur noch ein zitternder Punkt in der Ferne, und dann – fort.

So genau Thomas die Geschichte mit Chantal rekapitulieren konnte, so wenig faßbar war für ihn der eigentliche Grund seines Verschwindens. Er wußte nicht, warum er weggegangen war. Es wäre schön gewesen, eine griffige Formel dafür zu haben. Chantal hatte er diese Abenteuer-Liebes-Nummer vorgemacht: Wir zwei gegen den Rest der Welt. Ihr wollt uns nicht, und wir wollen euch nicht! Und dann ihre Weltreise, ihr Sex in Schiffskabinen, auf Hoteldächern und in Lagunen. Und in genau dieser alten Delta-Air-Maschine hier vor ihm. Vor fünf Jahren. Sami war noch klein, sie hatten ihn ins Cockpit gesetzt, wo er begeistert an allen möglichen Knöpfen drehte, während

Chantal im Laderaum auf Thomas saß und so laut stöhnte, daß er ihr den Mund zuhalten mußte.

Thomas steckte sich wieder eine Zigarette an, und Sami nahm einen Zug. Immer nur einen oder zwei, das war ihre Abmachung. Manchmal dachte Thomas darüber nach, wie Samis Leben wohl aussähe, wenn er in Bayern aufwachsen würde. Vielleicht säße er jetzt bei seinen Großeltern im Garten am Goldfischteich oder schaute in einem der vielen dunklen Zimmer den Echsen beim Atmen zu?

Alles, was Thomas wußte, war, daß er Orte wie diese Wohnwagenkolonie am Flugzeugfriedhof mit den Joshua Trees und den wie Unkraut wuchernden Sukkulenten hatte finden wollen. Und er hatte viele davon entdeckt. Er schloß die Augen und dachte an den Salton Sea, der einst ein Holiday-Resort für Wohlhabende war. Mittlerweile war der See vollkommen versalzen, vermüllt und vergiftet. An seinen Ufern wohnten nur noch *Motor Home*-Bewohner, und das, was einmal Salton City werden sollte, wurde nun Bombay Beach genannt. Nirgendwo hatte Thomas so viele tote Fische am Ufer liegen sehen. Oder die riesigen leeren Flächen mit den staubigen Pisten von Honda und Toyota. Die beiden Autohersteller hatten große Gebiete in den USA gekauft, die sie als *Motor Proving Grounds* benutzten. Entweder war es dort totenstill oder jemand raste wie ein Berserker die ovalen Bahnen entlang. Ein Normalmaß an Geschwindigkeit, zwischen Stillstand und Wahnsinn, gab es dort nicht. Diesen *Motor Proving Grounds* verblüffend ähnlich sah ein Stück Land Art von Michael Heizer, der mehrere Bahnen mit dem Auto in den Boden gefahren hatte – beim ersten Besuch hatte Thomas das Kunstwerk prompt für die Toyota-Anlage gehalten.

Ebenso zufällig hatte er das *Abandoned Photovoltaic Array* entdeckt, eine stillgelegte Anlage zur Solarenergiegewinnung. Auf einer weiten Ebene lagen Tausende halb demontierter Solar-Module wie umgeknickte Pilze oder zerstörtes

Spielzeug von Riesen. Ihre trostlosen Reihen nahmen einfach kein Ende.

Nicht weniger gespenstisch war die funktionstüchtige Anlage *Solar Two Experimental Solar Facility*, die Thomas, Chantal und Sami mit den Sun People besucht hatten: 2000 Sonnenreflektoren richteten sich automatisch nach dem Lauf der Sonne wie ein Heer nach seinem Kommandeur. Sami war von ihrem Anblick so gebannt gewesen, daß er stundenlang im Schneidersitz ihre kaum merklichen Bewegungen mit unabgewendetem Blick verfolgt und sogar das Abendessen verpaßt hatte.

Von den Sonnenreflektoren schoß Thomas mehrere Fotoserien. Auf der erdig-stumpfen Fläche nahmen sie sich wie ein abstraktes Muster aus. Für Vater konnte das nichts sein, aber Thomas schickte ihm trotzdem ein paar mit *Indian Summer Orange* und *Whaleteeth White* kolorierte Bilder.

Manchmal hatte Thomas sich schon dabei ertappt zu denken: Papa, wenn du wüßtest, daß ich hier nicht einen Gecko, dafür aber bestimmt zehn verseuchte Seen, zwanzig Gefängnisse, fünfzig Müllkippen, hundert Autowracks und, last but not least: vier Tote gesehen habe. Zwei Tote – Mutter und Kind – bei einem Autounfall aus dem Wagen geschleudert, einer, der in einer Felsspalte im Brice Canyon klemmte und wohl verdurstet war, und dann der Typ, der sich in der Mojave aufgeknüpft hat. Wenn du wüßtest, wie veränderbar die Landschaft hier ist, gestern eine Ranch, morgen eine Hollywoodfilmkulisse, übermorgen eine Radaranlage und überübermorgen ein Schild mit dem Hinweis auf eine *Military Training Area*! Hier ist nichts heilig, schon gar nicht die nicht vorhandene »Ordnung«, hier wird alles angetastet – so lange, wie die Welt in deinen Terrarien schon unverändert ist, hat hier nichts Bestand. Und wie du dich immer bemüht hast, die Wasserfilter in den mit kleinen sprudelnden Bächen oder Tümpeln versehenen Terrarien zu verdecken, wie du jeden Schlauch und jede Klammer mit Steinen, Dickblattgewächsen und Sand versteckt hast. Und hier? Hier liegt alles offen unter der Sonne wie am Tag des Jüngsten Gerichts.

Die ungeschminkte Melancholie der *Desert Sites* hatte für Thomas von Anfang an etwas Erleichterndes gehabt. Eine andere Melancholie war das als die, die zu Hause im Schein der Tropenlampe auf Vaters andächtig geschlossenen Lidern erahnbar war, wenn er vor seinen Terrarien kauerte, als würde er meditieren oder gerade eine höhere Weihe empfangen. Er sah hingebungsvoll, aber auch alt und traurig dabei aus. Vater mit seiner Schwäche für malerische Sonnenuntergänge, für aufgerichtete Lurche vor lilafarbenem Himmel, für schillernde Libellen über smaragdgrünem Wasser, dessen Oberfläche sich in konzentrischen Kreisen kräuselte; Vater mit seiner Geo-Heft-Romantik. Die Melancholie ... erahnbar im Rauschen des Duschwassers auf dem Körper seiner einsamen Mutter, den sein Vater bestimmt seit Jahren nicht mehr berührt hatte, erahnbar in der Mächtigkeit der Sahne auf den Kuchenstücken, die seine Mutter mit einem Stolz präsentierte, der Thomas zutiefst deprimiert hatte. Selbst Silvester, wenn seine Mutter mit Vater tanzen gehen wollte, saß er noch bis fünf vor zwölf auf seinem Cordkissen vor den Terrarien. Und dann dieses asthmatische Röcheln von Sylvia, wenn ein Gespräch eine unangenehme Wendung nahm, wenn Mutter leise angemerkt hatte, daß Vater wieder am Sonntag im Geschäft aufgeräumt hatte, statt mit ihr in die Kirche zu gehen. David, der so linkisch um Vater herumstrich, ihm abseitige Theaterrollen vorspielte und auf Beifall oder wenigstens Interesse hoffte. Noch als Zwanzigjähriger zog er seine One-Man-Shows ab – gespickt mit kleinen, provokanten Sätzen – und merkte gar nicht, wie sehr dies alles ihren Vater langweilte und peinlich berührte. Und Anna mit ihrer ewigen guten Laune und unerträglich munteren

Art, die stets zu glauben schien, wenn man nur genug Vitamine und Gesprächstherapiestunden verabreicht bekäme, würde *alles gut* werden.

Bennie hatte er eigentlich nie richtig kapiert. Der hatte wenigstens den Mut gehabt, nach Berlin zu ziehen … Frauen und Träumen nachzugehen, die Nacht zum Tag zu machen und nebenbei Kunst … der hatte auch an einem anderen Ort seinen *Orbit* gefunden.

Zu Thomas' Beklemmung zu Hause kam hinzu, daß Vater ständig seine Nähe gesucht hatte. Da er das einzige seiner Kinder war, das einigermaßen naturwissenschaftlich und technisch begabt zu sein schien, setzte sein Vater große Hoffnungen in ihn. Äußerungen wie »später mal die Tierhandlung übernehmen« oder HONEYLIFE sanieren, kamen ihm mehr als einmal zu Ohren. Thomas ersparte es sich, seinem Vater zu sagen, daß man sich mit einem abgeschlossenen Studium in Verfahrenstechnik hoffnungslos unterfordert fühlen würde, wenn man den ganzen Tag in der GROSSEN ZOOTIERHANDLUNG säße und Lurche füttern würde.

Seltsamerweise wurde er von den Geschwistern wegen seiner Sonderstellung bei Vater nicht gehaßt, im Gegenteil, sie schienen die Bewunderung für ihn einfach übernommen zu haben. Er war der Nachzügler, das kleine Wunderkind – und niemand wollte und konnte ihm diesen Status streitig machen.

Auch zu Sylvia hatte Vater ein engeres Verhältnis als zu den übrigen Geschwistern, aber Thomas schien es bisweilen, als hätte sie die Rolle seiner Sekretärin oder Assistentin eingenommen. Sylvia half in der Tierhandlung sehr oft aus. Nach ihrer Arbeit kam sie in die Tierhandlung, um Futterbestellungen aufzugeben, die Tierapotheke zu sortieren oder schlicht den Laden zu putzen. Die Steuererklärung hatte sie im Laufe der Jahre fast vollständig übernommen, erntete aber immer nur schwaches Lob von Vater – so, als sei es vollkommen selbstverständlich, daß sie – als Vollzeitbeschäftigte – in ihrer Freizeit für ihn arbeitete.

Thomas hingegen brauchte nur eine defekte Neonröhre in einem Terrarium auszuwechseln – eine Arbeit von fünf Minuten –, und Vater bedankte sich so überschwenglich, daß es ihm peinlich war.

Besonders unangenehm waren Thomas Vaters unbeholfene Versuche, Körperkontakt zu ihm herzustellen. Den Zärtlichkeiten seiner Frau schien er stets auszuweichen. Nur bei Anlässen wie Weihnachten, Ostern oder Geburtstag legte Vater – fürs Foto – seinen Arm um sie oder ergriff ihre Hand, als würde er nach seinem Schlüsselbund oder der Fernbedienung langen. Kaum war das Bild geschossen, lehnte Vater sich zurück.

Seinen Jüngsten hatte er jedoch gern in seiner Nähe. Wenn er abends auf seinem Cordkissen vor den Wohnzimmer-Terrarien saß, rief er Tommy oft zu sich, zog ihn auf seinen Schoß, ließ sein Kinn auf Tommys Kopf sinken und rieb es dann auch noch hin und her. Jedesmal entwand sich Tommy diesen Umarmungen. Oft zählte er dabei bis hundert, um ein bißchen Zeit verstreichen zu lassen und seinen Vater nicht völlig zu kränken, dann machte er sich – meist unter dem Vorwand, aufs Klo zu müssen – endlich frei.

Besonders schrecklich aber waren die Gutenachtküsse. Vater küßte ihn links und rechts auf die Wange, aber immer so, daß die Lippen seine Mundwinkel gerade berührten. Es war eine Art schüchtern angedeuteter Kuß auf den Mund. Vielleicht, hatte Thomas manchmal überlegt, hatte Vater David und Bennie, die so viel älter waren und beide ausgesprochen männlich und gut aussehend, doch als Konkurrenz oder zumindest als größere Herausforderung empfunden und daher mehr Abstand gehalten. Er, Thomas, hingegen, mit seinem weichen, lieben Gesicht, provozierte niemanden und senkte meist den Blick, wenn man ihn anredete. Vielleicht liebte Thomas Orte wie diese Wohnwagenkolonie, weil er spürte, daß er die Melancholie, die er von zu Hause mitbekommen hatte, nicht durch Ablenkung, sondern nur in der direkten Begegnung überwinden können würde. Vielleicht verhielt es sich mit ihr ähnlich wie mit der Homöopathie: Man versucht, Gleiches mit Gleichem zu bekämpfen. Und richtig: Nach der ersten Eingewöhnungsphase hatte sich aus seiner anfänglichen Desorientiertheit und Verunsicherung auf einmal so etwas wie innere Zufriedenheit eingestellt. Es war wie die Entstehung der ersten Moleküle aus dem vermeintlichen Vakuum: Plötzlich war da etwas. Erst kommt der Müll und dann das Nichts und dann noch einmal das Nichts und dann die Schönheit.

An einem ihrer ersten Abende in der Wüste hatte Thomas mit Chantal vor ihrem Wohnwagen im Gras gelegen, ein Pfeifchen geraucht und sich das warme Öl der mexikanischen Teigtaschen, die sie gegessen hatten, von den Fingern geleckt. Vor ihnen erstreckten sich in geschwungener Linie einige mit Blaugrasbüscheln bewachsene Hügel; sie waren gespickt mit auf dem Rücken liegenden alten Karosserien. Als sie langsam in eine rostrote Dämmerung getaucht wurden, ging ihm durch den Kopf: »Das Bluegrass der Romantik …« Er machte ein Panoramafoto, kolorierte es mit *Tropic Ocean Blue* und *Rusted Love Red* nach und schickte es mit genau diesen Worten seinem Vater. Wüstengruß: Tommy.

Natürlich wollte er seine Eltern eines Tages wiedersehen, aber er verschob den Zeitpunkt für eine Deutschlandreise immer wieder. Nie hatte er sich die Radikalität seines Handelns wirklich erklären können. Er wußte nur eines: Sein Elternhaus hatte wie ein Antimagnet auf ihn gewirkt, von ihm ging ein geradezu physisch spürbarer Impuls aus, der Thomas zu Abiturszeiten noch nachts auf die Straße trieb und ihn später mit Chantal, deren rüdes Verhalten er, der Musterschüler, bewunderte, das Land verlassen ließ. Er hatte seinen Vater nicht mehr ertragen können, nicht, wie er sprach, aß, seine Dinkelbrötchen auf den Schoß krümelte, gähnte, mit offenem Mund vor dem Waran-Terrarium einschlief, mit gewichtiger Miene in einem Geo-Heft etwas fett anstrich, den Finger anleckte, um die Seiten einer Zeitschrift umzublättern, die Art, wie er mit dem Spazierstock ausholte, wenn er über Bienen dozierte ... Geblieben war die Erinnerung an ein Stilleben: viel zu dunkle Räume, rotes warmes Licht, das auf Tierkörper fiel, schwarze glänzende Ledersessel, ein blankpolierter Wohnzimmertisch, eine Obstschale, in der nie Obst lag, und ein abgewetztes Cordkissen.

Vielleicht waren es diese Erinnerungen, die ihn immer wieder, selbst hier in der Wüste mit einem Wohnwagen als Bleibe, weiter hinaustrieben.

Einmal war Thomas mit dem vagen Ziel aufgebrochen, sich die Umgebung des Großen Salzsees in Utah anzugucken. Das war in der Zeit, in der er viel gearbeitet hatte und wochenlang nichts anderes als Baupläne und Gefängnistoiletten zu Gesicht bekam.

Auf dem Weg von Twentynine Palms nach Norden erreichten sie nach gut zwölf Stunden Wendover, ein verschlafenes Nest an der Grenze zwischen Nevada und Utah, in dem sie übernachten wollten. Nachdem sie ihre Proviantbrote gegessen (Thomas ging nie in Fastfoodrestaurants, sondern machte sich immer noch Brote, wie seine Mutter sie ihm in Fürstenfeldbruck geschmiert hatte) und den schwankenden Landeanflug einer Privatmaschine beobachtet hatten, machte sich Thomas klar, daß hier in Wendover das gesamte Flugtraining für den Atombombenabwurf stattgefunden hatte. In einem kleinen Museum neben dem Flughafen konnte man eine vom Piloten der *Enola Gay* stolz signierte Attrappe von *Little Boy* in Augenschein nehmen. Muntere Rentner drängten sich erwartungsfroh an ihnen vorbei, aber Sami interessierte sich überhaupt nicht für *Little Boy*; er wollte sich nicht mit den aufgedrehten alten Leuten in ein Museum quetschen, und Thomas war froh, seinem Sohn nicht die Geschichte der Atombombenabwürfe erklären zu müssen.

Nachdem sie getankt hatten, stießen Thomas und Sami keine hundert Meter weiter auf einen Wohnwagen mit einem ungewöhnlichen Logo: Es stellte einen von einem Breiten- und Längengradnetz überzogenen Globus dar, um den herum der Schriftzug *The Center for Land Use Interpretation* zu lesen war. Als Thomas und Sami ausstiegen, kam ihnen ein sympathisch wirkender Mann entgegen. Er stellte sich als John aus Santa Monica vor und erklärte, daß er für das *CLUI* arbeite. Später kam Thomas darauf, daß dies die Abkürzung für *Center for Land Use Interpretation* sein mußte. Die Aufgabe des *CLUI* sei es, sich mit dem *Backspace of America* zu beschäftigen und diese Un-Orte, in Johns Worten *Strange Sites*, zu dokumentieren: Industriegebiete, Gefängnisse, Militäranlagen, Müllhalden, Land-Art-Objekte, Windanlagen und so weiter. *CLUI* gab Broschüren, Reiseinformationsblätter und Fotobände heraus, verschickte Newsletter und besaß ein umfangreiches Archiv mit Materialien zu diesen »Un-Orten«.

Bald saßen Thomas und Sami auf dem kleinen Treppchen des Wohnwagens und tranken mit John eine Cola.

Er erzählte ihnen von einem Städtchen, in dem jeder Bewohner neben einer Garage auch einen kleinen Privat-Hangar (»Rosamond Skypark – A Luxury Fly-in Community«) besaß, oder einem etwas in die Jahre gekommenen Saurier-Park mit einem Brontosaurus, der in seinem Bauch ein kleines Museum beherbergte. Diesen Hinweis kritzelte Sami sofort in seinem Memo-Block und setzte ein großes, dickes Ausrufungszeichen daneben. Ins Herz geschlossen hatte John auch die riesigen ausrangierten Film-Kulissen, die »die Industrie«, also Hollywood, einfach in die Wüste entsorgt hatte – unter anderem eine Pappmaché-Sphinx. Es gab sogar noch Exzentrischeres wie die *Integratron Energy Machine* mit einem elektromagnetischen Schwingungsgenerator zur

Verjüngung, UFO-Beobachtungsgeräte (in deren Nähe in manchen Nächten junge Leute kampierten und CDs mit Walfischmusik in höchster Lautstärke hörten – mitten in der Wüste) oder das von Jacques-Andre Istel gegründete Städtchen mit dem *Felicity – Center of the World*-Tempel. Wie der selbsternannte Philosoph Istel auf einer Kugel, nämlich der Erde, ein Zentrum ausmachen konnte, hatte sich John zwar noch nicht erhellt, aber der Tempel strahlte fraglos die Ruhe und Heiterkeit der einzigen und wahren Mitte der Welt aus – auch wenn er auf verlorenem Posten in der Wüste stand.

In Wendover wiederum hatte *CLUI* einen Wohnwagen eingerichtet, um Künstlern aus aller Welt die Möglichkeit zu geben, in dieser bizarren Region eine Zeitlang kostenlos leben und arbeiten zu können. Eine junge Architektengruppe sei gerade dabei, eine Militärbaracke aus dem Zweiten Weltkrieg neu zu gestalten.

Als sie ihre Cola ausgetrunken hatten, gab John Thomas seine Visitenkarte: »Melde dich mal.«

Gutgelaunt stiegen sie wieder in den Jeep – nicht ohne von John noch einige Broschüren in die Hand gedrückt bekommen zu haben.

»Sami, was tun wir jetzt? Ein Motel zum Schlafen suchen oder noch einen Spaziergang machen?«

Sami wiegte den Kopf bedächtig hin und her. Dann sagte er, obwohl sie heute bereits zwölf Stunden im Auto gesessen hatten: »Am liebsten noch mal in die Wüste fahren, Papa. Und da tun wir dann nichts.«

Thomas fuhr seinem Sohn durch die Haare, dann nahm er einfach den nächsten Schotterweg. Eine Weile lang passierten sie noch Autohändler, Schrottplätze, Supermärkte und Industrieanlagen, doch bald umgab sie nichts als versteptes Gelände, mal hügelig, mal flach. Aus einem diffusen Gefühl von Verlorenheit und Neugierde fuhr er weiter. Schließlich kamen sie in ein riesiges Tal, von dem Thomas später erfuhr, daß Geographen ihm den schlichten Namen Newfoundland Evaporation Basin – Verdunstungsbecken – gegeben hatten. Es war ein Gebiet in unbeständigem Zustand: mal See, mal Wüste.

Nachdem sie den Hügelkamm um das Tal schwitzend und erschöpft erstiegen hatten, sahen sie auf einmal einen Scheinwerfer mit sehr starkem Licht. Er wurde von einem Windgenerator und zwei großen Spiegeln, die Thomas erst beim Näherkommen als Solar-Module erkannte, flankiert. Zunächst hielt er das Ganze für eine militärische Anlage, aber da sie nicht bewacht zu sein schien, vermutete er, daß jemand in diese ferne, unbewohnte Region vorgedrungen war, der nichts Geringeres vorgehabt hatte, als ein mit Wind- und Solarenergie gespeistes, vollkommen autark funktionierendes Licht für niemanden und für alle in den Tag- und Nachthimmel zu schicken; das Nichts zu erleuchten und sich noch einmal sich selbst im Spiegel vorzuhalten. Die großen Spiegel, die den in Altrosa leuchtenden Hügelkamm und die aufgetürmten Kumulus-Wolken reflektierten, sahen aus wie phantastische Barockgemälde mit der Fähigkeit, ihr Sujet Wetterumschwüngen und Jahreszeiten anpassen zu können.

Das Glück, das Thomas beim Anblick dieser so seltsamen, strengen und schlichten Installation empfunden hatte, war etwas Neues für ihn, etwas gefühlsmäßig Neues. Ein Gefühl, am rechten Ort zu sein und nichts mehr zu wollen, nicht mehr woanders hinzumüssen, sondern einfach nur *jetzt da* zu sein. Ein umfassendes Gefühl von Glück, das er dort, wo er es am wenigsten erwartete, gefunden hatte: Erst kommt der Müll und dann das Nichts und dann noch einmal das Nichts und dann die Schönheit. Es war nicht dieses pochende Glück, das er als Teenager empfunden hatte, als er den ersten Preis beim »Jugend forscht«-Wettbewerb in Empfang genommen hatte. Es war auch nicht die erschöpfte Zufriedenheit, die er verspürt hatte, als er sein Einser-Abitur-Zeugnis entgegennahm. Es war etwas anderes. Er war Teil von etwas Größerem, Teil von einem zeitlos-ewigen System geworden. Zumindest diesen Leitgedanken der Sun People hatte Thomas damals schon für sich empfunden, verinnerlicht.

Er hatte keinen Ehrgeiz mehr, seitdem er in die Wüste gekommen war. Vaters ewiges Aufbauen-Wollen und Mutters ewiges Horten war ihm hier vollends fremd geworden. Das Wissen darum, daß Kalifornien ein geotektonisches Krisengebiet war und viele Leute hier mit dem Bewußtsein lebten, daß all ihr Hab und Gut und auch ihr eigenes Leben jederzeit von einem Erdbeben bedroht war, tat ein übriges. Er erinnerte sich an einen Farbigen, der in L. A. zu ihm gesagt hatte: *»People live here in a theme park of possible dangers: orcans, floods, firebursts, earthquakes, robbery – well, what did I miss?«*

Seit Thomas hier war und niemand mehr etwas von ihm wollte, seit er nichts weiter tun mußte, außer mit seinem wunderbaren Sohn an der Hand die absurdesten und traurigsten Orte Amerikas zu kartographieren, war in seinem Leben zum erstenmal so etwas wie Leichtigkeit. Hier war nur der Ausstoß von allem, der Abfall, das Hinterlassene. Die Abwesenheit von Leben hatte etwas unendlich Beruhigendes. Hier konnte man leben wie ein Maulwurf oder wie Gott.

Thomas beobachtete jetzt einen Mann, der sich im Cockpit eines ausgeweideten Flugzeugs zu schaffen machte. Nach einer Weile schien er es aufzugeben, etwas Brauchbares finden zu wollen. Er öffnete ein Dosenbier und lehnte sich entspannt im schattigen Cockpit zurück. Bald darauf schien er ein Nickerchen zu halten. Sei's ihm vergönnt, dachte Thomas und schloß selber für einen Moment die Augen.

Ein aufgeregter Sami rüttelte ihn an der Schulter: Er hatte einen Zug entdeckt – zwei in einer Stunde, das war viel! –, den mußte sich Thomas natürlich auch ansehen. Diesmal schrieb Sami sich die Aufschriften auf den Waggons ab. Er gab sich große Mühe dabei und ritzte mit seinem Stummelbleistift tief in das Papier. Thomas rauchte und erfreute sich am Anblick seiner makellos weißen glänzenden Pyramide in dem Meer aus rotem Sand. Seine, ja.

Während Sami eifrig kritzelte, rauchte er wieder – diesmal Gras, was er sich eigentlich abgewöhnen wollte – und wurde müde. Wenn er weniger von diesem Zeug rauchen würde, dann würden sich seine Gedanken nicht so oft im Kreis drehen. Langsam breiteten sich auf dem Inneren seiner Lider Bilder der verschiedenen Wüsten aus, die er mit Chantal auf ihrer Weltreise gesehen hatte.

Die Negev. Als sie den Jordan überquert hatten, war Chantal bei der Hitze in dem 400 Meter unter Normalnull gelegenen Tal ohnmächtig geworden. In einem schwarzen Plastikzelt neben einem auf dem biblischen Boden gelb vor sich hin spuckenden Chemiewerk hatten sie neben Beduinen gesessen und Ingwerwurzelstücke gegen Kreislaufbeschwerden gekaut. Später lagen sie im Toten Meer auf dem Rücken und lasen Zeitung. Fotos davon hingen in seinem Wohnwagen über dem Bett.

Die acht Wochen, die sie für die Durchquerung der Sahara gebraucht hatten, schrumpften in seiner Erinnerung auf eine einzige lange verwehte Piste mit schlechter Sicht zusammen. Hin und wieder hatten sie Beduinen gesehen, aber eigentlich war er ständig damit beschäftigt gewesen, den Lastwagen zu flicken und Chantal bei Laune zu halten.

In der Namib in Südwestafrika hatten sie überhaupt keinen Menschen angetroffen. An der langen Küstenwüste waren im Laufe der Jahrhunderte fast zweitausend Schiffe gekentert, manche Wracks lagen noch heute dort herum. Dieses Elend hatte ihn bis in den Schlaf verfolgt. Wer hier strandete, war bis vor wenigen Jahrzehnten dem sicheren

Tod preisgegeben. Meer und Wüste. Und nichts dazwischen. Nicht mal zwei Meter Steppengras. Nichts.

In der Atacama in Chile hatte Thomas sich permanent bedroht gefühlt. Weil es hieß, daß die Indios oft von den Bergen herabkämen und es kaum Touristen gab. Aber meistens blieben die Indios unsichtbar. Einmal hatte er seinen Rucksack nur zwei Minuten hinter einem Felsen liegengelassen, und prompt war ihm wie von Geisterhand seine Wasserflasche geklaut worden. Deswegen war er auf dem fast dreizehnstündigen Rückweg beinahe verdurstet. In Mexiko glich die Wüste, zumindest dort, wo sie sie kennengelernt hatten, einem riesigen Basar. Mit Tüten und Taschen beladen, waren Chantal und er zurück in ihre Hütte gestolpert.

Aber hier in Kalifornien waren die Wüsten nicht mehr biblisch, geheimnisvoll, menschenleer oder überraschend betriebsam: Sie erinnerten ihn nur noch an einen zugemüllten Hinterhof – in dem hin und wieder bemerkenswerte Kuriositäten zu finden waren. Thomas war durch Ortschaften gefahren, in denen kaum jemand lebte außer den Angehörigen von Gefängnisinsassen oder ihrer Wärter. Er war auf ausgetrockneten Salzseen gewesen, an denen Mörder ihre »soziale Reintegration« übten, indem sie miteinander unter Ausschluß der Öffentlichkeit im Rennwagen saßen. Er hatte Orte wie den Cheyenne-See entdeckt, der künstlich angelegt worden war, damit die Wohlhabenden auch in der Wüste Wasserski fahren konnten. Und einmal hatte Thomas auf einer gelben Ebene eine Kolonne von mindestens zehn feuerroten Stretch-Limousinen erblickt; irgend jemand gratulierte per Lautsprecher zu einer gelungenen Hochzeit. Als die Stretch-Limousinen verschwunden waren, hatte Thomas das Gefühl, er wäre Zeuge einer Fata Morgana geworden.

Und dann war da noch die Mojave: Nach einem langen anstrengenden Tag, an dem er ein Kanalisationsprojekt zum Abschluß gebracht hatte, fuhr Thomas mit heruntergekurbelten Scheiben zufrieden nach Hause, als er rechter Hand bemerkte, wie ein Mann im Begriff war, sich am Arm eines mächtigen verdorrten Kaktus am Rande der Mojave-Wüste zu erhängen. Thomas hatte angehalten und überlegt, ob er ihn von seinem Vorhaben abhalten sollte – aber er wußte nicht, was er diesem Fremden sagen und womit er ihm das Weiterleben schmackhaft machen sollte, welche Berechtigung er überhaupt hatte, irgend jemanden am Freitod zu hindern. Er hatte in seinem Jeep gesessen, roten Staub von den Armaturen gepustet und sich eine Zigarette angesteckt. Schließlich war er weitergefahren. Am nächsten Morgen kehrte er an dieselbe Stelle zurück und rief beim Anblick der im Sandsturm baumelnden Leiche die Cops.

Kurz nach diesem Erlebnis lernte Chantal auf einem ausgetrockneten Salzbecken die beiden amerikanisch-japanischen Pärchen Misaki & Shun und Miyu & Takumi kennen. Sie hatten ihre Energy Drinks geteilt, und Chantal hatte erzählt, daß ihr Mann Wasserrohre in die Wüste legen und sich um die Abwässer der Gefängnisse kümmern würde. Die vier Wüstenfreaks hatten dieser Information wenig abgewinnen können. Ein Ingenieur war in ihren Augen ein Business Man und gehörte somit zu einer nicht geschätzten Sorte Mensch. So, wie Chantal von dem Gespräch mit den Japanese American berichtete, hatte Thomas plötzlich das Gefühl, auch sie fände seinen Beruf irgendwie anrüchig. Chantal hatte inzwischen mit dem Verkauf von Second-Hand-Haushaltsgeräten in einem halb verlassenen Städtchen begonnen. Es war kaum noch bewohnt, weil das Gefängnis in seiner Mitte – also der Dreh- und Angelpunkt des Lebens, ähnlich einem Marktplatz in einer europäischen Kleinstadt – eines Nachts abgebrannt war. Es hatte viele Tote gegeben, und es war nie zweifelsfrei geklärt worden, ob das Feuer nicht gelegt worden war. Hin und wieder kamen jedoch Leute mit Trucks in den Ort, um Schrott zu kaufen. Langsam entwickelte sich das Städtchen von einer ehemaligen Knast- zu einer Schrott-Town; ein paar Bars und Cafés, ein Bordell und einige Billig-Discounter öffneten. Und so hatte auch Chantal ihr Plätzchen gefunden; jede Woche kam sie mit, wie sie fand, interessanten Menschen (sie benutzte den Ausdruck »Menschen« nie, sie sprach grundsätzlich von »freaks«) zusammen.

Miyu und Takumi hatten wiederum erzählt, daß sie Heilkräuter aus Kyushu, der mit subtropischem Klima gesegneten japanischen Südinsel, in Kalifornien anpflanzen und damit über Internet-Verkäufe *quite some dough* machen würden. Ansonsten verbrächten sie viel Zeit mit einem Kreis von Menschen, die ihnen einen neuen Blick auf den Südwesten, auf Amerika, eigentlich auf das ganze Leben eröffnet hätten.

Ihr erstes Treffen mit den Sun People fand in einem eine halbe Million Jahre alten erloschenen Vulkankrater in Arizona, nördlich von Flagstaff und nahe der Reservate der Navajo und der Hopi, statt. Mit seinem Roden Crater hatte der Künstler James Turrell ein System von Räumen, Verbindungsgängen und Aussichtspunkten geschaffen, das in erster Linie der Wahrnehmung des Lichts diente: des Lichts des Mondes, der Venus, des Jupiters, aber auch des Sonnenlaufs. Vom Kraterrand aus konnte man die Painted Desert überblicken. Thomas war von der Farbigkeit der offenliegenden Sedimentschichten, die der Painted Desert ihren Namen gaben, ebenso beeindruckt wie von der riesigen unterirdischen Anlage des Künstlers. Durch seinen Feldstecher konnte er Sami auch die Felsabbrüche des Grand Canyons in der Ferne zeigen. Er wußte noch nicht, was er von diesen Sun People halten sollte, aber zumindest hatten sie ein sicheres Händchen für Versammlungsorte, die einen demütig stimmten.

Nachdem jeder Neuling mehrere Stunden mit der Erkundung der Anlage und ihrer Umgebung zugebracht hatte, erschien ein magerer, in einen weißen Kimono gewandeter Koreaner, der sich als Ya Long vorstellte. Zur Erläuterung des Komplexes zeigte er ihnen einige Graphiken von James Turrell. In Luftaufnahmen des Vulkans – für diesen Künstler war das Flugzeug ein Arbeitsmittel wie Stift und Zeichenblock – waren Höhenlinien, Querschnitte, Grundrisse und Perspektiven eingezeichnet, so daß sie allesamt wie Zeugnisse einer astronomischen Geheimwissenschaft wirkten.

Thomas, der jeden Tag mit Bauplänen zu tun hatte, war von ihrem paradokumentarischen Charakter fasziniert. Noch nie hatte er solch eine Kreuzung aus Abbildhaftigkeit und Imagination gesehen. Reale, mythische und subjektiv-emotionale Elemente verbanden sich zu abenteuerlichen Skizzen. Ihm schien, als würde jemand genau das, was er sich selber manchmal ausgedacht hatte, wenn er in der Wüste Kanalisationsprojekte beaufsichtigte, weitergedacht und zu Papier gebracht haben.

Chantal interessierte sich für eine Raumflucht, von der aus man die südlichste Umlaufbahn des untergehenden Mondes beobachten konnte. Ya Long machte mit einem Stab Kreisbewegungen in der Luft. Misakis Zwillinge Yuu und Yuuka legten zu seinen Füßen Muster aus Wüstenblumenblüten auf dem Steinboden.

Währenddessen bauten einige Mitglieder Zelte auf; dort, hieß es, würde für alle gekocht und eine Übernachtungsmöglichkeit geschaffen. Daß Thomas hier und da Fotos machte, störte niemanden; im Gegenteil, auch andere hatten Kameras dabei.

Nachdem man sich in der Kratermitte zusammengesetzt hatte, erteilte Ya Long eine Einführung in Planetenkunde, und Thomas begriff langsam, worum es den Sun People ging: Ihre Sekte, die vom Taoismus, vom Chan-

Buddhismus und vom Shintoismus gleichermaßen inspiriert war, setzte die Gleichwertigkeit von belebter und unbelebter Materie voraus. In ihren Augen war ein Mensch nicht mehr wert als ein Stein oder eine Maus. Kosmos, Erde und Mensch seien analog strukturiert. Was zählte, seien nicht die veränderlichen Erscheinungsformen der Materie. Die gesamte organische und anorganische Materie setzte sich aus Sternenstaub zusammen; somit durchlebten alle in Kreisläufen nur verschiedene Stadien des Seins – doch niemand sei »mehr oder weniger als ein Staubkorn«. Einzeller, Ameise oder Mensch besaßen für sie keine unterschiedliche Wertigkeit. Für alles Menschengemachte hatten die People wenig Sinn, da es nicht ewig währen und daher in ihren Augen nur eine periphere Erscheinung sein konnte.

Von elementarer Bedeutung waren Luft, Licht und Raum. Und all dies fanden sie in der Wüste mit ihrem sternklaren, wolkenlosen Himmel. Sie verehrten die Sonne als ein »unermüdliches Gestirn«, sie liebten klare Formen, schlichte Objekte und die Farben Schwarz, Rot und Weiß. Miyu und Takumi legten mitten in der Wüste mehrere Quadratmeilen große Zen-Gärten an. Während in Japan ein Charakteristikum der Zen-Gärten ihre Kleinheit und Überschaubarkeit ist, hatten sie in ihr Weltbild »amerikanische Dimensionen« übernommen und schufen Gärten, die man eigentlich nur mit dem Auto abfahren konnte. Ohne dies als unpoetisch zu empfinden, sprachen sie von *Car Gardens.*

Das höchste Gut für die Sun People war jedoch das abstrakte Regelwerk, nach dem das Universum funktioniert. Wie das Dharma im Buddhismus wird dieses Regelwerk als unveränderlich und ohne Intention aufgefaßt; weder liebt noch haßt es den einzelnen, es nimmt ihn nicht einmal wahr – weshalb der Buddhismus gelegentlich auch als »atheistische Religion« bezeichnet wird. Die Sun People verstanden sich, in Ya Longs Worten, als tief gläubige Atheisten.

Die Mitglieder der People mußten sich einmal wöchentlich im *Desert House* (das damals noch ein großer Wohnwagen war) und einmal monatlich an verschiedenen weit verstreuten *Power Sites* versammeln. Die Entfernungen, die zurückgelegt werden mußten, waren meistens sehr groß. Die regelmäßige Teilnahme an diesen Versammlungen bestimmte also weitgehend das Leben der Sektenmitglieder.

Durch diese Treffen lernten Thomas und Chantal im Laufe der Zeit fast alle berühmten Großraumskulpturen im Südwesten kennen. Sie übernachteten in Wohnwagen an Walter De Marias *Lightning Field* und sahen hinter staubverschmierten Fensterchen zu, wie ein Gewitter das Feld der vielen Stahlstelen flackernd erhellte. Sie knieten vor in den Sand eingelassenen Metalltrichtern von Michael Heizer nieder und beobachteten, wie heißer Wüstenregen in ihnen dampfend wie aus Kesseln aufstieg.

Ein anderes Großraumwerk, das die Sun People als *Power Site* auserkoren hatten, war *Star Axis* – Sternenachse –, ein Observatorium in New Mexico. Der Name bezog sich auf die Erdachse und das mit ihren Verlagerungen einhergehende Phänomen der Präzession. Auf einer zum Polarstern ausgerichteten Treppe schritt der Besucher vorwärts und rückwärts durch die Zeit, wobei der sichtbare Ausschnitt des Himmels jeweils einem anderen Jahrhundert entsprach. Bis ins 16. Jahrtausend nach Christus und bis 10 000 Jahre vor Christus konnte man hinauf- und hinabsteigen. Als Thomas mit Chantal Hand in Hand in die Zukunft hinaufstiegen und mit ihren weißen Leinenturnschuhen auf jeder Stufe gewaltig Staub aufwirbelten, als seien sie Riesen, schnürte sich ihm der Hals zu.

Wenig später nahmen sie an der jährlichen Versammlung der Sun People am längsten Tag des Jahres teil. An diesem Tag begaben sich alle Mitglieder – es gab nur ein paar hundert – zu den beiden für die Sekte wichtigsten Orten: Tagsüber fuhren sie zur *Spiral Jetty*, einer 1970 erbauten, riesigen, archaisch anmutenden Skulptur von Robert Smithson im Uferbereich des Großen Salzsees in Utah – nachts suchten die People die, für amerikanische Verhältnisse von der *Spiral Jetty* aus gesehen, ausgesprochen nahe gelegenen *Sun Tunnels* von Nancy Holt auf, um die Sternbilder im Wendekreis des Krebses zu betrachten. Die *Spiral Jetty* – die Ikone der amerikanischen Land Art – schien ihnen allein schon durch ihre schiere Größe zu imponieren. Nicht weniger als 6650 Tonnen Geröll und Steine hatte Smithson aufgeschüttet. Die Spirale maß insgesamt 1500 Fuß in der Länge und 15 Fuß in der Breite. Zahlen und Fakten liebten die Sun People über alles, sie konnten kaum zwei Sätze von sich geben, ohne auf die Größe, Höhe oder das Gewicht eines Objekts einzugehen.

In der Nähe befand sich eine verrottete Industrieanlage zur Ölgewinnung aus Teerablagerungen. Bei dem Gelände für *Spiral Jetty* hatte sich Smithson keineswegs für ein Terrain entschieden, das Unberührtheit von der Zivilisation suggerierte. Natur und Zivilisation waren für ihn keine Gegensätze, die theatralisch ausgesöhnt werden mußten – dem technoid-archaischen Weltbild der Sun People kam solch ein Denken sehr entgegen. Smithson benutzte stets moderne Hochtechnologien; Bulldozer, Bagger und Dynamit gehörten noch zu den simpleren Hilfsmitteln. Laserstrahl-Vermessungen, von Astronomen erstellte Computer-Berechnungen und natürlich das gute alte Flugzeug wurden von fast allen Land Artists verwandt – Carl Andre hatte sogar die aus Jackson Pollocks Dripping-Technik entwickelte und sehr wörtlich genommene Idee, eine 1000-Kilo-Bombe aus einer Höhe von 10000 Fuß fallen zu lassen, um so eine »Krater-Skulptur« zu schaffen. Zudem waren viele Land-Art-Objekte ohne Aviatik gar nicht in der Totalen erfahrbar. Nicht ohne Grund bezeichneten viele Land Artists ihre Kunst als Aerial Art. Auch *Spiral Jetty* konnte man nur aus der Luft begreifen. Folgerichtig hatte James Turrell sein Atelier in einem Hangar auf einem Flughafen untergebracht.

Auch Chantal und Thomas hatten ein kleines Flugzeug besessen – ein altes Klapperteil, an dem Thomas noch herumschrauben mußte, aber immerhin –, bis er keine Aufträge mehr hatte und das Flugzeug für, wie seine Mutter gesagt hätte, 'n Appel und 'n Ei verkaufen mußte. In seinem Jeep fühlte er sich seitdem wie zu Schulzeiten auf dem alten Klapprad, als andere bereits ein Moped besaßen.

Am längsten Tag des Jahres verlas Ya Long einen Text des Künstlers über *Spiral Jetty.* Auf Thomas wirkte er stellenweise wie eine halluzinatorische Schilderung:

»Den Spiralschritten folgend, kehren wir zu unseren Anfängen zurück, zu einem breiigen Protoplasma, einem schwimmenden Auge, treibend in einem vorsintflutlichen Ozean. An den Abhängen von Rozel Point schloß ich meine Augen, und die Sonne brannte karmesinrot durch die Lider. Ich öffnete sie, und der Große Salzsee blutete scharlachrote Strahlen. Mein Blick wurde gesättigt von der Farbe roter Algen, die im Herzen des Sees schwammen und in rubinroten Strömungen pumpten, nein, sie waren Venen und Arterien, die verborgene Ablagerungen ansaugten.«

Eine Art Litanei bildete eine Schlüsselstelle im Text, die mit »Aus dem Zentrum von Spiral Jetty« überschrieben war. Zwanzigmal wurde jeweils eine der Himmelsrichtungen angerufen und dann von allen der stets gleiche Text wiederholt: *»Mud, salt, crystals.«*

Als Thomas mit den Sun People am Großen Salzsee stand, konnte er Smithson plötzlich verstehen: Das Wasser wies tatsächlich eine auffällige Rotfärbung auf. Sie rührte, wie Dorothy Mynard, eine Biologin der Sun People, erklärte, von kleinen rötlichen Garnelen – Brine Shrimps – her, die im warmen Salzwasser ihren idealen Nährboden fanden. Tausende, Millionen, Milliarden, Abermilliarden von ihnen lebten hier, die einzigen Lebewesen, die unangefochtenen Herrscher über das Riesenreich des Sees. Salziger als der Große Salzsee ist nur das Tote Meer. Und dort ist die Wasseroberfläche nicht mehr rot von den Körpern der Garnelen, sondern nur noch weiß vom Salz.

Durch eine unvorhersehbare Veränderung des ökologischen Gleichgewichts war der Wasserspiegel des Salzsees so angestiegen, daß die Spirale nun bereits seit Jahren unter der Oberfläche lag. Smithson, der die Überschwemmung seiner Anlage noch erlebt hatte, bevor er beim Betrachten der Skulptur tödlich mit seinem Flugzeug verunglückte, war hocherfreut über den »entropischen Vorgang«: In ihm sah er eine Verlängerung seiner auf dynamische Entwicklungen abzielenden Arbeit.

Thomas allerdings war nicht hocherfreut, als er nach einer dreizehnstündigen Autofahrt mit einer schlecht gelaunten Chantal und einem völlig erschöpften Sami an der Seite vor einer nur unter der Wasseroberfläche erahnbaren Anlage stand. Die Sun People jedoch rafften ihre weißen Kimonos und spazierten auf den überfluteten Steinen der *Spiral Jetty* entlang. Jeder lief die Spiralform einmal ganz ab. Denn für Smithson war das physische Erlebnis seiner Skulptur das Entscheidende gewesen. Beim Ablaufen der Spirale konnten sich starke Schwindelgefühle und das deutliche Empfinden einer Sogwirkung in den See einstellen. Sami bekam richtig Angst – erst als Thomas ihn huckepack nahm, war er ganz begeistert vom Anblick des in alle Himmelsrichtungen hin leuchtendroten Sees.

Bald schon nahmen Chantal und Thomas regelmäßig an den *Power Site*-Treffen der Sun People teil. Wenn alle Mitglieder eingetroffen waren, wurden Zelte aufgebaut und von Männern und Frauen gemeinsam ein Essen zubereitet. Nach dem Mahl versammelte man sich an einem zentralen Punkt, setzte sich im Kreis nieder. Dann schaute man 15 Minuten lang schweigend in den Himmel, ehe japanische Worte ausgesprochen wurden, die Thomas, der nicht sonderlich sprachbegabt war, nie richtig behalten konnte. Man sehnte sich nach etwas Zeitlosem, Immerwährendem, nicht nach kurzfristigem Rausch. Die Sun People sprachen nie von »Gebeten«, sondern nur von »Sätzen«. Die Sätze, die gemeinsam laut und monoton gesprochen wurden, enthielten klare, schlichte Botschaften. »Die Sonne ist. Der Himmel ist. Wir sind da.« Oder: »Licht Luft Stein Lichtjahr ewig.« Ein anderer Satz lautete: »Kind Junge Mann Greis Erde Salz Kristall Erkenntnis Licht Stern Leuchten ewig«, wobei die Frauen am Anfang einfach: »Kind Mädchen Frau« riefen. Männer und Frauen wurden, im Gegensatz zu vielen anderen Sekten, absolut paritätisch behandelt, denn die Sun People fanden nicht nur die Geschlechtertrennung, sondern schlicht die Geschlechterunterscheidung obsolet und unwichtig. Für sie bedeutete der menschliche Körper ja nur Materie. Fleisch, Blut und Knochen zählten, nicht Brüste, Hoden, Bart oder Nicht-Bart.

Thomas hatte ein paarmal an Mutter und ihren Katholizismus denken müssen. Er erschien ihm unglaublich fern, am menschlichen Maß orientiert, bunt bebildert, narrativ und naiv. Er kam ihm rührend altmodisch vor, während er mit den Sun People in Jeeps durch die Zen-Gärten raste, denn Geschwindigkeit war auch so etwas, was sie liebten. Sie wurden nicht müde zu betonen, »daß die Erde sich mit 29,8 Kilometern pro Sekunde auf ihrer Umlaufbahn um die Sonne bewege«.

Die Mitglieder der Sekte stammten ungefähr zur Hälfte aus dem asiatischen Raum, zur anderen Hälfte waren es weiße Amerikaner oder Europäer. Einige von ihnen übten wie Thomas einen technischen Beruf aus und waren vorher nie in irgendeiner Weise religiös gewesen. Aber das Sich-Besinnen auf elementare Raum- und Zeitbegriffe, auf Unabänderliches schien auch sie anzusprechen. Thomas gefiel die herzliche, warme Atmosphäre unter den Leuten, das Unautoritäre, Unverkrampfte. Es mochte ja Sekten geben, die streng hierarchisch waren, die Sun People waren es nicht. Nein, er hatte keine larmoyante »Ich-bin-ein-Sektenopfer«-Geschichte zu erzählen, er konnte sich nicht selbst bemitleiden. Sie waren fast ausschließlich Akademiker, hatten Kinder und waren richtig im Kopf: keine Ex-Knackis, keine Pilleneinschmeißer wie andere Wüstenhunde hier.

Niemand hatte ihn gezwungen, den People sein ganzes Geld zu geben – außer vielleicht Chantal. Aber auch sie hatte ihn nur gebeten. Und so hatte er eben das *Desert House* bauen lassen – im Glauben, die Auftragslage würde sich nicht ändern.

Glitzernde, das Sonnenlicht zurück in die Unendlichkeit werfende Spiegelfassaden, Treppen, die an allen vier Seiten des Pyramidenbaus hoch ins Nichts führten. Das Teure war nicht das Gebäude an sich, sondern die vielen Verspiegelungen, die Intarsien aus Perlmutt und geschliffenen Kristallen (Sonne, Planeten auf ihren Umlaufbahnen, unter anderem ein riesiger Saturn mit sehr gut nachgebildetem Ringsystem, und – besonders wichtig – die Sternbilder, die am längsten Tag des Jahres am Himmel zu sehen sind) an den Außenwänden. Im Inneren der Pyramide befand sich eine große Küche, Kühlräume und Toiletten – nicht nach Geschlechtern getrennt. Vor allem aber gab es einen Versammlungsraum mit riesigen Fotografien der Sonne. Eine Fotoserie war vom *Solar Heliospheric Observatory*, einem im All stationierten Observatorium, aufgenommen worden. *SOHO* hat die meisten und detailgetreuesten Daten von der Sonne gesammelt, wie Brian McGould, ein in Los Alamos beschäftigter Astronom, der auch Mitglied bei den People war, ihnen erklärt hatte. Auf diesen vier mal drei Meter großen Fotografien sah man komplexe Gasströmungen unterhalb der sichtbaren Sonnenoberfläche, die

Thomas an surrealistische Gemälde erinnerten. Die *SOHO*-Fotografien wiederum säumten ein riesiges Triptychon, das über einer Art Altar hing. Den Ausdruck »Altar« vermieden die Sun People, man sprach nur vom »Tisch«. Der Tisch war stets leer – lediglich rechter Hand befand sich ein kleines Modell unseres Sonnensystems. Das Triptychon bestand aus einer Panorama-Aufnahme der Südpolregion der Sonne, auf der – im Wechsel mit der Nordpolregion – die stärksten Sonnenfleckenaktivitäten stattfanden. Man konnte die Korona, die feurig-flimmernden Lichtbänder der von der Sonnenoberfläche aufsteigenden Protuberanzen genau erkennen. Ein Teil dieser Feuerstreifen wurde von der Schwerkraft der Sonne eingefangen, sank in weiten Bögen zurück und wurde von neuem in den Kreislauf der Sonnenaktivität eingespeist. Ein anderer Teil schoß für immer hinaus ins All. Diese Großaufnahmen, an die die Sun People wöchentlich ihre kurzen klaren Anrufungen richteten, war von der Raumsonde *Ulysses* gemacht worden.

Zum Auftakt der Treffen lief meist eine CD mit imaginierten Geräuschen aus dem Weltall. Sonnenwindächzen, Heliumseebeben, Mount-Olympus-Ausbrüche. Das Gerumpel und Gesause war mit elektronischem Gefiepe überzuckert. Thomas war jedesmal froh, wenn die CD ausklang. Sie war jedoch kommerziell sehr erfolgreich. In den Musik-Journalen der Westküste wurde ihr Stil als *Extraterrestical Ethnic* oder als *Electrical Space* bezeichnet.

Gesungen wurde nie – jede Form von Pathos oder Pomp lehnten die Sun People ab.

Ein paarmal hatte Thomas in Erwägung gezogen, bei den Sun People auszusteigen. Man brauchte nur per Mausklick die Zahlung des Mitgliedsbeitrags einzustellen, dann erlosch auf der Sun-People-Website ein kleines Sonnensymbol mit dem eigenen Namen, wie ihnen zu Beginn ihrer Mitgliedschaft erklärt worden war.

Nach zwei Jahren fand Thomas es ein wenig ermüdend,

jeden Sonntag die gleichen unverständlichen Worte in den Himmel zu rufen und um jede Ameise und jeden toten Käfer einen ehrfürchtigen Bogen zu machen. Er war mit den anderen um Mitternacht aufgestanden, um astronomische Konstellationen zu betrachten, er hatte in japanoamerikanischen *Car Gardens* stoßweise Worte an Steine, Dickblattgewächse, Sandformationen und kreisartige Anlagen gerichtet, hatte nichts nicht mitgemacht, aber war sich doch immer ein wenig wie ein Voyeur vorgekommen. Wenn er ehrlich war, interessierte ihn die Pyramide (er konnte sich an den Ausdruck *Desert House* nicht gewöhnen) in erster Linie aus bautechnischen Gründen. Er kümmerte sich um ihre Instandhaltung und fand, daß sie einfach ein wunderschöner Ruhepunkt fürs Auge in diesem Meer aus Nichts und rotem Sand war – vorausgesetzt, niemand lungerte auf ihr herum. Und Sami war immer so stolz auf ihn: »Papa, die hast *du* gebaut?«

Zwei Monate lang waren er und Sami den Sun People ferngeblieben. Doch dann hatte ihm etwas – nein: viel – gefehlt. Die Gemeinschaft, die Freundschaft zu Misaki, Shun, Miyu und Takumi, Samis Umgang mit den sehr viel jüngeren Zwillingen Yuu und Yuuka, die Huldigung des Schlichten – vielleicht einfach die gewisse Struktur, die die zahlreichen Treffen und Exkursionen seinem Wüstenleben gegeben hatten. Man konnte hier ziemlich einsam sein. Außerdem, und das war der wichtigstes Grund, hätte er es natürlich Chantal nicht antun können, sich von den People zu trennen. Also blieb er. Und so konnte er aus nächster Nähe miterleben, wie Chantal einen anderen Mann kennenlernte: Eigentlich hieß er Angus Liffee, nannte sich aber Angel Lift III. Und Angus, der nur gelegentlich und immer mit Verspätung bei den Sun People aufkreuzte, nahm Chantal eines Tages mit zu den *Ad Astras.* Gegen die Ad Astras waren die Sun People die biedersten Handwerker der Wüste. Die Ad Astras belächelten die People, weil ihr Denken noch in Zeit und Raum verhaftet und »naturalistisch« war – sie hingegen glaubten an Dinge wie, daß man alle 162 Jahre neu geboren wird. Warum 162 Jahre? Das ist einfach so. Jeder Gedanke, den man hat, wird allein qua seines Gedacht-Werdens im gleichen Moment irgendwo auf der Welt von einem anderen Menschen in die Tat umgesetzt. Und so agieren auch wir nur analog zu den Gedanken anderer. Die Befreiung bestand, o Wunder, darin, positiv zu denken. Mit der Kraft der Sterne. Und so weiter. Hinduistische Vorstellungen vom Leben nach dem Tod, Karma-Astrologie, Rupert Sheldrakes morphogenetische Felder, Telepathie und -kinetik, alles wurde rekombiniert. Aus Sicht der disziplinierten Sun People, die als Vernünftler-Sekte galten und über deren zwanghafte Zahlen- und Faktenbezogenheit sich wiederum andere Gruppierungen lustig machten, waren die Ad Astras *crazy birds*, die zuviel Drogen nahmen.

So war es in der Wüste: Wer hier lebte, kannte trotz der gigantischen Entfernungen irgendwann jeden anderen Wüstenhund und jede andere Wüstenclique oder -sekte. Es gab eine community, die sich über Utah, Nevada, Arizona, New Mexico und Südkalifornien, also in der größten *No-Go-Area* der Vereinigten Staaten, erstreckte und mehr oder weniger intensiv miteinander vernetzt war.

Zwei Monate nachdem Chantal Angus getroffen hatte, zog sie zu ihm in sein silbernes, einer Pagode nachempfundenes Riesenzelt mitten in der Wüste. Vor, hinter und neben ihm standen und lagen Hunderte schrottreife Autos. Die Autos bemalte Angus im *Angel-Lift-Style* – so seine Werbung – mit wilden silbernen Mustern und verkaufte sie dann. Dadurch war er natürlich unendlich interessanter als so ein Ingenieur-Trottel wie Thomas.

Aber vielleicht doch nur für begrenzte Zeit. Es wäre auf jeden Fall ein Fehler, jetzt, in der ersten hormongesteuerten Phase mit Angus (ein biologistischer Begriff war Thomas allemal lieber als alle anderen vorstellbaren), in der diese Beziehung noch gar nicht wirklich auf die Probe gestellt worden war – Chantal und er hingegen hatten zusammen eine Weltreise unternommen und ein Kind gezeugt –, gleich aufzugeben. Von Scheidung hatte Chantal schließlich auch nie gesprochen – im Grunde genommen war sie noch seine Frau …

Zu den Sun People ging Chantal nach wie vor, obwohl einem Ad-Astra-Mitglied dies untersagt war. Dort, auf den Exkursionen und bei den wöchentlichen Anrufungen, hatte Thomas sie für sich. Die meisten People behandelten Chantal und ihn im übrigen immer noch so, als wären sie ein Paar. Wenn Chantal und er sich bei den People trafen, setzte sich sein Leben mit ihr fort. Sie redeten über alles mögliche, aßen zusammen, genossen die Natur und teilten an den besonderen Orten, die die People aufsuchten, innige Momente der Begeisterung, der Euphorie und der Versunkenheit – wie ihm schien. Von Angus sprach sie taktvollerweise beinahe nie.

Auf der Pyramide ließ sie sich nach wie vor gern nieder. Da saß sie dann immer schön auf der obersten Stufe, als würde die Pyramide, die Mojave, die Wüsten aller Welt, das Universum ihr gehören. Auch Angus ließ sich manchmal – Ad-Astra-Verbote hin oder her – im wahrsten Sinne des Wortes herab, um sich auf seiner Pyramide herumzuflätzen. Beide hatten ihm öfter versichert, daß es wirklich »sehr okay« von ihm gewesen sei, das *Desert House* gebaut zu haben.

Als nach mehreren Großaufträgen alle Gefängniskanalisationen im Südwesten der Staaten vorerst funktionstüchtig waren und Thomas pleite war, traf er beim Fotografieren eines Borax-Abbau-Gebiets zufällig John vom *Center for Land Use Interpretation* wieder. John schien sich weniger als Thomas zu wundern, daß man sich hier in der Wüste wiederbegegnen konnte. Ebenso schnell wie Thomas den

Job als Ingenieur losgeworden war, bekam er jetzt einen neuen. Nur ein Viertel so gut bezahlt, aber andere mußten schließlich den ganzen Tag lang Schrott bemalen …

Es gab noch einen anderen Grund, warum Thomas beschloß, in der Wüste zu bleiben und nicht während der Beziehungspause (sein bevorzugter Ausdruck) nach L. A., San Diego oder Denver zu ziehen: Sami. Sami liebte die Wüste, er hatte noch nie in seinem Leben eine Barockkirche, einen mitteleuropäischen Marktplatz oder eine klassizistische Hausfassade gesehen. Er fuhr mit dem Bus quer durch die Wüste nach Tehachapi, wo er zur Schule ging – immerhin. Andere Kinder von Wüstenbewohnern bekamen angeblich Unterricht von ihren Eltern, also gar keinen. Als Thomas Sami gefragt hatte, ob er sich vorstellen könnte, wegzugehen, hatte er tagelang nur geweint. Er zählte täglich seine geliebten Züge und fuhr mit sieben Jahren schon Auto – allerdings nur in der Wüste, nicht in der Nähe einer Ortschaft.

Daß Thomas Marita kennengelernt hatte, wäre kein Grund gewesen zu bleiben. Zwei Jahre zuvor war sie von Mexiko über den Rio Grande gekommen und arbeitete nun an der Kasse eines Tankstellenshops in Barstow. Eine Weile lang hatten sie sich jedesmal, wenn Thomas tankte, miteinander unterhalten. Er hatte gar nicht vorgehabt, Marita zu verführen; er fühlte sich nur manchmal etwas einsam. Irgendwann hatten sie am Ende ihrer Schicht einen Spaziergang gemacht, und nachher war Marita ihm wie selbstverständlich in seinen Wohnwagen gefolgt. Es war das erste Mal, daß er hier mit einer anderen Frau außer Chantal schlief. Am nächsten Morgen hatte er sich unbestimmt schlecht gefühlt, aber nichts dagegen unternommen, daß Marita von nun an ein bis zweimal pro Woche vorbeikam – sehr zu Samis Verdruß. Wegen Sami tauchte sie jetzt nicht mehr vor Mitternacht auf; morgens trank sie mit Thomas rasch einen Kaffee an seinem Picknicktisch, den er vor den

Wagen stellte, und verschwand stets, bevor Sami wach wurde.

Thomas mochte sie gerne, aber er wußte oft nicht, worüber er mit ihr reden sollte. Über ihre Großfamilie, ihren gehbehinderten Bruder, ihre irgendwo in Mexiko glücklich verheiratete Schwester? Ihren Job? Von den Sun People hatte er ihr noch nicht einmal erzählt. Von Chantal wußte Marita lediglich, daß sie Samis Mutter war und braune Locken hatte – einmal hatte sie Haare von Chantal aus einem Kamm gezogen. Marita würde nie das gleiche für ihn bedeuten können wie Chantal.

Für solch einen Satz, solch einen Gedanken haßte er sich selber. Warum mußte er bloß immer so festgelegt sein? Damals, als Teenager, hatte er *diesen Wettbewerb* gewinnen wollen und hatte gewonnen. Dann hatte er ein *Einser-Abi* gewollt – und geschafft. Dann hatte er nachts auf der Straße Chantal getroffen und wollte nur noch *diese Frau.* Und dann die Idee, der Wunsch, mit ihr *zusammen im Ausland zu leben.* Und dann zusammen *ein Kind* zu haben. Dann wollte er von den Sun People respektiert werden und dort – vermutlich, um Chantal und vor allem Angus zu imponieren – eine *wichtige Stellung* einnehmen. Auch das war ihm gelungen. Sein Name war auf einer großen silbernen Tafel auf der Südseite der Pyramide eingraviert, und mittlerweile erklärte er anstelle von Ya Long den Neumitgliedern, was es mit dem Krater-Observatorium von James Turrell auf sich hatte oder warum die *Spiral Jetty* unter Wasser stand. Er hatte immer so klar definierte Ziele gehabt. Bloß wenn er irgendwo nicht weiterkam, war er nicht in der Lage, umzudisponieren. Seine Schwester Anna hatte das auf sein Sternzeichen geschoben.

»Du bist Steinbock. Du wirst noch weit kommen mit deinem Ehrgeiz und deiner Geradlinigkeit. Du darfst bloß dabei nicht emotional verhärten.«

Was Annas Tochter wohl jetzt machte?

Wenn Chantal und Angus irgendwann voneinander die Nase voll hatten (darauf wartete er seit gut einem Jahr), würde er sich wieder um Chantal bemühen. Er konnte einfach nicht anders, er wollte eben keine andere ... selbst wenn Marita wirklich nett und klasse im Bett war ... Manchmal, wenn Chantal und er während der Anrufungen nebeneinander gestanden hatten, hatte er sie von der Seite angesehen und die ketzerischen Sätze gedacht: Du, meine Liebste, bist doch wirklich etwas ganz anderes als Stein, als Moleküle, als Staub im All ... kommt es nicht vielmehr auf das Endergebnis an als auf die Ausgangsstoffe? ... Mir macht das alles hier vor allem Freude, weil es *dir* Freude macht und weil *wir* es sind, die hier nebeneinander in diesem verrückten, schrecklichen, schönen Land ... Unland ... stehen ... Ich habe nichts gegen Ameisen, ganz bestimmt nicht, man soll sie auch nicht absichtlich töten, aber ich schaue doch auf den Abdruck deines schönen Fußes im Sand und breche nicht in Klagen aus über das gedankenlos zertretene Insekt ... Und: Was nützt mir die Ewigkeit der Sterne und der Asteroiden, wenn ich jetzt schon sehe, daß du viel zu oft zu diesem Kerl mit dem blauschwarz gefärbten Pferdeschwanz hinschaust? Sag mir, was – bitte schön – nutzen mir die Sterne?

Als er einmal angefangen hatte, von Zuhause, von früher zu sprechen – was er selten tat –, begann Chantal gleich zu gähnen und ihn mitleidig anzusehen. Stockend hatte er versucht, ihr zu erzählen, wie beeindruckt er als Kind von manchen Orgelkonzerten, die er mit seiner Mutter gehört hatte, von dem Weihnachtsoratorium oder der Matthäuspassion, gewesen war. Auch sie würden doch Zeugnis ablegen von menschlicher Leidenschaft und Hingabefähigkeit und, sagen wir mal, dem Wunsch nach etwas Allgemeingültigem, Umfassendem – nicht anders als die Anrufung der Ameise oder des Polarsterns. Warum nur war das eine in Chantals Augen so viel besser und »wahrhaftiger« als das andere? War der nur noch auf Universen gerichtete Blick nicht ein wenig zu diffus? Wo blieb die Nah-Einstellung? Wo blieb die Nah-Einstellung in der Wüste und, ach, auf dem leeren Kopfkissen, dort, wo du immer nachts neben mir gelegen hast? Was soll ich da noch mit der Fähigkeit, eine Locke von dir auf meinem Laken erkennen zu können? Was soll ich mit mir, meinem Körper, mit all dem, was ich bin, denn eigentlich noch? Reden, mit dir kann man gar nicht mehr reden. Wir kommen aus dem gleichen Kaff und haben nie gemeinsam zurückgeschaut. Nie haben wir über Zuhause gesprochen.

Sie mußte doch ahnen, was sie an ihm hatte! Sie würde es sich letztlich noch einmal anders überlegen ... wenn sie sich – jung, wie sie war, wäre ihr das, bitte schön, gestattet – ein bißchen ausgetobt haben würde. Schließlich hatten sie auch einen gemeinsamen Sohn.

Während er die japanischen Anrufungen mehr schlecht als recht vor sich hin murmelte (Chantal warf ihm vor, nicht genug aus sich herauszugehen), hatte er oft andere schlichte Sätze gedacht:

Du bist einfach so schön.

Wenn du lächelst, geht für mich die Sonne auf.

Ich hab wirklich an uns geglaubt.

Ich hab geglaubt, daß wir miteinander alt werden würden.

Ich wollte mir dir ein ganz normales Familienleben führen.

Gern noch mit einem zweiten und einem dritten Kind.

Nur eben in der Wüste.

Thomas blies den feinen roten Staub von seiner Armbanduhr und starrte auf das Zifferblatt: Er war spät dran; er hatte noch einen Auftrag für das *CLUI* zu erledigen. Er rief Sami, und sie wischten gemeinsam mit einem Tuch die schon wieder eingestaubte Scheibe frei. Dann ließen sie sich auf die immer vom Sand knirschenden Sitze fallen. Thomas öffnete das Handschuhfach und blätterte in einem zerfledderten Heft mit dem Titel *Hinterland. The Hinterland of California* war durchaus eine geläufige Redewendung hier. *Hinterland*, ein vom *CLUI* herausgegebener Wüsten-Reiseführer für Leute, deren Interesse nicht Naturschönheiten, sondern eher *Strange Sites* galt, war nicht einfach zu erstellen. Es gab Orte, die mit Wegbeschreibungen wie »Nun fahren Sie 15 Kilometer auf einem nicht asphaltierten Weg durch die Wüste« oder »Nehmen Sie genug Wasserflaschen und Benzinkanister mit, auf den nächsten 100 Meilen begegnet Ihnen keine Tankstelle und kein Shop« versehen waren. Thomas war jetzt einer im *CLUI*-Team, der diese und andere Dokumentationen verbessern und vervollständigen sollte. Diese Arbeit begann ihn auszufüllen, zumal er durch das *CLUI* Menschen kennenlernte, die sich für die gleichen Orte wie die Sun People interessierten – selbstverständlich führten sie auch Dokumentationen zur *Spiral Jetty* und zu den *Sun Tunnels* –, ohne jedoch ein ganzes Weltbild daraus abzuleiten.

Den militärischen Komplexen hatte zunächst nicht Thomas' Hauptaugenmerk gegolten, doch nach dem 11. September 2001 fiel dem *CLUI* auf, daß sich immer mehr Leute für solcherart Anlagen interessierten. Deswegen sollte Thomas ein paar Daten und Fotos vom für zivile Personen zugänglichen Areal des *Desert Training Center* zusammenstellen und sich überlegen, wie man eine Touristenfahrt mit Kleinbussen aus L. A. und San Diego dorthin organisieren könnte. Von Touristenströmen konnte natürlich keine Rede sein, denn die meisten wollten den Grand Canyon, die Painted Desert oder das Death Valley besuchen. Aber das *Desert Training Center* war immerhin – zu Zeiten des Zweiten Weltkriegs – der größte militärische Komplex in der US-amerikanischen Wüste gewesen.

Auf der Fahrt sprachen Sami und Thomas wie meist

kein Wort miteinander. Manchmal legte Thomas eine Hand auf Samis Bein oder schaute ihn von der Seite an. Das war ihre Art von Verständigung. Jetzt kniff sein Wüstensohn die Augen zusammen, um das aufsteigende Privatflugzeug – offenbar das eines ziemlichen Patrioten, es war vollständig mit Stars and Stripes bemalt – zu beobachten. Dort hinten konnte Thomas schon das *Desert Training Center* erahnen.

Als sie parkten, kam ihnen ein gedrungener Latino entgegen.

»*Mister Kadright?*«

»Ja, das sind mein Sohn und ich.«

Der Latino, der sich als Guillermo vorstellte, aber nur Guille genannt werden wollte, schenkte beiden ein anerkennendes Nicken. Dann führte er sie zu dem Komplex und begann in seinem spanisch durchsetzten Englisch zu reden: »Na, ihr beiden Hübschen, gleich den Weg hergefunden? *Fue facíl, sí?* Jetzt dürft ihr gleich mal raten, wie groß ist das *Desert Training Center*?«

Er schaute sie gutmütig an und lachte wie ein Kind.

»Stellt euch vor, 18 000 Quadratmeilen groß ist das gesamte Terrain! Ein Teil liegt hier in Holy California, *el resto* in Nevada und in Arizona. Das ist die größte *zona militar*, die es je in den USA gegeben hat! *Comprendéis?* Das *Training Center* wurde schon im Zweiten Weltkrieg als Truppenübungsplatz genutzt, *sí*, hier wurde nämlich die ›Operation Torch‹ geplant. ›Bayou Blitz‹, sagt euch das was? General Patton, *buen hombre*, hat hier über eine Million US-Soldaten trainiert – für den Einsatz gegen Rommel in Nordafrika. Sollten sich schon mal 'n bißchen an die klimatischen Verhältnisse in der Sahara gewöhnen, *sí*! Denn im August 1943, fragt mich nicht nach dem genauen Datum, so grob zehn Monate vor dem D-Day!, D-Day, *sabéis*? *Sí claro, claro …* kamen fast genauso viele US-Soldaten über den Atlantik wie später über diesen Kanal zwischen

England und Frankreich, um gegen Hitler zu kämpfen. 250000 *hombres! Que lucharon heróicamente contra el Wüstenfuchs … como … como, no sé … sin comparación … sí … sí.*«

Thomas nickte dem Latino zu, der sich mächtig zu freuen schien, daß endlich jemand aufgekreuzt war, dem er etwas erzählen konnte. Wenn das *CLUI* nicht Werbung für das *Desert Training Center* machte, würde er hier bald nur noch Selbstgespräche führen können.

Und er selber? Er saß hier in der Wüste, 15000 Kilometer entfernt von Fürstenfeldbruck, und mußte an seinen Vater und seinen Großvater denken. Sein Großvater, dessen Foto über Vaters Büroschreibtisch neben dem der Avicenna-Viper hing. Gustav Kadereit, der Mann mit dem Tropenhelm und diesem Blick, der zunächst auf sein Gegenüber gerichtet, bei näherem Hinsehen sich jedoch irgendwo in der Ferne zu verlieren schien. Wie absurd, ging Thomas durch den Kopf. Und: Wenn Vater das wüßte.

Nun war es seine Aufgabe, sich die genaueste Wegbeschreibung für Touristen – oft Veteranen aus dem Nordafrika-Feldzug – zu überlegen. Thomas schaute auf das Straßengewirr mitten in der Wüste und auf die bis zum Horizont sichtbaren Panzerkettenspuren. In der Ferne zeichnete sich die flimmernde Silhouette der *Chocolate Mountain Bombing Range* ab – ein Gebiet, das weiterhin militärisch genutzt wurde, weshalb es, zu Samis Enttäuschung, nicht zugänglich war. Auf Thomas' sanftes Nachfragen war Sami damit herausgerückt, daß er sich – er gab dies nur verschämt zu – Berge mit Löchern wie Schweizer Käse, nur eben aus dunkler Schokolade, vorgestellt hatte.

»*Te gusta?*« fragte Guille und sah Thomas erwartungsvoll an. Mit seinem runden Gesicht, seinen hampeligen Gesten und seiner verplapperten Art stand er in seltsamem Kontrast zu der abweisend-menschenleeren Militäranlage. *Te gusta?* Gefällt es dir hier? Komische Frage. Man konnte doch beim Anblick von alten Panzerkettenspuren, undefinierbaren Schrotteilen und heruntergekommenen Baracken nicht ernsthaft sagen: »Schön.«

*»It is very nice«*, sagte Thomas schließlich, und Guille schien sich zu freuen. Er schlug ihm und Sami vergnügt auf die Schulter, lief in einen Bungalow und kam gleich darauf mit zwei Gläsern eisgekühlter Cola zurück. Er zwinkerte Thomas zu und holte aus einem an der Wand lehnenden Tornister eine Flasche Rum. Thomas goß er einen großen und Sami einen kleinen Schluck ein.

Nun sagte Thomas in die gelöste Stimmung zu Guillermo:

»Mein Großvater kämpfte in Nordafrika.«

Er sagte »kämpfte«, nicht »starb« – irgendwie war ihm das zu privat.

»Oh, tatsächlich?« rief Guille erfreut und sah Thomas, wie ihm schien, durchaus anerkennend in die Augen: »Rommel war ein *tío intelligente. Sí.* Sehr, sehr clever. *Hombre, did we have to fight!*«

Es klang, als sei Guille persönlich dabeigewesen. Jetzt bemerkte Thomas einen Trupp Veteranen, die aus ihren Autos stiegen und sich von Guillermo eine Informationsbroschüre aushändigen ließen. Zwei alte Männer mit Baseballkappen setzten sich an die für Besucher bereitstehenden Computer.

Einer von ihnen kann es gewesen sein. Einer von diesen Veteranen hat vielleicht meinen Großvater erschossen oder mit einer Granate in die Luft gejagt und mein Großvater vielleicht einen seiner Kumpel.

Während Thomas auf dem Gelände herumlief, spürte er immer deutlicher den Wunsch, seinen Vater einfach mal wieder anzurufen, ihm nachträglich zum Geburtstag zu gratulieren und zu sagen: »Stell dir vor, ich bin hier mitten in der Wüste Kaliforniens auf einen Militärkomplex gestoßen, in dem die Soldaten für den Nordafrika-Feldzug ausgebildet wurden. Ist das nicht seltsam? Die Handvoll Veteranen, die hier, steinalt, wie sie sind, in ihrer Freizeitkluft rumlaufen, sind die Typen, gegen die Großvater früher gekämpft hat.«

Einfach so, mal kurz anrufen, über diesen Zufall plaudern. Ohne gleich den ganzen Kram von damals, sein Verschwinden, Chantal, Sami, all das, zu thematisieren. Aber er würde das nie schaffen. Die Telefonnummer seiner Eltern wußte er nach all den Jahren immer noch auswendig. Schon mehr als einmal hatte er die Vorwahl für Deutschland gewählt – und dann doch den Hörer aufgelegt. Irgendwie hatte er Angst, daß solch ein Anruf sein Leben hier, seine Zurückgezogenheit, sein Arrangement mit Chantal und Sami, seine Ersatzfamilie, die Sun People, durcheinanderbringen würde. Und trotzdem: Einfach mal anrufen … ja. Doch. Dieses Mal würde er sich einen Ruck geben. Vater würde das bestimmt interessant finden, diese *zona militar.* Das war ein Thema, mit dem man gut den Anfang machen könnte. Eine sachliche Geschichte, bei der es nicht gleich um sie selbst gehen würde.

Jetzt blickte er sich zu seinem Sohn um.

»Sami, wir wollten doch noch einkaufen und zur Post fahren, hm? Du wolltest einen Brief nach Santa Fe schikken!«

Sami sprang sofort auf. Er hatte sich angewöhnt, Briefe an Phantasieadressen zu verschicken, weil ihm die Vorstellung gefiel, daß die schönen Züge mit ihren bunten Waggons seine Post quer durch die Wüste irgendwohin brachten. Die Briefe wurden nie retour gesendet, denn in einer Wohnwagensiedlung war es eher die Ausnahme als die Regel, Post zu erhalten.

Sie mußten zwei Stunden fahren, aber an Entfernungen wie diese waren sie gewöhnt. In Deutschland wäre Thomas von Fürstenfeldbruck schon längst in Nürnberg oder

Stuttgart gewesen. Absurd die Vorstellung, von Fürstenfeldbruck nach Nürnberg zu fahren, um einzukaufen und Post wegzuschicken.

In dem Örtchen namens Desert Center angekommen, drückte ihm Kathy Spencer auf der Post einen Brief mit schwarzem Rand in die Hand.

*»So sorry, Mister Kadright, hope, it's nothin' bad«*, sagte sie mit breitestem Südstaaten-Akzent. Thomas amüsierten ihre Sprüche. Wie konnte man nur beim Anblick eines Briefs, der eindeutig einen Trauerrand trug, sagen *»I hope, it's nothing bad«*?

Thomas sah sofort, daß der Brief aus Deutschland kam. Er war zuerst nach Chile geschickt und dort offenbar von Arranca und Pedro neu adressiert worden. Thomas starrte auf das krakelige »Fürstenfeldbruck« auf der Rückseite. Tante Helga, Onkel Hartwig, Tante Roswitha, ging ihm durch den Kopf. Er beschloß, den Brief erst zu Hause zu öffnen, er verdiente eine andere Umgebung als die eines verstaubten und nach Schweiß riechenden Jeeps. Sami hatte zum Glück einen Güterzug am Horizont entdeckt, so daß Thomas rasch den Brief in seinen Lederrucksack gleiten lassen konnte.

Da wieder ein leichter Sandsturm einsetzte, mußte Thomas die Scheibenwischer, so schnell es ging, anstellen, anders wurde er der roten Plage nicht Herr. Leider konnte man die Fenster deshalb nicht öffnen. Es war immer noch sehr heiß. Aber Thomas hatte die Hitze nie viel ausgemacht – weder im Sinai, noch in Westafrika oder Brasilien. Hier war die Hitze zudem eine sehr trockene, was er besser vertrug – wenn es ein Gen für Hitzeunempfindlichkeit gab, mußte er es besitzen. Seiner hellen rosigen Haut machte die Sonne allerdings ebenso zu schaffen wie Samis. Deshalb lagen im Jeep und in ihren beiden Wohnwagen ein Dutzend verschiedener Sonnencremes herum. Der Griff zur Sonnencremetube war für sie mittlerweile so selbstverständlich geworden wie der zur Mineralwasserflasche.

Mit ernster Miene sah Sami nun zum Fenster hinaus. Dann griff er, ohne die geringste Veränderung in seiner Mimik, nach Thomas' Hand und hielt sie so fest, daß Thomas die Finger richtig weh taten. Aber er sagte nichts, er wußte, daß sein Sohn niemanden hatte außer ihm.

Langsam tauchten der Flugzeugfriedhof und dahinter ihre Wohnmobilsiedlung aus dem Staub auf – lauter weiße und beige Wagen, die wie eine Kuhherde beieinanderzustehen und sich gegenseitig vor der Weite des Himmels und der Kälte der teilnahmslosen Sterne zu beschützen schienen. Daneben das Heer der Sukkulenten, die im Halbdunkeln bizarre Schatten warfen.

Es war nie ganz einfach, den Weg zu ihren Wohnwagen zu finden, denn kaum hatte sich Thomas den labyrinthhaften Pfad an diesen und jenen Wohnmobilen vorbei eingeprägt, hatte eines schon wieder seinen Standort gewechselt. Sami trug deshalb eine Trillerpfeife an seinem Schlüsselbund, um, wenn er sich verlief, so laut wie möglich zu pfeifen. Auf das Handy war wegen des eingeschränkten Flächennetzes kein Verlaß. Bisher hatte Sami nur einmal von seiner Trillerpfeife Gebrauch gemacht; ihr schriller, Hilfe fordernder Ton hatte Thomas bis ins Mark erschreckt.

In seinem Wohnmobil angekommen, versuchte Thomas zuerst Sami zu überreden, noch etwas nach draußen zu gehen. Aber Sami hatte keine Lust; er setzte sich zu ihm und schlang seine Arme um ihn. Eine Weile lang streichelte er den rotblonden Schopf, küßte Sami dann auf die Stirn und öffnete mit seinem Taschenmesser den Umschlag.

Bevor Thomas überhaupt etwas lesen konnte, rief Sami schon:

»Papa, da steht unser Nachname!«

Thomas' Blick glitt über die Traueranzeige:

In tiefer Trauer teilen wir mit, daß mein lieber Ehemann, unser guter Vater, Großvater, Schwiegervater und Schwager

**Paul Kadereit**

Unternehmer

6. 6. 1941 – 21. 6. 2003

nach einem erfüllten Leben
zu unserem Herrn heimgegangen ist.

In stiller und tiefer Trauer:

**Eva Anna-Greta Kadereit**, geb. Ems
**Jan** und **Sylvia Linda Bündig**, geb. Kadereit
mit **Melissa** und **Miriam**
**Johanna Kadereit** und **Michael Riese**
mit **Janina** und **Jonas**
**David Gustav Kadereit**
**Benjamin Kadereit** und **Nana von Hansnahm**

Requiem: Mittwoch, den 25. Juni 2003 um 9.00 Uhr
in der St.-Josephs-Kirche, Josephsplatz 1, München.
Beisetzung: Donnerstag, den 26. Juni 2003, um 11.30 Uhr
Auf dem Waldfriedhof, Alter Teil, München, Eingang Fürstenrieder Straße.

Thomas las die Anzeige wieder und wieder. Sie kam ihm wie das Zeugnis einer vollkommen anderen Welt vor, einer Welt, in der Requien aufgeführt wurden und Menschen Namen wie »Nana von Hansnahm« trugen.

Sami drängelte jetzt und wollte den Brief selbst in die Hand nehmen. Erst hielt Thomas das Blatt so hoch, daß Sami es nicht erreichen konnte, dann gab er es ihm doch. Sami hatte Schwierigkeiten, die Anzeige zu lesen; was ihm aber ins Auge stach, war, daß der Name seines Vaters bei der Aufzählung der Familienmitglieder fehlte. Es gab auf diesem schönen Papier, das diese geheimnisvolle schwarze Umrandung trug, nirgendwo einen Thomas Kadereit und schon gar keinen Sami Kadereit. Diese Tatsache gab ihm einen kleinen, aber spürbaren Stich.

»Wo stehst du denn da drauf, Papa?«

»Wir sind doch hier in der Wüste, Sami.«

Der Anzeige waren ein paar Fotos und ein ebenfalls schwarz umrandeter Brief von seiner Großmutter angefügt. Sami kannte nur Fotos der Großmutter. Meist hielt sie jemanden im Arm oder wurde im Arm gehalten. Wenn nicht, hielt sie ihre Hände vor dem Bauch gefaltet und blickte direkt und vertrauensvoll in die Kamera. Ihre Handschrift war sehr klein und rundlich. Er konnte sie kaum lesen.

Sami legte den Brief zur Seite. Er mußte sich eingestehen, daß er sich mehr von diesem Brief aus der Ferne versprochen hatte. Ein vages Gefühl von Trauer überfiel ihn. Unschlüssig trat er ans Fenster. Sand, Staubfahnen, Wind, der an Türen und Fenstern rüttelte und überallhin, auch ins Bett, den feinen rötlichen Sand trug. Und ein riesiger Himmel. Und wieder Sand. Ein braunrotgelbes Meer aus Sand. Bei seinem Anblick befiel ihn eine Art Sehnsucht. Nicht nach den roten Hügeln, deren Sand man ständig zwischen den Zehen mit sich herumtrug und aus den Haaren wusch, nicht nach L. A. oder ihrem Haus in Twentynine Palms, das Papa nicht mehr hatte bezahlen können. Er dachte auch nicht an Deutschland – was sollte das schon sein? Damit verband er nichts als ein paar Bilder. Fotos von Menschen, die Papa ein bißchen, aber auch nicht richtig ähnlich sahen. Auf manchen Bildern hielten fremde Kinder komische Tiere stolz in die Kamera. Und dann gab es das Foto, auf dem Papa als Kind in einem dunklen Wohnzimmer bei seiner Großmutter auf dem Schoß saß und mit den Bommeln der Tischdecke spielte. Sami fühlte sich unbestimmt traurig. Vielleicht hatte er sich doch noch nicht ganz daran gewöhnt, daß Mama mit Angus in einem merkwürdigen silbernen Luftballon wohnte, manchmal gingen ihm noch Chantals Gute-Nacht-Lieder durch den Kopf. Vielleicht war er einfach nur zu viel allein.

Jetzt trat Thomas von hinten an ihn heran und legte seine Arme um ihn. Er rieb sein stoppeliges Kinn an seinem Kopf, dann kniff er die Augen zusammen und blickte auf den Flugzeugfriedhof, die vor sich hin rostende Delta-Air-Maschine, die nächsten Wohnwagen und eine Mülltonne ohne Deckel, deren Inhalt vom Wind wie mit Fingerspitzen hochgenommen und dann hier und da wieder fallen gelassen wurde. Weit und breit kein Mensch. Ganz weit entfernt sah Thomas ein Flugzeug, das so unbarmherzig und geradlinig den Himmel durchmaß und zerstach, als sei das Leben einfach nur ein Weg von A nach B, und das einen häßlichen, ausgefransten Streifen auf ihm wie eine Narbe hinterließ.

Thomas ließ den Kopf sinken, vergrub sein Gesicht in Samis dichtem Haar. Dann stöhnte er auf und ging zurück zu dem kleinen Sofa, das er mit einem indianischen Stoff aus Santa Fe bezogen hatte. Sein Indiomobil. Der zweite, kleinere Wohnwagen war Samis Reich. Er hatte sogar seinen eigenen Computer. Thomas lehnte sich zurück und betrachtete die Fotos, die seine Mutter geschickt hatte; dann entfaltete er ihren Brief.

»Liest du ihn mir vor?« bat Sami.

Thomas strich Sami etwas abwesend über den Kopf und begann:

*»Lieber Thomas,*
*ich hoffe so sehr, daß dieser Brief Euch erreicht (wir wissen ja nicht genau, wo Ihr steckt!). Dein Vater ist von uns gegangen.«*

An dieser Stelle blickte Thomas auf und sah Sami an.

»Was heißt das?« fragte Sami.

»Das erkläre ich dir gleich«, gab sein Vater zurück und las im stillen weiter:

*»Am längsten Tag des Jahres, am 21. Juni, gut zwei Wochen nach seinem zweiundsechzigsten Geburtstag. Was soll ich sagen. Die Anzeige habe ich Euch beigelegt. Da wir ja leider keine Telefonnummer von Euch haben, konnten wir Euch nicht anrufen, aber zur Beerdigung (fünf Tage später) hättet Ihr ja ohnehin bei der Entfernung nicht kommen können.*

*Dein Vater ist in seinem Bienenhäuschen gestorben, was bestimmt für ihn der schönste Ort auf Erden war. Du wirst sicher wissen wollen, was er gehabt hat. Genau kann ich es Dir auch nicht sagen. Dr. Huber meint, es war ein Herzanfall. Vater hatte ja schon seit längerem Schwierigkeiten mit seinem Herzen. Außerdem war seine Situation nicht leicht, Thomas. Ihm hat die Schließung seiner Firma und dann auch noch des Geschäfts sehr zu schaffen gemacht; auch das Gefühl, einer sterbenden Zunft anzugehören. Letztendlich weiß nur Gott, warum er ihn jetzt zu sich gerufen hat. Zweiundvierzig Jahre lang, Thomas, war ich glücklich mit Deinem Vater verheiratet, und unsere Liebe zueinander hat uns fünf gesunde Kinder geschenkt!«*

Aus der am Ende immer krakeliger werdenden Schrift und dem chaotischen Auf und Ab der Zeilenführung erkannte Thomas die Verunsicherung, in der seine Mutter diesen Absatz geschrieben hatte. So hatten auch die ersten Briefe nach Statia und Bonaire an ihn ausgesehen. Die Briefe, in denen sie versuchte, ihm keinerlei Vorwürfe zu machen, aber, bemüht unaufdringlich, so viel wie möglich über ihn und sein neues Leben herauszufinden.

Der letzte Satz auf dieser Seite klang eher wie eine verzweifelte Beschwörung als eine Feststellung: »War er nicht zweiundvierzig Jahre glücklich verheiratet? Hatten wir nicht fünf gesunde Kinder?«

Er konnte sich seine Mutter sehr genau vorstellen, wie sie diesen Brief schrieb. Sie hatte über jedes Wort nachgedacht, um bei Thomas kein schlechtes Bild von seinem

Vater entstehen zu lassen. Er stöhnte wieder auf und ließ den Brief sinken. Sami rückte näher an ihn heran.

»Papa, was ist?«

Thomas schwieg. Als er damals mit zwanzig auswanderte, hatte er nicht im Traum damit gerechnet, daß er seinen Vater nie wiedersehen würde. Er legte sein Kinn wieder auf Samis Schopf. Obwohl Sami gar nichts weiter von sich gegeben hatte, sagte Thomas: »Sei bitte mal ruhig.«

Sami bekam Angst; er spürte, wie das Kinn seines Vaters schwerer auf seinem Kopf wurde, aber er wagte nicht, sich zu bewegen. Wenn Papas Kopf so schwer wie jetzt wurde, mußten unendlich viele wichtige Gedanken darin herumwandern.

Die Abenddämmerung war heute ein loderndes Blau-Rot. Breite Farbbänder flossen am Himmel ineinander wie auf einem Mark-Rothko-Gemälde. Thomas wischte Sand von dem kleinen ausklappbaren Tisch. Er wollte sich nicht aufregen, er mußte ruhig bleiben, etwas Sinnvolles tun. Im nächsten Moment krallte er seine Finger in den scheußlichen gelb-braunen Vorhang des Wohnwagenfensterchens und schluchzte. Sekundenlang schien der Boden unter seinen Füßen zu schwanken, ja, sogar der Wohnwagen wankte. Thomas öffnete die Tür gegen den Widerstand des Sturmes und setzte sich draußen auf die oberste Stufe der ausfahrbaren Treppe. Plötzlich schien es ihm vollkommen sinnlos, hier zu sein. Das Häßliche war ihm heilig gewesen, das Leere war nicht wirklich leer, sondern einfach ein Raum für ihn selber. Ausgefüllt mit seinen Gedanken und Träumen. Nie war die Wüste leer gewesen.

Chantal war fort, sein Vater lebte nicht mehr, das stille Zentrum, die Gravitationsfläche, von der er sich abgestoßen hatte, in deren Kraftfeld er sich aber noch, wenngleich an dessen äußerstem Ende, befunden hatte, schien auf einmal zu kollabieren. War er bislang ein ferner Satellit gewesen, eine Art Außenposten eines größeren Gefüges, hatte er jetzt das Gefühl, als sei dieses Zentralgestirn auf einmal verschwunden.

Seine Gedanken rasten gefährlich schnell; während er sich wegen des starken Windes wieder in den Wohnwagen verzog, bemühte er sich, langsam zu denken, die vielen Einzelstimmen zu sortieren, nicht verrückt zu werden … so deutlich spürte er, daß er nur hierhergegangen war, um wenn nicht glücklich, so doch wenigstens am *angemessenen* Ort nach Herzenslust traurig sein zu können. Er hatte sich hier jahrelang seiner Depression hingegeben, schöne melancholische Momente zelebriert. Aber was kam jetzt? Irgend etwas würde sich verändern, er spürte, eine Frist war abgelaufen, etwas Neues stand bevor.

Chantal würde nicht mehr wiederkommen. Plötzlich war er sich dessen ganz sicher. Sie würde bei ihm bleiben – bei diesem hirnverbrannten Plastikpagoden-Bewohner. Gut so. Jemand, der ihn so behandelt hatte, den wollte er auch nicht mehr zurück. Ihre Liebe füreinander war verbraucht, Chantal hatte ihren Part in seinem Leben gespielt, hatte ihm die Kraft fürs Weggehen gegeben. Und ohne Chantal kein Sami. Sein ein und alles. Ohne dieses Kind hätte auch er schon in der Mojave baumeln können.

In der Ferne hob ein silbernes Flugzeug ab wie ein böser Traum. Übrig blieb ein punktförmiger Schmerz im Auge. Thomas zog die Vorhänge bis auf einen winzigen Schlitz zusammen. Von draußen hörte er den Sand an die Scheiben wehen.

Zum erstenmal fühlte er sich in der Wüste nicht angenehm-traurig, sondern hundeseelenallein. Plötzlich wurde Thomas klar, daß er sich eigentlich gewünscht hatte, sein Vater würde einmal hierherkommen. Er hätte ihm gerne seine Pyramide, den Flugzeugfriedhof, die Joshua Trees, die knorrigen Sukkulenten hinter seinem Wagen und den weiten Blick, den er von dem kleinen Fenster über seinem Bett auf die roten Berge hatte, gezeigt … Es war ein absurder

Wunsch, denn seine Eltern wußten nicht einmal genau, wo er lebte. Und doch hatte er darauf gehofft …

Wie es Mutter wohl ging? Wie war die Beerdigung für sie gewesen? Was machte Mutter jetzt – in dieser Sekunde? Mit dem neunstündigen Zeitunterschied mußte es in Deutschland frühmorgens sein. Thomas stand auf und ging zum Telefon. Er durchwühlte sein Adreßbuch. Sein Blick blieb bei B hängen. Bennie. Er wußte nicht, warum er jetzt ausgerechnet Bennie anrufen wollte. Eben noch wollte er doch Mutter sprechen. Nein. Nicht Mutter. Das war zuviel. Zu nah dran am Zentralgestirn. Langsame Approximation. Der Zweitjüngste. Der zweitfernste Planet. Benjamin Kadereit. Mit siebzehn Fotomodell. Sogar auf Statia war er auf ein Foto von ihm in irgendeiner Illustrierten gestoßen. Er hatte es kaum fassen können, auf Statia! Aber es war eindeutig Bennie. Bennie, dieser Luftikus, der immer *nett* war. Genau, den wollte er jetzt anrufen. Falls er ihn überhaupt unter dieser alten Telefonnummer erreichen würde. Ja, er sollte es versuchen. Oder? Näherliegen würde es eigentlich, David anzurufen.

Thomas wußte, daß David sich nie besonders viel aus ihm gemacht hatte, solange er noch zu Hause lebte. Er hatte ihn wohl für einen Streber und ein merkwürdiges As in Naturwissenschaften gehalten. Aber nachdem er mit Chantal verschwunden war, schien David seine Meinung über ihn gründlich geändert zu haben. Er hatte ihm sogar einmal Geld nach Bonaire geschickt, obwohl er selber nie welches hatte.

Aber so ad hoc mit einem Neurotiker erster Güte sprechen? Dann könnte er sich auch gleich bei Anna auf die Couch legen. Nein, zum Einstieg wollte er lieber Bennies Stimme hören – Bennie, der ihm nicht gleich mit einem Haufen Fragen kommen würde.

Wo war eigentlich Sami? Er schaute suchend zum stillen Flugzeugfriedhof und zu den düsteren Sukkulenten hinüber. Zwischen ihren dornenbesetzten Stämmen fegte der Wind Müll hin und her. Plastikkanister, Kartons, zerrissene Kleidung, eine flatternde Plane. Vor seinem Fenster tanzte ein ketchupverschmierter Pappteller. Und jetzt entdeckte Thomas Sami: Er hockte allein hinter der Plane und baute in ihrem Windschutz Türme aus Blechdosen. Offenbar ging es ihm darum, so viele Dosen wie möglich aufeinanderzustapeln, bevor die nächste Böe sie umblies. Thomas sah nicht viel mehr von seinem Sohn als dessen kleines haarumwehtes Gesicht und ein Paar flinke Hände. Thomas schaute ihm eine Weile zu, dann glitt sein Blick wieder ins Innere seines Wohnmobils.

Sollte er wirklich zu Hause anrufen?

Thomas starrte auf sein Telefon. Minuten vergingen. Er fühlte sich nicht in der Lage, sich zu rühren. Einmal hob er schwach die Hand, um sie dann wieder sinken zu lassen. Was ist los mit mir. Er zwang sich, nach dem Hörer wie nach der Kupplung seines alten Jeeps zu greifen. Jetzt lag seine Hand, schwer wie ein toter Fisch, auf dem Hörer. Er würde seiner Familie sagen müssen, wo er war. Und daß er in einem zugigen, abgefuckten Wohnwagen lebte – mit einem siebenjährigen Kind, das sicher ein besseres Zuhause verdient hatte. Und über kurz oder lang würde er sie alle wiedersehen.

Dann gerieten seine Gedanken in einen noch schnelleren Strudel. Er dachte an das Foto über dem Büroschreibtisch seines Vaters: Dieser in die Ferne gerichtete, irgendwie unbarmherzige Blick seines Großvaters, den die unscharfen Kontraste der Schwarzweißaufnahme nicht mildern konnten. Dieser junge Soldat, der den härtesten Bedingungen nicht hatte trotzen können. Und den sein Vater innerlich auf einen Thron der Mystik und Exotik gesetzt hatte, um ihm fernbleiben, um ihn anhimmeln zu können, um nicht einen ganz normalen, wahrscheinlich hitler- oder rommelbegeisterten Deutschen vor sich zu sehen, der einen Haufen junger Männer aus überfallenen Völkern umgebracht hatte, bevor es ihn selbst erwischte. All dies war in das sanfte rote Licht der Tropenlampe der Terrarien getaucht, in ihre hübsche übersichtliche Gestaltung gebannt worden. *The German Weltflucht* … wer hatte das zu Hause noch mal gesagt? Hinter Vaters entrüstetem »Der war ein richtiger Militarist!« loderte die Romantik des Überlebenskampfes in der Wüste. Seine ominöse Begeisterung für Tiere mit dem »stärksten Toxin« war ein Beispiel dafür. Und er, Thomas, stand jetzt in dritter Generation an diesem beschissenen Ort. Sein Sohn sprach derweil besser Englisch als Deutsch, kannte nichts anderes als die Wüste und würde nicht mehr wegwollen.

Plötzlich war Thomas in der Lage, den Hörer in die Hand zu nehmen. Er betrachtete ihn von allen Seiten, mal drückte er ihn fest an sich, mal hielt er ihn hoch in die Luft. Zwischen diesen merkwürdigen Verrenkungen weinte er. Schließlich ließ er den Hörer neben sich auf den Klapptisch sinken. Bloß nicht weglegen, sonst wäre all seine Mühe umsonst gewesen. Thomas blieb einfach vor dem Tisch sitzen und weinte. Zwischendurch spuckte er Sandkörner aus, die ihm in den Mund geraten waren. Irgendwann fühlte er sich nur noch erschöpft. Aus diesem leicht betäubten Moment heraus wählte er ganz mechanisch und ohne Kraft zum Widerstand Bennies Nummer.

Am Telefon war eine Frau. Vielleicht war das diese Nana von Hans-irgendwas? Oder hatte er doch eine falsche Nummer? Kaum nahm sie ab, gab sie einen kleinen Aufschrei von sich:

»Himmel, diese Sch… Telefonkabel, Bennie, dieser Kabelsalat, den müssen wir morgen wirklich mal … hallo! Hallo? Wer ist da?«

Thomas räusperte sich einen Moment, dann sagte er:

»Thomas, Bennies Bruder.«

Schweigen. Dann wieder ein Aufschrei. Sie hatte eine

hübsche Art zu schreien, diese Frau. Sah bestimmt gut aus. An so was konnte er plötzlich wieder denken.

»Bennie! Tobias, dein Bruder, ist dran.«

Sie hatte Tobias gesagt!

»Hallo – Thomas?«

Das war Bennies Stimme. Wenigstens er wußte noch, wie er richtig hieß.

»Ja, ich bin's.«

Wenn Bennie erstaunt gewesen war, hatte er sich in Sekundenschnelle in den Griff bekommen.

»Na, Tommy, wie geht's *dir* denn?«

»Eigentlich gut. Aber – hm, wir haben heute die Todesanzeige bekommen.«

»Verstehe, ja, das ist ja jetzt schon über zwei Monate her. Heute ist die erst angekommen, ja? Aber, Mann, ihr seid ja so weit … sag mal, von wo rufst du eigentlich an? Bei mir ist 'ne 001 auf dem Display. Amerika? Wie bist 'n dahin gekommen? Dachte, du bist da unten bei den Indios oder so. Bist du eher so am rumreisen, oder hast du richtig 'n Caddy und 'ne Villa?« Bennie lachte. Thomas konnte sich sein Grinsen richtig vorstellen – seinen verdammt hübschen Bruder.

»Fast. Darfst noch mal raten!« sagte Thomas.

»Du bist in New York, hast einen fiesen Tattoo-Laden im ABC-Viertel aufgemacht, bist vielleicht schwul geworden …«

»Ich hab 'n Sohn, du Ei. Noch einmal raten!«

»'n Sohn? Dann stimmt das also, was David mal hat durchsickern lassen. Wie alt ist der denn?«

»Sieben! Prima Junge, schlauer Fuchs, mußt du mal kennenlernen.«

Thomas sah Sami auf einem alten Autoreifen sitzen. Er hantierte an seinem Mobiltelefon herum. »Der läuft hier gerade rum und versucht, mein Handy wieder flottzukriegen. Haben sehr schlechten Empfang hier, weißt du.«

Mit einer Hand wischte sich Thomas die Tränen ab – nicht, daß Sami ihn so sah.

»Also nicht New York. Wo hockt ihr denn? Alaska?«

»Fast. Du bist nah dran. Mojave-Wüste. Kalifornien.«

»Nah dran? Tickt dein Globus noch richtig?«

»Na, ich meinte, auch so *way off.* Wir sind hier mitten in der Wüste. Haben zwei Wohnwagen. Interessanter Fleck Erde. Wirklich.«

»Was ist, wenn ich fragen darf, mit – Chantal?«

»Die hat mich verlassen. Wegen so 'm Wüstenfreak. Spiritueller Typ, verstehst du? Gibt hier jede Menge davon. Die Wüste lebt, sag ich dir. Chantal hockt jetzt in irgendso'm Tipi und kifft sich die Birne zu. Sami ist bei mir.«

Daß er das alles so locker aussprechen konnte!

»Sami ist dein Sohn?«

»Yep. Dein Neffe.«

»Mann, da muß ich mir ja glatt noch ein Geschenk überlegen. Noch 'n Neffen. Wie wär's mit einem Wüstengecko? Nee, das ist Eulen nach Athen tragen, oder? Mama hat jede Menge übrig, weißt du? Andere Leute müssen in dieser Situation vielleicht 'n Auto verkaufen …«

Bennie lachte. So war Bennie: Anstatt mit ihm über den Tod ihres Vaters zu sprechen, brachte er ihn in drei Minuten zum Lachen.

»Tiere interessieren mich nicht die Bohne. Wußtest du, daß es im Englischen auch das deutsche Wort ›Gemütlichkeit‹ gibt? Die Amis sagen meistens ›Gemutlichkeit‹, weil sie das ü nicht richtig hinkriegen. Für mich läuft das auf den absoluten Diminutiv von ›Mut‹ hinaus. Wohnzimmer-Abenteurertum, davor bin ich geflohen, Bennie. Ich ertrage das nicht.«

Daß die echten Freaks in der Wüste *ihn* wiederum als Langweiler betrachteten, behielt er für sich.

»Ach, so schlimm ist ein bißchen Wohnzimmer-Abenteurertum doch nicht«, widersprach Bennie zu seiner

Überraschung. »Papa hat wenigstens 'n paar eigene Interessen gehabt – andere Männer in dem Alter hocken nur vor der Glotze. Und Ovi, der ist schon cool ... Wer hat schon solch ein Biest zu Hause? Du erinnerst dich noch an Overlord? Den hat Vater doch überall mit stolzgeschwellter Brust herumgezeigt.«

Thomas erinnerte sich jetzt an eine übellaunige Echse, die an seinem letzten Abend in Fürstenfeldbruck Durchfall hatte, so daß Vater ihr mit einem Wischlappen in der Hand durchs ganze Haus hinterherwieseln mußte. Aus irgendeinem Grund mußte dieses Tier nicht wie die anderen im Terrarium hocken, sondern durfte auf das Ledersofa, auf die Polstermöbel, einfach überall hin.

»Ovi... Overlord? Dieses Gecko-Baby aus den Emiraten? War damals noch ziemlich klein.«

»Kein Gecko, sondern ein Waran: ein Unterschied wie Tag und Nacht. Aber damit will ich dich nicht langweilen. Ist ein ziemliches Monster geworden, wirklich. Ganz schön gewachsen, seitdem du weg bist! Der wiegt mehr als Jonas, im Ernst!« sagte Bennie.

»Jonas?«

»Ach ... stimmt, der wurde nach deiner ... na ja, also nachdem ihr verschwunden seid, geboren. Jonas ist Annas und Michaels zweites Kind. Janina hat noch ein Brüderchen bekommen. Sehr nett. Wirklich.«

Thomas war ein bißchen überfordert mit all den neuen Informationen und der Tatsache, daß er hier so munter mit einem Familienmitglied plauderte. Schließlich stammelte er: »Und ... Overlord? Der ist jetzt so groß wie ein Kind?«

»Allerdings. Ich kann den kaum alleine hochheben.«

Thomas überlegte, was er noch sagen sollte. Doch dann fing Bennie wieder an:

»Was machst du denn so? Hast du irgendwas mit ... wie hieß das noch mal ... Verfahrenstechnik zu tun? Sorry, ich wollte nicht so eine typische Papa-Frage stellen: *Was macht denn deine Arbeit?*«

Sie mußten beide lachen. Bennie hatte Vaters Tonfall sehr gut getroffen. Thomas gab, immer noch ein wenig lachend, zurück:

»Natürlich *nichts Richtiges. Nichts Halbes und nichts Ganzes, man kann kaum davon leben, aber man schlägt sich so durch.*« Dann wurde er wieder ernst: »Ich kümmere mich um eine Militäranlage in der Wüste. Sami hilft mir dabei.«

Er sagte »kümmern«, weil es ihm zu umständlich war, das ganze Anliegen des *Center for Land Use Interpretation* zu erörtern. Kaum hatte er sich entschlossen, sich kurz zu fassen, fing er doch an:

»Wir arbeiten an einer Art Lexikon von schwer zugänglichen Orten in der Wüste. Gefängnisse, Militärkomplexe, esoterische Einrichtungen, Kunstwerke, Filmkulissen, Wassergewinnungsanlagen, Solargeschichten, Borax-Abbau, Deep-Space-Teleskope, wir kartographieren das alles und arbeiten an einem Kompendium, das wirklich *Hinterland* heißt – wie gesagt, *wir schlagen uns so durch.*«

Die ganze Episode seines kurzfristigen Wohlstands und des hübschen Holzhäuschens in Twentynine Palms ließ er einfach mal weg. Dann ergänzte er, aus einer Eingebung heraus, daß dies seinen Bruder vielleicht mehr interessieren könnte: »Hab viele Fotos in der Wüste gemacht, eigentlich die ganzen Jahre über.«

Und wirklich unterbrach ihn Bennie gleich: »Du hast doch schon immer tolle Fotos gemacht!«

»Weiß nicht«, gab Thomas geschmeichelt, aber unsicher zurück. »Jedenfalls hab ich davon tatsächlich was an Zeitschriften verkaufen können. Ungewöhnliche Gebäude und Land-Art-Objekte in der Wüste. Zwei Architekturzeitschriften und so 'n USA-Reisemagazin haben die Bilder gebracht. Hätte ich echt nicht gedacht.«

»Weißt du …«, Bennie schien zu überlegen, »hast du nicht mal Lust, mir die Fotos zu schicken? Ich wollte *Bennie & Clyde* ein bißchen in eine andere Richtung …«

»Was? Bennie und … Kleid?«

»Sorry, *Bennie & Clyde*, das ist der Name meiner Galerie. Mein Kompagnon heißt Clyde, ist 'n Ami, aus L. A., deine Ecke sozusagen, lebt aber seit vier Jahren hier. Jedenfalls wollten wir uns thematisch ein bißchen umorientieren. Was machst du denn so?«

»Schwarzweißportraits, zum Beispiel. Mußt mal sehen, ob dir die Bilder gefallen, Chantal sagte damals: zu nüchtern. Mag sein. Es war eben eine Dokumentation für mich – Aussteiger und Freaks und so. Gibt ja viele Sekten hier …«

Thomas fiel plötzlich ein Satz der Sun People ein, den er sich in Japanisch nie hatte merken können. »Das Licht trifft dich dort, wo du dich schlecht versteckt hast.« Ein seltsamer Satz, den er an der Südfront des *Desert House* hatte anbringen lassen.

»Portraits klingt gut. Wir dachten daran, mal eine Ausstellung mit dem Titel ›Beautiful Losers‹ zu machen.«

»Ich bin dabei! Wie wär 's mit ein paar Selbstportraits?« witzelte Thomas, und sein Bruder kicherte mit.

Dann meinte Bennie: »Bei allem Streß ist man doch wenigstens ein kleines bißchen frei – wenn man sich nicht in den Kopf gesetzt hat, zu Kohle zu kommen!«

Thomas lachte wieder und murmelte ein leises »Stimmt«. Immerhin war er jetzt nicht in der Rolle des ewigen Alleskönners wie damals. Vorsichtig fragte er:

»Was … was machst du denn jetzt außer der Galerie?«

»Meine Freundin und ich sind gerade zusammengezogen. Meine alte Telefonnummer hatte ich mitgenommen; ein Glück, sonst hättest du mich gar nicht erreichen können. Ansonsten geb ich ein Stadtteilmagazin mit heraus, organisier Veranstaltungen in einem Jugendclub, schreib ab und zu Kunstkritiken – was soll ich sagen: Alles für sich genommen ist zu wenig zum Leben, so in der Mischung geht's, aber mehr schlecht als recht.«

Thomas dachte plötzlich, daß weder er noch Bennie je dauerhaft zu Kohle kommen würden, nicht einmal in dreißig Jahren, daß weder Bennie mit seiner Freundin noch er mit – wer weiß wem? Marita? – zusammenbleiben würde, daß Bennie noch oft von einem Altbau in den nächsten (mit jeweils neuen Freundinnen) umziehen und die Mojave sicher nicht seine letzte Wüste sein würde. All diese Gedanken erfüllten ihn gleichermaßen mit einer tiefen Verzweiflung und einer Sekundeneuphorie – dieser kindlichen Euphorie, die einen befällt, wenn man etwas macht, von dem man weiß, daß es eigentlich hirnrissig ist, daß man gerade dabei ist, »Scheiße zu bauen«. Aber vielleicht war es diese Sekundeneuphorie, die ihn am Leben hielt, die ihn glücklich machte. Das einzige wirklich eindeutige Gefühl, das er in diesem Moment hatte, war, an all dem nichts ändern zu können. Er konnte sich sogar vorstellen, als Penner zu enden. Und auch dann würde er noch inmitten der Wüste oder am Ozean oder irgendwo anders stehen und in die Weite schauen. Thomas dachte jetzt wieder an diesen Scheinwerfer mit den beiden Spiegeln, die irgend jemand – ein Künstler, ein Verrückter, ein Ingenieur? – mitten in dem weiten, leeren, salzverkrusteten Tal in der Wüste Utahs aufgebaut hatte. Dieses weiße kalte Licht strahlte immer, es verbrauchte sich nie. Am Tag regenerierte es sich durch die Sonne, in der Nacht durch den Wind. Der Gedanke an dieses ferne Licht war das einzige, das ihm ein wenig Trost gab, wenn er an seinen Vater dachte.

Von dieser Installation hatte er Ya Long nichts erzählt, obwohl es zu den Grundregeln der Sun People gehörte, jede Entdeckung einer *Power Site* sofort mitzuteilen.

Und Sami? Thomas hatte weder Vorstellungen noch Wünsche, was aus seinem Sohn einmal werden sollte.

Bloß: Er sollte nicht mit zwanzig auf die Idee kommen, abzuhauen!

Bennie und Thomas beschlossen, sich in absehbarer Zeit wiederzusehen. Da jedoch keiner Geld hatte, um mal eben von Kalifornien nach Deutschland oder umgekehrt zu reisen, vereinbarte man, daß derjenige käme, der als erster den günstigeren Flug ausfindig machen würde. Ob dieses Treffen in einem Monat, einem halben Jahr oder in zwei Jahren stattfinden würde, wußten sie nicht, aber sie würden sich wiedersehen.

Dann war es Bennie, der – Thomas konnte es am Telefon hören – einmal tief Luft holte und sagte: »Die Sache mit Vater. Ich kann dir nicht viel mehr dazu sagen, als daß er am Ende, als der Laden nicht mehr lief …«

»Ach, davon hat Mutter geschrieben.«

»… kaum noch ein Wort gesprochen hat. Er hat nur noch Bücher gelesen wie *Ausgestorbene Tiere dieser Erde*. Oder er fuhr nach München ins Aquarium, da saß er dann stundenlang. Er hat sich total gehenlassen, nach der Insolvenz …«

»Insolvenz?« unterbrach Thomas noch mal.

»… ist er nicht mehr wandern gegangen und hat seine Herzmittel nicht genommen. Er ist wohl an einem Herzinfarkt gestorben. Mama sagt, er ist mitten im Bienenhaus zusammengebrochen, er hat noch geröchelt, als sie …«

»Schon gut. Keine Details. Wann sind denn das Geschäft und HONEYLIFE pleite gegangen?« fragte Thomas ungeduldig.

»Vor zwei Jahren HONEYLIFE. Und das Geschäft vor gut einem Jahr. Stimmt, das weißt du ja auch alles noch nicht. Stell dir vor, er hat den Laden an seinem Geburtstag, am Daddy's Day, dichtgemacht. Bißchen masochistisch irgendwie …« Bennies Stimme klang hilflos.

Thomas dachte an das *Desert House* und an die Kosten allein für das Ringsystem des Saturns. Die Cassinische Teilung war im exakten Proportionsverhältnis zwischen A- und B-Ring in den Stein gemeißelt worden. Selbst die nur ein Zehntel so breite Enckesche Teilung innerhalb des A-Rings war berücksichtigt worden. Er wußte nicht, wieviel Geld seinem Vater am Ende gefehlt hatte, aber die Pyramide hatte ihn ein Vermögen gekostet. Wären Chantal und er doch wenigstens einmal nach Deutschland geflogen. Sami hatte seinen Großvater nie kennengelernt.

Er wechselte das Thema: »Und was ist jetzt mit Mama? Hatte die nicht Diabetes? Oder war das Tante Lieschen?«

»Nein, Mama hat Diabetes. Und sie hatte 'ne Hüftoperation vor gut einem Jahr. Riesentheater, aber schon ein halbes Jahr später lief sie schlechter als vor der OP. Sie wird im unteren Geschoß bei Anna und Michael wohnen – wenn das Haus verkauft ist. Eine sinnvolle Entscheidung, denke ich. Dann bleibt sie in Fürstenfeldbruck, mit den beiden Enkeln in der Nähe. Jonas und Janina übernehmen auch einen Teil der Tiere, die Vater noch hatte. Auch Ovi. Aber – na ja, gab ein bißchen Stunk, weil der ja so viel wert ist, ein unschönes Thema.«

»Verstehe. Schwesternliebe, nicht wahr? Unsere Mädels –«

Bennie und Thomas lachten wieder einvernehmlich. Sie lachten, bis sie eigentlich gar nicht mehr konnten. Sie lachten immer noch weiter, dann husteten sie, räusperten sich ein bißchen, schließlich schwiegen sie.

Es war ein Schweigen, das beide quälte. Dann sagten sie hastig tschüs.

Nach dem Telefonat überlegte Thomas, was er heute, nach der Todesnachricht, mit dem Abend noch anfangen wollte. Es war Dienstag, einer der Tage, an denen Marita nachts an seine Scheibe klopfte. Zum erstenmal überlegte er, ihr von seinem Vater zu erzählen. Vielleicht unterschätzte er sie. Ihr Vater war erst vor einem Jahr nach einem anstrengenden

Tag auf einem Markt in Tijuana an Herzversagen gestorben; sie hatte es ihm sofort erzählt. In der Nacht, als es passiert war, hatten sie nicht miteinander geschlafen; Marita hatte sein Hemd aufgeknöpft – nicht ganz, nur die obersten Knöpfe –, ihr Gesicht an seine Brust gelegt und geweint. Am nächsten Morgen hatte er Sami einfach schlafen lassen und mit Marita in Ruhe gefrühstückt. Aber er wollte sie jetzt nicht auf dem Handy anrufen. Es gab doch nichts Unpassenderes, als jemandem den Tod eines nahestehenden Menschen per Handy oder gar SMS mitzuteilen. Er würde lieber warten, bis sie kam.

Der Sturm hatte sich etwas gelegt. Thomas zündete sich eine Zigarette an und schaute draußen einem halbnackten Typ zu, der Fußmatten statt mit einem Teppichklopfer mit einer Fliegenklatsche ausschlug. Das funktionierte nicht sehr gut, schließlich warf er die Klatsche wütend in den Sand und haute mit den bloßen Händen gegen die Matte. Dabei wirbelte er so viel Sand und Staub auf, daß sein Gesicht ganz rot wurde und seine Haare in der Dämmerung gefährlich leuchteten. *Crazy people* …, dachte Thomas. Ob er von diesen Leuten nicht doch irgendwann mal genug haben würde?

In Samis kleinem Wohnwagen brannte Licht. Eigentlich war er ihm ja noch eine Antwort schuldig. Überhaupt mußte er mit ihm reden. Es ging immerhin um seinen Großvater. Thomas stapfte das Treppchen hinunter und lief die zwei Meter auf Socken über verdorrtes, piekendes Gras. An dem munteren Piepen hörte er, daß Sami ein Computerspiel machte. Thomas trat von hinten an ihn heran und fuhr ihm über den Kopf. Er liebte Samis Haare, diesen dichten Schopf, dessen Haare, auch wenn man sie noch so gut kämmte, in alle Richtungen abstanden! Er sah so wild aus, sein kleiner – eigentlich doch sehr scheuer – Junge.

Als Sami merkte, daß Papa jetzt endlich Zeit für ihn hatte, schaltete er den Computer sofort auf Stand-by und schaute erwartungsvoll zu ihm hin. Thomas nahm seine Hand, schloß sie fest in die seine, dann gingen sie zusammen in die Mojave hinaus. Während sie an mannshohen Joshua Trees vorbeiliefen, überlegte er, was er Sami sagen wollte oder sollte. Er ertappte sich dabei, froh zu sein, daß Sami den Brief nicht erwähnte. Kinder hatten ja so ein kurzes Gedächtnis.

Es war immer noch warm genug, um sich in den Sand setzen zu können. Thomas begann, mit den Fingern Rillen in den roten Sand zu ziehen. Sami tat es ihm bald nach. Sie zogen Rillen um sich herum, drehten sich einmal auf ihren Hintern im Kreis, so daß es aussah, als würden sie jeder für sich auf einer Insel in einem Meer aus Sand sitzen. Es war Sami, der irgendwann anfing, seine Rillen auf Thomas' Terrain auszuweiten und ihre Inseln miteinander zu verbinden.

»Was heißt das: Er ist nach einem erfüllten Leben zu unserem Herrn heimgegangen?« fragte Sami und richtete seinen Blick fest auf Thomas.

»Du hast ja ein gutes Gedächtnis für so einen langen schwierigen Satz, du bist ja ein richtiges Superhirn! Kannst du dir auch den merken: Fischers Fritze fischt frische Fische …«

Sami unterbrach seinen Vater.

»Papiii! Was heißt das?«

Thomas überlegte einen Moment, dann sagte er:

»Ich weiß es nicht.«

Dank

Mein Dank gilt Achim Mohné für die Gespräche über seine Land-Art-Installation *The Lemay Island Remote Location Project* in der Wüste Utahs, Gerhard Mitzlaff für die besondere Bibel, Katja Lange-Müller für den Cocktail *Desert* und Sami für seinen Namen.

Danken möchte ich auch Anton Landgraf, Alexander und Margarethe Dückers, den Weidacher Bienen, Karin Graf, Angela Drescher, Marai Ahmia, Nina Petrick sowie dem *Center for Land Use Interpretation (CLUI)* in Kalifornien.

T. D., Berlin 2005

# Sturm und Drang im 21. Jahrhundert. Junge Literatur bei AtV

**TOM LIEHR**
**Radio Nights**
Wenn Don FM Kunze auf Sendung ist, halten die Nachtschwärmer verzaubert inne: Taxifahrer verweigern ihren Dienst, Musikfans erwachen aus dem Tiefschlaf, und Frühschichtler stellen die Weckzeit vor. Die Welt erwacht zu neuem Leben mit PowerRock Berlin, dem coolsten Sender der Stadt. Eine rasante Liebeserklärung an das gesprochene Wort und eine witzige Kampfansage an den Mainstream.
*Roman. 259 Seiten. AtV 1934*

**CLEMENS FÜSERS**
**Punchline**
Jo Brecht möchte noch einmal für einen großen Kampf in den Ring steigen. Zu spät erkennt er, daß es ein Fight auf Leben und Tod wird. Clemens Füsers erzählt von illegalen Fights, miesen Promotern und brutal durchgesetztem Faustrecht. Gleichzeitig ist ihm eine anrührende Romeo-und-Julia-Geschichte gelungen, die von der unmöglichen Liebe zwischen einer Türkin und einem Deutschen handelt. »Ein temporeich und spannend geschriebener Thrillers, in dem Pointen treffsicher gesetzt sind und dessen Held für sich einnimmt.«
BERLINER MORGENPOST
*Roman. 255 Seiten. AtV 2061*

**MICHAEL-ANDRÉ WERNER**
**Schwarzfahrer**
Spätsommer in Berlin: Doberstein, Kork und Zabel, drei Lebenskünstler auf der Suche nach dem Glück, hecken den perfekten Plan aus: Als falsche Kontrolleure in stilechtem Second-Hand-Outfit ziehen sie ihre Kreise durch das U-Bahnnetz derStadt. Das Geschäft läuft gut, die Tagesumsätze steigen schnell, und sie erleben die abgefahrensten Geschichten. Doch eines unglücklichen Tages laufen sie echten Kollegen in die Arme ...
*Roman. 208 Seiten. AtV 1983*

**EDGAR RAI**
**Looping**
Sich zu verlieben ist wie einen Looping zu drehen – bitte anschnallen: Achterbahnfahrt der Gefühle. Edgar Rai setzt seine jungen Passagiere den unberechenbaren Fliehkräften von Liebe und Glück, Trennung und Einsamkeit aus. »Der seltene Glücksfall von einem Buch, das Lach- und Herzmuskeln gleichermaßen bewegt.« PUR HAMBURG
*Roman. 231 Seiten. AtV 1871*

*Mehr Informationen über die Autoren erhalten Sie unter www.aufbau-verlag.de oder bei Ihrem Buchhändler*

AtV